극장
이야기

국립중앙도서관 출판시도서목록(CIP)

국자 이야기 : 조경란 소설 / 조경란 지음. — 파주 :
문학동네, 2004
    p. ;   cm. —— (문학동네 소설집)

ISBN   89-8281-918-5 03810 : ₩8800

813.6-KDC4
895.735-DDC21   CIP2004002137

국장이야기

조
경
란
소
설

문학동네

차례

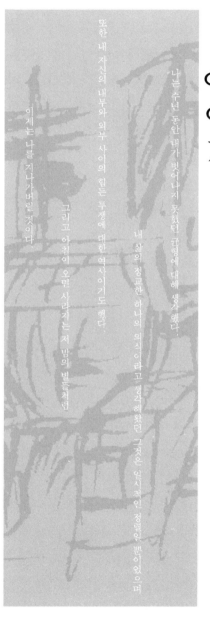

국자 이야기

나는 주년 동안 내가 벗어나지 못했던 균형에 대해 생각했다.

내 삶의 정교한 하나의 의식이라고 생각해왔던 그것은 일시적인 정렬일 뿐이었으며

또한 내 자신의 내부와 외부 사이의 힘든 투쟁에 대한 역사이기도 했다.

그리고 아침이 오면 사라지는 저 밤의 별들처럼

이제는 나를 지나가버릴 것이다

1

수년 전부터 나는 균형에 대해 생각해왔다. 그것은 사람뿐만 아니라 동물들도 선호한다는 대칭적인 외모에 관한 것도 아니고 평균대 위에 올라가 한 발을 든 채 다음 동작을 생각해야 하는 현실적이며 합리적인 균형도 아니며 지극히 개인적인 한 사람의 일상, 뭔가 꾹 참고 있는 듯한 표정을 한 채 한치의 흐트러짐도 없이 하루하루를 보내야 하는 내 일상의 사소한 리듬에 관한 것이었다. 그래서 나의 외삼촌이 함께 살지 않겠느냐는 제의를 해왔을 때 오래 생각하지도 않고 덜컥 결정해버릴 수 있었다. 다만 생각을 통제할 것인가 환경을 통제할 것인가 하는 문제로 하룻밤 고민했을 뿐이다. 나는 한 번도 혼자서는 살아본 적이 없는 사람이다. 가장 큰 이유는 내가 혼자 사는 것을 원치 않았기 때문이겠지만 나는 내가 다른 누군가와 함께 있을 때만 내 자신답다는 걸 깨닫는다. 그래서 꼭 가족이 아니어도 되었다. 그러나 나는 많은 것을 잃어버렸고 벌써 여러 달째 혼자 살고 있었다. 이제 내 가까이에서 나를 들여다봐줄 수 있는 사람이라고는 외삼촌밖에 없는 것도 사실이긴 했다. 다른 선택이 있을 수 없었다. 내가 균형에 대해 생각하게 된 건 필시 누가 누구에게 상처를 주는가, 하는 문제에 대해 집착하기 시작한 이후부터일 것이다. 말로 내뱉으면 스스로 비열해져버리는 감정들이 있다. 생전의 아버지가 나에게 남겨준 것이 있다면 말을 하는 것의 어려움과 말을 내뱉고 났을 때의 책임감 같은 것일 게다. 무슨 말인가 마구 쏟아내버리고 싶을 때가 있다. 그러나 그럴 때마다 수치스럽지 않은가? 죄책감에 빠지지는 않는가? 후회하지 않는가? 하는 거대한 목소리가 볼륨을 최대한으로 틀어놓은 음악처럼 쿵쿵쿵 들려오는 듯하다. 말을 하는 대신 나는 굴러가는 실타래를 쫓아가듯 여러 개의 동작들, 이를테면 정해진 시간에 책을 읽거나 산책을 하거나 유리조각을 치우는 일을 되풀이하기 시작했고 그것은 나의 일상을 장악해버렸으며 곧 리듬이 되어버렸고 그것은 마치 내 생의 가장 중요하며 꼭 필요한 하나의 가치처럼 느껴지게까지 되었다. 내가 하는 일의 행위에는 일정한 순서와 그걸 꼭 하지 않으면 안 되는 당위성 같은 게 있다. 그 행위는 나에게 마술처럼 강력한 적응의 의미를 지녔기 때문이다. 그래서 그 행위를 하고 있는 순간에는 일시적으로나마 불안과 긴장이 완화되는 것을 느낀다. 나는 하지 않을 수 없다. 그걸 나는 균형이라고 알고 있었고 사람들은 강박관념 혹은 과장하는 데 익숙해져 있는 사람들은 강박장애라고까지 말했다. 하긴 사람들은 즐겁고 유쾌한 생각이나 행동이 머릿속을 사로잡고 있을 때는 그걸 강박관념이라고 부르지는 않을 것이다. 그러나 나는 유리조각을 치우지 않을 수가 없다. 그것은 어디에나 널려 있으므로 걸레를 들고 닦고 또 닦아야 하는 것이다.

어느 날인가 나는 실제로 아무것도 하지 않은 채 그대로 꼼짝 않고 드러누워 하루를 보낸 적이 있다. 극도의 불안과 긴장이 더는 참지 못할 두려움과 갈망으로 변해 내 몸을 찌르기 시작했다. 내가 같은 행동을 반복해서 하지 않으면 일어날 여러 가지 극단적인 상황들, 집 안 구석구석에 숨겨져 있는 유리조각들 때문에 발바닥에 상처를 입을 거고 금방 피투성이가 돼버릴 것이며 결국 나는 걷지도 기지도 못하는 사람이 되어버릴 거라는 등의 걱정들은 사실 현실적으로 일어나기 힘들다는 것을 깨닫고 있었다. 그러나 그걸 깨닫는 순간 나는 자리에서 벌떡 일어나지 않을 수 없었다. 불안이 극에 달할수록 강박적인 반복행위는 계속되어야만 했던 것이다. 아주 어렸을 적에도 외삼촌과 함께 살았던 적이 있다. 그때는 외삼촌이 오갈 데가 없는 신세였을 것이다. 삼촌이 보기엔 아마 지금 내가 그렇게 보일지도 모르겠다. 게다가 나는 실직한 지도 너무나 오래되었고 다시 취직이 된다는 아무런 보장도 할 수 없는 상태였다. 이제 여덟 살이 된 사촌과 함께 지내는 것도 아주 나쁘지만은 않을 것이다.

2

나에게는 누군가 꼭 필요하지만 그 이유에는 석연치 않은 데가 있다. 누군가 함께 있을 때라야만 나 자신답다는 건 어쩌면 함께 살기 위한 변명일지도 모른다. 그 사실은 이사를 하기 전날 밤 문득 든 생각이다. 누구나 다 완전하지는 않을 것이다. 나는 내가 비합리적이며 비이성적인 사고를 갖고 있다는 것을 스스로 잘 알고 있음에도 불구하고 그것을 극복하려 하기보다는 익숙해진 행동을 반복함으로써 불안을 감소시키려고 한다. 그건 문제를 알고 있으면서도 한사코 문제를 직면하지 않으려고 하는 태도와 마찬가지다. 그리고 내가 꼭 누군가와 함께 있어야 하는 한 가지 이유는 때로는 타인의 도움을 받아 그 행위를 수행해야 할 때가 있기 때문이다. 저기에 분명히 유리조각이 하나도 없죠? 라거나 내가 가스밸브를 잠그고 나온 게 정말로 맞는 거죠? 라고 반복적으로 확인을 해봐야 한다는 말이다. 그러니까 나는 남의 도움 없이는 살아가기 힘든 유형의 사람이다. 그러나 이번의 경우는 단지 그 이유 때문만은 아닐지도 모른다.

예전에 나는 무엇이든 강박적으로 수집을 하지 않으면 견디지 못하는 한 사람을 알고 지낸 적이 있다. 집 안은 곧 쓰레기 더미로 가득 찼고 그는 그 안에서 평화로우나 다소 지친 듯한 모습을 한 채 발 디딜 틈도 없는 공간에 몸을 웅크리고 앉아 있었다. 우리는 이따금씩 얼굴을 잊지 않을 정도로만 만났다. 여러 해가 지난 후에 다시 그의 집에 가보았다. 발을 뻗고 잘 수 있을 만한 좁은 공간도 없이 그는 아주 오래 전부터 그래왔던 것처럼 남루한 옷을 입은 채 쓰레기 더미 속에 서 있었다. 그는 여기서는 더 살아갈 수가 없노라고 말했다. 그 말을 하던 순간의 그의 모습을 지금도 잊을 수가 없다. 따뜻하고 온화한 날이었는데도 그의 입에서는 차갑고 흰 입김이 뿜어져나오는 것 같았다. 그 역시 특별한 고통을 겪은 적이 있는 사람이었으므로 나는 그를 이해하지 않을 수 없었다. 먼 데로 떠나기 위해서 필요한 물건을 찾기 위해 우리는 그 쓰레기 더미 속을 헤집지 않으면 안 되었다. 남들이 보기엔 낡고 가치 없어 보이는 물건들에 대한 집착으로 온 방 안에 그 엄청난 더미를 수집해놓았지만 그 속에서 그는 정작 자신이 찾고자 하는 것은 결국 찾을 수 없었다. 그날 그가 찾던 것은 눈에 잘 띄지도 않는 얇고 납작하며 어두운 녹색의 여권이었다. 그뒤로 그의 소식을 전혀 듣지 못했다. 그는 떠났을까. 몇 번인가 그의 집 앞을 서성거린 적이 있다. 한 시절 그와도 함께 살 수 있었을지도 모른다. 그러나 나는 끝내 그러지 않았다. 지금 나는 내 앞에 놓인 거대한 쓰레기 더미를 보고 있다. 정말로 내가 찾고 싶은 게 있어도 정작 찾지 못하게 만드는 크고 검고 단단한 덩어리를 말이다. 딱딱한 부채로 누군가 내 어깨를 탁, 하고 내리치는 느낌이 들었다. 균형에 대해 집착하기 훨씬 오래 전부터 나는 내가 진정으로 원하는 게 무엇인지 알고 싶어했다. 그것은 혼자 살아서는 찾을 수 없을지도 모른다. 환경을 열어두는 것. 그것이 아마 내가 이사를 결정한 가장 큰 이유가 될 것이다.

3

집안 분위기는 내가 상상했던 것과는 달랐다. 외숙모가 집을 나간 게 삼 년 전이라고 들었다. 나는 외숙모가 집을 나가는 장면을 직접 보지는 못했지만 친지들은 모일 때마다 그 이야기를 했으므로 내가 직접 본 것마냥 떠올릴 수가 있다. 그 사람은 정말 외숙모였을까. 언젠가 시내의 한 커다란 건물에서 막 빠져나왔을 때 흰 눈이 펑펑 쏟아지며 어둠이 몰려오고 집으로 가는 버스는 좀체 오지 않고 인적은 끊기고 있을 때의, 뭔가 극적인 것을 요구하는 듯한 어느 금요일 저녁에 그 눈보라 속을 타박타박 걸어가고 있는 한 여인의 뒷모습을 본 적이 있다. 몸매랄 것도 없이 키도 작고 마른 편이었던 외숙모가 집을 나가면서 유일하게 챙겨들고 나간 물건이 바로 이불이었다. 외숙모는 맨발에 외삼촌의 고무 슬리퍼를 꿰어신고 무거운 이불을 머리에 인 채 뒤뚱뒤뚱거리며 골목을 내려갔다고 했다. 그 말을 전해준 사람은 동네 세탁소 주인이었다. 세탁소 주인은 이불을 들고 걸어내려오는 외숙모가 자신의 가게로 오는 거라고 생각해 문을 활짝 열고 밖으로 나갔다. 그 앞을 무연히 지나쳐버리는 외숙모를 불러세울 수가 없었노라고 했다 한다. 그랬을 것이다. 외숙모는 오른쪽 어깨에 작두를 둘러멘 심정으로 어떤 망설임도 없이 한 방향만을 보고 걸어갔을 테니 말이다. 말하기를 좋아하는 사람들은 그 이불 속에 통장과 금괴를 숨겼을 거라고 했고 어떤 이는 그 이불 속에 내연의 남자를 둘둘 말아 감췄을 거라고도 했다. 외삼촌은 외숙모를 찾는 것을 포기했다. 이불을 들고 나갔으니 어디 한 곳에 오래 머물지는 않을 것이다. 오래된 북의 내부처럼 외삼촌도 그리고 누구도 외숙모가 집을 나간 영문을 알지 못했다. 단지 할 수 있는 일만을 할 수밖에 없을 때가 외숙모에게도 있었던 모양이다. 그 마음이 나는 쓸쓸하고 피곤했을 거라고 짐작한다. 그리고 남은 사람들도 그럴 거라고 짐작했던 것이다.

키가 훌쩍 커버린 사촌을 나는 오랫동안 응시했다. 점점 커가는 사촌을 위해 외삼촌이 내 손을 빌리고 싶어하는 건 아닐까 하는 생각은 틀렸다. 사촌의 얼굴은 따뜻한 느낌을 주는 붉은빛으로 상기되어 있었고 눈동자는 까맸으며 말투는 온순하고 부드러웠다. 지금까지 단 한 번도 위험에 빠져본 적이 없는 그런 얼굴을 어린 사촌의 얼굴에서 읽었다. 어머니를 잃고도 이 세상은 아직 제가 겪어보지 못한 수많은 경이들로 가득

차 있다는 걸 믿고 있는 듯 기대를 저버리지 못한 얼굴 앞에서 그러나 나는 이상하게 목이 메어왔다. 그건 뭔가 내내 꾹 참고 있는 듯한 내 표정과 다를 것이 없게 느껴졌던 것이다. 그날 저녁, 외삼촌은 정종을 마시고 같은 노래를 되풀이해 불렀다. 난 해변에 쓰러져 있었고 눈을 떴지. 당신이 탄 검은 돛배는 밝은 불빛 속에 너울거리고 당신의 두 팔은 지쳐서 흩어지는 것 같았어. 뱃전에서 당신이 내게 손짓하고 있는 것을 보았지. 그러나 파도는 말하고 있었어. 당신은 영원히 돌아오지 않을 것이라고.

4

한 사람을 보면 그가 어떤 환경에서 자랐는지 아버지는 칠 초면 알 수 있다고 말했다. 이를테면 저 사람은 아마 야생동물들 속에서 자란 사람일 거다, 혹은 저 사람은 찬사와 기대 속에서 자란 사람일 것이다, 라고 말하는 식이다. 그건 아버지가 사람을 판단하는 기준이 되기도 했지만 찬사와 기대 속에서 자란 사람들도 때로 합심하여 아버지를 궁지에 몰아넣기도 했다. 그런 아버지는 정작 궁핍과 굶주림 속에서 자랐고 나는 한숨 속에서 키워졌다. 그래서 아버지 식으로 말하자면 나는 한숨 속에서 성장한 사람이며 그건 외삼촌도 마찬가지다. 중국음식을 만드는 요리사가 된 지 벌써 삼십 년이 가까워오지만 외삼촌에게도 역경은 자주 찾아왔다. IMF 때인가 외삼촌은 다니던 식당에서 사직당한 뒤 한강에 나가 살기 시작했다. 먼 훗날 외삼촌이 세상을 떠나 만약 내가 그를 기억할 만한 공간을 찾게 된다면 거기가 바로 한강일 것이다. 한강은 왜가리가 살고 흰뺨검둥오리와 물총새가 살고 달맞이꽃 망초 개망초가 피는 평화로운 땅이 아니라 내게는 가을과 겨울, 어느 한 시절 헐벗은 나의 외삼촌이 살던 장소다. 외삼촌은 거기서 하루에 서른 마리도 넘는 붉은귀거북이를 잡았다. 성격이 온순한 토종생물인 남생이가 급격히 불어나는 외래종 붉은귀거북이에게 생존의 위협을 받던 때였다. 그때 한강에는 외삼촌 말고도 전문적인 거북이잡이들이 십여 명 더 있었다고 한다. 그들은 잡은 거북이를 애완용이나 약재용으로 팔아넘겼다. 불법은 아니었지만 외삼촌은 그때 어쩐지 내내 쫓기는 듯한 심정이었다고 말했다. 외래종 거북이라고는 해도 거북이를 잡는 것은 붕어나 누치 쏘가리를 잡는 것하고는 좀 다른 데가 있었을 것이다. 하루의 절반을 외삼촌은 축축한 모래톱에 방수포를 깔고 누워 있었다. 그러고는 집에 두고 온 자신의 국자에 대해 생각하곤 하였다.

외삼촌의 책장에서 나는 특이한 제목의 책을 발견했다. '국자의 기능과 개량에 관한 연구' '개량 국자의 제조방법 및 그 능력'이라는 제목을 가진, 책이라기보다는 복사본을 묶어놓은 묶음집들이었는데 읽어보지 않았지만 모두 국자에 관한 것이었다. 국을 퍼담거나 휘저을 때 쓰는 국자 말이다. 피식 웃음이 나왔다. 내가 아주 어렸을 적, 외삼촌이 우리집에서 함께 살던 시절에 그가 나를 때린 적이 한 번 있었는데 그때 나를 때린 도구가 바로 국자였던 것이다. 중국요리를 하는 외삼촌에게 국자는 오른팔, 아니 자신의 몸이나 마찬가지다. 하루에 열 시간도 넘게 주방에서 있어야 하는 외삼촌은 한순간도 손에서 국자를 놓을 새가 없다. 다른 요리와 달리 특히 중국요리는 뜨거운 불 위에서 순식간에 요리를 하는 경우가 대부분인데 재료를 볶을 때는 말할 것도 없거니와 양념의 양을

16

재거나 갖은 재료를 팬에 섞는 그 모든 순간에 국자를 사용하는 것이다. 그러니 계량저울이나 비커, 계량스푼 같은 것들은 필요가 없었다. 국자 하나만 있으면 모든 것이 가능하기 때문이다. 외삼촌에게는 삼십 년 가까이 써온 국자가 하나 있었다. 그 국자는 외삼촌의 선배 요리사가 물려준 것이고 선배는 선배의 스승이었던 요리사에게서 물려받았다고 했으니 외삼촌조차 그 국자가 얼마나 오래된 것인지는 알지 못한다. 동네 중국집 요리사였던 외삼촌을 호텔 중식당 주방장으로까지 만들어준 그 국자를 나도 한 번 본 적이 있다. 그저 약간 길고 날렵해 보이는 손잡이가 달린 평범한 스테인리스 국자였으며 목 부분에 수차례 땜질한 자국이 남아 있고 볼 끝이 닳아서 청결해 보이지도 않는 그저 그렇고 그런 국자였다고 기억된다. 하지만 외삼촌은 새것을 구입하거나 주방에 남아도는 다른 국자를 사용할 생각은 전혀 하지 않았다. 언젠가 외삼촌은 국자를 새것으로 바꾼 적이 있다고 한다. 얼마 지나지 않아 단골손님들조차 발길을 끊기 시작했다. 음식의 맛이 바뀌었던 것이다. 손에 맞지 않는 새 국자를 버리고 그후로 외삼촌은 낡고 오래된 그 국자만을 사용하고 있다. 그게 벌써 이십 년이 훨씬 더 지난 일이 되었다. 책이나 음악, 자동차 혹은 축구공 같은 것을 생각하지 않고서는 자신의 삶을 생각할 수 없는 사람들이 있듯 세상에는 흔해빠져 보이는 국자 같은 것 없이는 삶을 생각할 수 없는 사람도 있다는 사실을 나는 외삼촌을 통해서, 그의 집에 들어가 살기 시작하면서부터 알게 되었다. 외삼촌은 자신의 한결같은 맛을 지키는 것만큼 자기 생에서 가치 있는 일은 없다고 생각하는 사람이었다. 그리고 그것은 그 국자 없이는 불가능한 일이었다. 나는 곧 외삼촌을 이해하게 되었다. 어느 일요일 오전인가 맨손체조를 하느라 몸을 이리저리 움직이고 있는 그의 몸에서 오른쪽 팔 하나가 국자 모양을 하고 있는 것을 발견했던 것이다. 국자는 부드럽고 유연한 동작으로 삼촌의 어깨에서 흔들거리며 아침 햇살 속에서 반짝거리고 있었다. 경이로운 눈으로 나는 외삼촌과 국자를 동시에 바라보았다. 그 국자는 세상에 단 하나밖에 없는 것이었다.

축축한 모래톱에 누워 국자에 관한 생각을 하고 있다가 문득 외삼촌은 벌떡 일어났다. 이 고통은 견딜 수 없는 것이 아니라 극복의 대상일 뿐이라는 생각이 스쳤고 그 순간 외삼촌 자신도 납득하기 어려울 만큼의 강렬한 의지를 느꼈던 것이다. 그리고 외삼촌은 너는 믿지 못하겠지만, 이라면서 수줍게 덧붙였다. 그 사실을 말해준 건 바로 자신의 오래된 국자였다고 말이다. 어쨌거나 외삼촌과 내가 모두 그 사실을 기억하고 있는 것은 사실이었다. 내가 유독 한강에 나가 살던 시절의 외삼촌을 기억하는 것은 그 시절에 외숙모가 집을 나갔기 때문이다. 그 가을, 붉은귀거북이가 한강을 잠식하던 무렵이었다. 그후로 한동안 나는 거북이가 거북이를 덥석 잡아먹는 꿈을 꾸곤 하였다. 아닌게 아니라 그건 붕어가 붕어를 잡아먹는 꿈하고는 좀 다른 데가 있었다.

5

방금 막 내가 지나온 거리의 풍경에 대해 사촌이 물어왔을 때 운동화를 벗다 말고 나는 당황하지 않을 수 없었다. 내가 밖에 나갔다 온 것이 전혀 실감이 나지 않았기 때문이다. 혼자 있을 때 가장 불편한 건 내가 어떤 사람인지 말해줄 이가 아무도 없다는 사실이다. 사촌은 내가 나간 지 세 시간이 되었고 그 동안 창 밖은 어두워졌으며 자신은 빨래를 개었다고 말했다. 세 시간. 장갑을 벗어 식탁 위에 올려놓았다. 땀을 흘리며 걸어왔다는 걸 명백하게 말해주려는 듯 구겨진 두 짝의 검은 장갑에는 아직도 내 체온이 남아 있었다. 나는 걷는 것을 좋아하고 날마다 걷고 있으며 스스로 정한 반환점을 돌아 집으로 다시 돌아오는 거라고 생각했다. 그러나 걷고 있을 때조차도 내 눈은 밖을 보지 않고 뒤를 향해 있었다. 사촌은 일기를 쓰고 있었던 모양이다. 밖의 거리에 대해 알고 싶어했으나 나는 아무것도 본 것이 없었다. 아무것도 말해줄 게 없었다. 반환점에 대해서도 생각해보려 했으나 그것도 잘 기억나지 않았다. 어디까지 걸어갔다 온 것일까. 반환점은 처음부터 없었는지 모른다. 앞을 보며 걷고 있다는 생각은 틀렸다. 눈을 뒤에 두고 걷는다는 것은 목적지를 향해서 걷는 게 아니라 목적지로부터 점점 더 멀어지고 있는 행위이며 그것은 결국 정점으로부터 멀어진다는 것을 의미했다. 걷는다는 것은 이제 내게 아무런 의미가 없어졌다. 그러나 나는 걷기를 멈추지 않았다. 그리고 거리의 사람들과 풍경들, 십 미터 앞의 거리를 내다보며 걷는 것을 연습했다. 나는 사촌에게 내가 본 것에 대해 말해주고 싶었다. 밖엔 온통 유리조각들뿐이다, 라고 그 아이에게 말해줄 수는 없었다. 붉은 것을 붉다, 어두운 것을 어둡다, 라고만 나는 말해왔다. 내가 밖을 보지 않았기 때문이다. 발 앞에 흩어져 있을지도 모를 유리조각들에 대한 걱정만 했을 뿐이다. 걷는다는 행위는 내 의지를 시험해보기 위한 방법이기도 했다. 처음에 나는 집 밖에 나가는 것에 대해 극심한 공포를 갖고 있었다. 거리엔 온통 유리조각들 투성이였다. 내 눈에는 그토록 많이 띄는 유리조각이 어떻게 다른 사람들 눈에는 보이지 않는지 이해하기 힘들었다. 비닐봉지를 들고 나가 한 걸음 한 걸음 옮길 때마다 유리조각들을 주웠다. 한 걸음 한 걸음 걷는 것이 너무나 고통스러운 일이 되었다. 그러나 그것은 내가 선택하고 행동할 수 있었던 최선의 적응이었다. 사람들은 아랑곳없이 거리를 활보했다. 설령 유리조각을 밟고 서 있어도 그걸 얼굴에 드러내지 말아야 할 때가 있다는 걸 내게 깨닫게 해주려는 듯이. 아이가 입을 꾹 다문 채 내 얼굴을 물끄러미 바라보고 있었다. 말투가 부드럽고 온순하다는 느낌은 말수가 유독 적은 데서 온 느낌이라는 걸 알아차렸다. 상처가 밖으로 드러나는 걸 극도로 주의할 줄도 알고 있었다. 술에 취해 침울해진 외삼촌이 잠든 사촌의 등허리를 손바닥으로 문지르며 내 살 중의 살, 뼈 중의 뼈라고 중얼거리곤 했다. 내가 듣기에는 다소 과장된 표현이었지만 그러나 내가 아는 한 외삼촌은 과장이라는 걸 전혀 할 줄 모르는 사람이었다. 외삼촌의 국자 이야기를 내가 곧이곧대로 믿은 것도 바로 그 때문이다. 무엇을 두려워하는가. 사촌을 내려다보며 때때로 나는 질문했다. 그 질문은 누워서 쏜 화살처럼 곧장 내게로 날아왔다. 힘겹게 입을 열어 나는 사촌에게 이렇게 물었다.

너는 왜 통 밖엘 나가질 않는 거니?

사촌과 나는 우리가 본 것에 대해 그리고 앞으로 우리가 볼 것에 대해 더 정확하고 정교한 언어로 말해야 할 필요가 있었다. 그것이 우리가 외삼촌과 그의 국자를 기억하는 유일한 방법이 될 테니까.

6

세탁을 하거나 음식을 만드는 일 따위야 아무래도 상관없지만 나를 가장 곤혹스럽게 하는 것은 초등학교 일학년인 사촌의 준비물을 챙겨주는 일이었다. 실내용 슬리퍼, 털실, 색종이, 주사위, 고깔모자같이 용도를 짐작할 수 있는 것 외에 바늘, 거울, 말린 꽃, 밀가루, 옥수수수염 같은 것들은 어디에 쓰이는지 짐작하기 힘들었다. 사촌은 그런 것들에 대해 일일이 말해주지 않았지만 나는 그래도 묵묵히 챙겨주었다. 집에서 구하기 힘든 것은 멀리까지 나가서라도 사다주었다. 이틀 뒤에 필요하다며 사촌이 내민 준비물들을 읽어내려가다가 '눈알'이라고 씌어진 것을 발견했다. 준비물이 적힌 종이를 꼼꼼히 다시 읽어보았다. 눈알 밑에는 찰흙, 나무젓가락, 철사, 물감 같은 것들이 적혀 있었다. 납득할 수 없는 것은 역시 눈알뿐이었다. 그러나 어떻게든 나는 내일모레까지 눈알이라는 걸 구하러 다니지 않으면 안 되었다. 어느 날인가는 버스를 타고 재래시장에 가 좁쌀, 팥, 보리, 검은콩, 흰콩을 사온 적이 있었다. 준비물엔 각각 약간씩, 이라고 되어 있었지만 나는 낡은 옷을 잘라 오자미처럼 만든 조그만 주머니에다 곡류를 가득 채워서 들려 보냈다. 나는 사과가 한 알 필요하다면 세 개를 싸주었고 열 가지 색 색연필이 필요하다면 스무 가지 색이 든 색연필을 준비해주었다. 아무래도 사촌에게는 다른 것이 필요할 테지만 내가 해줄 수 있는 일은 그것밖에 없었다. 며칠 뒤 사촌은 커다란 도화지 위에 그린 시계를 내게 보여주었다. 아라비아 숫자가 큼직큼직하게 씌어진 둥근 시계였고 숫자의 면은 연노란색의 좁쌀과 붉은색의 팥과 검은색, 흰색의 콩으로 각각 메워져 있었다. 우유부단하나 완벽주의적인 성향이 있고 실수에 대한 염려가 큰 사촌이 만든 시계는 입체적이고 정교해 보였다. 나는 그 종이시계를 거실 벽에다 붙여두고 오고 갈 때마다 숫자 3, 오후 세시에 붙어 있는 흰색 날콩을 하나씩 뜯어먹기 시작했다. 시계에서 세시가 사라진 날은 이상한 적막감이 하루 종일 집 안에 가득 맴돌았다. 검은콩 다섯시를 그리고 붉은팥 아홉시를 뜯어먹었다. 내가 살고 있는 장소의 시간은 한동안 오후 세시부터 밤 아홉시까지는 존재하지 않았다. 무엇에 쓰이는지 짐작하기도 힘든 준비물을 챙겨주는 일은 곤혹스럽긴 했으나 매번 새로운 기대를 갖게 하였다.

처음에 나는 '눈알'이라는 것을 어떻게 말해야 할지 몰랐다. 그러나 동네 문구점 주인은 내 말이 떨어지기도 전에 지금은 눈알이 다 떨어지고 없다고 했다. 나는 그럼 눈알을 어디서 살 수 있느냐고 물어보았다. 어디긴요. 문구점 주인은 말했다. 눈알이란 건 세상 어디에나 존재하고 있다고 말하는 투였다. 세 정거장을 걸었다. 고양이의 눈, 개의 눈, 곰의 눈, 사자의 눈, 독수리의 눈, 공룡의 눈을 상상하며 이웃 동네 초등학교 앞 문구점으로 갔다. 거기엔 눈알이 있었지만 내가 상상했던 탁구공 모양의 완전한 원형과는 좀 다른 것이었다. 플라스틱으로 만들어진, 편편한 아랫면과 볼록한 윗면 속에 검은 동자가 굴러다니는 그런 눈알이었다. 크기는 일원짜리만한 것부터 오백원짜리 동전보다 약간 큰 네 종류의 것이 있었고 나는 그중에서 가장 큰 눈알을 샀다. 그러나 내가 원한 건 오백원짜리 동전만한 눈알이 아니라 야구공만큼 크고 위협적인 눈알이었다. 사촌은 이것으로도 크고 튼튼한 공룡의 눈을 만들 것이다.

그날 저녁에 사촌은 내가 설거지하는 동안 식탁 의자에 앉아서 일기를 썼다. 문득 뒤를 돌아다보았다. 의아스러울 만큼 이 풍경이 전혀 낯설지 않았다. 가스레인지 위에는 찻물을 올려놓았고 곧이어 쉭쉭거리는 뜨거운 김이 주방 가득 번졌다. 홍차를 우려내 커다랗게 후르륵 소리를 내면서 마셨다. 오늘은 유리조각을 줍지도 않았고 앞으로 일어날 일에 대한 불안이나 나쁜 결과에 대한 걱정에 사로잡히지도 않았다. 집 안은 따뜻하고 고요했다. 자정 무렵, 외삼촌이 들어왔다. 여느때보다 한 시간쯤 늦은 귀가였다. 나는 잠든 사촌의 등허리께를 긁어주고 있었다. 불을 끈 사촌의 방문을 천천히 외삼촌이 열었다. 어둠에 반쯤 가린 그의 얼굴을 보았다. 그리고 내 생각이 틀렸다는 사실을 알아차렸다. 아주 작은 사건이기를 바랐다. ……아무래도 어딘가 유리조각들이 나뒹굴고 있는 것만 같았다. 나는 자리에서 벌떡 일어났다. 외삼촌은

　국자가 사라졌다,

라고 말했다. 외삼촌을 다시 올려다보았다. 그는 국자가 없어졌다, 라고 말하지 않았다. 외삼촌의 국자는 정말로 사라져버린 것이다.

7

　한 남자가 있었다. 그는 무리 속에서도 눈에 띄는 사람이 아니었고 말수가 많은 것도 아니었으며 실수를 자주 하는 사람도 아니었다. 주의해서 눈여겨보지만 않는다면 이 세상의 수많은 사람들 중 하나처럼 보였을 것이다. 되레 너무나 평범해 보여서 그가 자리에 없어도 사람들은 그가 없는 줄을 몰랐다. 그가 자리에 있을 때 역시 마찬가지였다. 남다른 데가 있다면 그것은 그가 완벽한 대칭과 균형에 대해 집착했다는 사실이었다.

물건들은 늘 일정한 자리에 대칭이 되도록 놓아야 했으며 오른손을 사용할 때는 꼭 왼손도 함께 사용했다. 그는 물을 마실 때도 왼손과 오른손에 각각 하나씩 두 개의 잔을 쥐고 마셨다. 왜 그렇게 하지 않으면 안 되는지 자신조차 알지 못했지만 한 가지 분명한 건 그렇게 하지 않으면 땅이 갈라져버릴 것만 같은 심한 불안감에 휩싸이곤 한다는 것이었다. 그래서 그의 집에 가장 많은 건 사물들이 대칭으로 놓였는지 어느 각도에서나 확인할 수 있는 거울들이었다. 거울들 속에서 그는 자신 또한 사물들처럼 정확한 균형과 대칭을 이룰 수 있도록 노력했다. 그것은 타인에게는 피해를 주지 않는 일이었지만 사람들은 견디지 못했다. 사람들은 그를 가운데로 몰아놓곤 원을 그리며 빽빽이 둘러섰다. 자, 한번 돌아보라고. 그들은 말했다. 어딜 봐도 완벽하게 대칭을 이루고 있을 거야. 두려움에 질린 그는 왼쪽 뇌가 마비된 실험용 쥐처럼 한 방향으로만 빙빙 돌았다. 이제 좀 편안해지는가? 쥐몰이를 하듯 사람들은 그를 향해 더욱 좁혀들며 조롱했다. 나는 그가 곧 고함을 치거나 울음을 터뜨리거나 할 거라고 생각했다. 그는 멈춰 섰다. 그러곤 최선의 방법을 찾아낸 듯 눈을 꾹 감아버렸다. 어쩌면 그는 그때 감은 눈 속에서 자신이 그토록 찾고자 했던 완벽한 균형과 대칭의 세계를 발견했을지도 모를 일이었다. 누군가 그에게 툭 말을 던졌다.

그런데 말야, 자네 얼굴만큼은 대칭이 아니구만.

……그때 나는 내 발밑에 떨어져 있는 수많은 유리조각들을 발견했다. 그 문장은 이미 완곡한 유머를 넘어서는 말이었으며 그것은 꼭 그들이 그를 향해 뱉어놓은 침처럼 더럽고 되돌릴 수 없으며 탐욕스럽고 맹목적이며 위험한 파편처럼 보였다. 사람들은 흩어졌다. 그는 자신의 집

을 챙겨 집으로 돌아갔다. 나는 문을 밀고 나가는 그의 뒷모습을 지켜보았다. 짐 가방은 오른손에만 들려 있었고 늘 오른손과 똑같은 것을 쥐고 있었던 왼손은 주머니에 꽂혀 있었다. 그는 정말로 육체적 균형을 잃은 사람처럼 금방이라도 비틀거리며 쓰러져버릴 것만 같았다. 나는 그가 지금 넘어지면 다시는 일어나지 못할 것이라고 짐작했다. 그는 다시는 같은 자리로 되돌아오지 않았다. 집에 도착한 후 그는 문을 걸어잠그고 거울을 들여다보았다. 오른쪽 눈썹은 왼쪽 눈썹보다 이마 쪽으로 살짝 치켜올라갔고 귀밑 아래로 내려와 있는 머리카락과 턱수염 또한 대칭이 아니었다. 이걸 이제서야 발견하다니. 그는 놀라움을 감추지 못했다. 그 놀라움은 곧 걷잡을 수 없는 불안감으로 이어졌고 그는 자신이 할 수 있는 일을 하는 수밖에 없었다. 그는 칼로 눈썹과 머리카락과 수염을 모두 밀어버렸다. 인간을 포함한 많은 척추동물들의 심장과 위는 왼쪽에, 간과 맹장은 오른쪽에 자리잡고 있다. 그것은 인간의 외모는 균형 잡힌 대칭성을 추구하며 진화해온 반면에 그 내면은 비대칭성을 지향해왔기 때문이다. 그가 끝까지 그 사실을 몰랐던 걸 다행이라고 말해야 할지 나는 망설여진다. 이윽고 그는 만족한 듯 웃음을 지으며 거울을 들여다보았다. ……그는 웃음을 멈추곤 두 입술을 수평으로 꾹 다물어버렸다. 대머리가 된 자신의 두상이 좌우 대칭이 아니라는 사실을 발견했던 것이다. 그는 잠시 망설였다. 그러고는 마치 영원히 기억하고 싶은 문장에 힘껏 밑줄을 긋듯이 오른쪽 두상보다 볼록하게 튀어나온 왼쪽 두상에 깊숙이 칼을 찔러넣었다.

8

내 예감은 빗나갔는지도 몰랐다. 나에게는 아무런 일도 일어나지 않았다. 그건 외삼촌에게 아무 일도 일어나지 않았다는 말과 다르지 않다. 그때의 나는 하나로 살려면 둘이 필요한 것처럼 나의 모든 것이 외삼촌과 긴밀하게 연결돼 있다고 느끼고 있었다. 친밀감하고는 약간 다른 감정이었다. 외삼촌은 국자를 찾아나서지 않았다. 여느때처럼 출근을 하고 같은 시간에 퇴근했다. 주말에는 나 대신 밥을 짓거나 사촌과 함께 동물원에 다녀오기도 했다. 사촌이 학교에 가 있는 동안에 나는 걸레질을 하는 대신 외삼촌을 보고 배운 대로 맨손체조를 하였다. 국자에 관해서는 서로 아무런 말도 하지 않았다. 국자를 잃어버린 외삼촌은 국자를 잃어버리기 전의 외삼촌과 전혀 다를 것이 없어 보였다. 그러나 그는 세상에 단 하나밖에 없는 나의 외삼촌이 아니라 세상의 수많은 평범한 남자들 중 하나로 보였고 그것은 나에게 생각보다 큰 실망을 안겨주었다. 국자를 잃고도 긍지와 긍지보다 더한 그 무엇을 잃지 않았다면 그 국자는 내가 알고 있는 것처럼 외삼촌과 한 몸이었던, 그것이 없으면 외삼촌이 존재하지 않는 것과 다를 바가 없다던 특별한 존재가 아니었을 것이다. 그러나 실망감과 동시에 나는 말할 수 없는 쾌감을 느꼈다. 외삼촌에게는 있으나 나에겐 없는 것이 바로 그 국자였으니까. 나는 싱크대나 변기를 닦는 일, 장을 봐오는 일 같은 걸 외삼촌에게 시키기 시작했다. 장을 봐오면 오래된 두부를 사왔다거나 상한 바지락을 사왔다며 집어던지기까지 했다. 국자가 없는 한 그나 나나 별반 다를 게 없는 인간이었기 때문이다. 급기야 나는 경멸에 가까울 만큼 외삼촌을 무시했고 그는 정말 자신이 아무것도 아닌 사람이라는 걸 인정이라도 하는 듯 한마디 불평도 하지 않았다. 내가 만약 거실 바닥에 개처럼 엎드려 내 귀를 핥으라고 명령해도 아무런 저항도 느끼지 않고 그렇게 할 무력한 얼굴을 하고 있었던 것이다. 그리고 사촌도 달라져갔다.

이사를 온 첫날, 나는 사촌의 얼굴에서 지금까지 한 번도 위험에 빠져본 적이 없는 자의 얼굴을 보았고 그것은 나를 슬픔으로 내몰기도 했다. 그러나 어느 날부터인가 사촌은 더는 감출 것이 없다는 듯 여덟 살짜리 평범한 아이로 되돌아가 아무것도 아닌 일에도 울음을 터뜨리거나 떼를 쓰곤 방문을 걸어잠그고 들어가 있기 일쑤였다. 불안을 경이로 두려움을 성숙함으로 자신을 겨우 가려주고 지탱해주던 가면을 어느 날 아주 작심을 하고 돌연히 벗어버린 듯한 태도였다. 가질 수 없는 것에 대한 결핍을 적나라하게 드러내놓고 있는 사촌의 얼굴이 나는 지긋지긋해졌다. 간식을 잘 챙겨주지도 않았고 준비물도 챙겨주지 않았다. 아이는 점점 더 풀이 죽은 얼굴이 되었고 한때 금방 터질 것 같은 양배추의 아름다움을 갖고 있던 뺨에는 말라붙은 눈물 자국이 떠나질 않았다. 학교에서 면담을 요청하는 전화가 한 번 왔으나 나는 가지 않았다. 그 사실을 외삼촌에게도 알리지 않았다. 변하지 않은 사람은 나밖에 없는 것 같았다. 그들이 변했다는 걸, 나는 뒤늦게야 깨달은 셈이었다. 외삼촌의 무력감은 국자를 잃어버리고 난 뒤부터 시작되었다는 것 또한 말이다. 내 예감은 빗나가지 않았던 것이다. 다만 옷자락에 가려 있던 손을 보지 못한 것이다. 살아 있어도 이미 죽은 사람들이 있다. 외삼촌이 그러했다는 걸 나는 너무나 뒤늦게 깨달았고 그건 이미 돌이킬 수 없는 일이 되어버렸다.

9

나는 잠에서 깨어났다. 몸이 둘로 쪼개지는 것만 같은 통증이 왔다. 무릎에 얼굴을 묻곤 약간 흐느껴 울었다. 통증 때문이 아니라 이제 내가 목도해야 할 불운한 일에 대한 공포에 사로잡혀 있었던 것이다. 그러나 저항할 수 없었다. 밖으로 나갔다. 어두운 식탁 의자에 외삼촌이 반듯하게 고개를 세운 채 앉아 있었다. 그 앞에 다가가 마주 앉았다. 우리는 서로 얼굴을 보려 하지 않았고 보려고 애써도 그 농밀한 어둠 때문에 볼 수가 없었을 것이다. 꼭 하지 않으면 안 되는 말에 대해 생각했다. 그리고 하지 않으면 나중에 후회할 것만 같은 말들에 대해서도. 그러나 나는 여전히 말하는 것엔 서툴렀고 말은 내가 원하는 대로 나와주지도 않을 것이므로 침묵을 지키고 있는 수밖엔 없었다. 어둠 속에 있지만 반짝이며 벌어진, 젖어 있는 그 눈. 돌연 그와 나의 눈이 마주쳤다. 외삼촌은 피식 웃었다. 그 웃음을, 나는 오래 기억하고 싶었다. 언젠가 외삼촌과 사촌을 데리고 놀이공원에 다녀오던 날 근처 식당에 가서 저녁을 먹은 적이 있다. 전골 그릇 옆에 따라 나온 국자가 눈에 띄었다. 그 플라스틱 국자가 눈에 띈 건 여느 국자처럼 테이블에 뉘어져 있는 게 아니라 앞접시처럼 작은 접시에 받쳐진 채로 반듯하게 서 있기 때문이었다. 사촌은 장난 삼아 국자를 손끝으로 건드려보았다. 국자는 바닥으로 기울었다가 오뚝이처럼 벌떡벌떡 일어서곤 했다. 외삼촌은 우리에게 그게 오뚝이 국자라고 설명해주었다. 나는 어? 쓰러져도 자꾸만 일어서네 하면서 외삼촌의 몸의 일부인 국자를 생각하며 웃었다. 외삼촌도 웃었고 쓰러졌다 자꾸만 황급히 일어서는 국자를 장난감처럼 갖고 놀던 사촌도 큰 소리를 내며 웃었다. ……그때는 국자에 대한 농담을 하면서도 웃을 수가 있던 시절이었다. 외삼촌의 국자를 잃어버리기 전이었으니까. 나는 그때가 떠올랐다. 다시 한번만. 그러나 내가 무슨 말을 해도 외삼촌은 웃지 않을 것이다. 나 역시 지금은 웃을 수가 없다. 우리는 한 번도 그렇게 마주 앉아보지 못했던 사람들처럼 긴 시간 동안 앉아 있었다. 그리고 나는 어둠 속에 어둠만 존재하고 있는 게 아니라는 사실을 처음으로 깨달았다. 말해질 수 없는 것, 함부로 말할 수 없는 것들이 거기엔 엄연히 존재하고 있었고 그건 내가 미처 알지 못한 한 세계였다. 갑자기 나는 그 어둠 속에서 내가 느끼고 보았던 것들에 대해 사촌에게 말해주고 싶은 충동을 느꼈다. 외삼촌이 먼저 자리에서 일어났다. 그는 나를 물끄러미 또 내려다봤다. 이제 그를 마주 볼 용기가 없었다. 그는 방문을 열고 들어갔다. 차가운 식탁 유리 위로 눈물 한 방울이 떨어졌다. 나는 황급히 울음을 멈추었다. 그 방문이 다시는 열리지 않아 나는 중국식 단추가 달린 청결한 흰색 가운을 입은 그가 뜨거운 불 앞에서 요리하는 모습과 그가 헐렁한 파자마를 입은 채 한 손으로 엉덩이를 북북 긁으면서 자는 모습을 더는 볼 수가 없겠지만, 나는 벌거벗은 몸으로 누군가 내게 던지는 얼음조각들을 고스란히 맞고 서 있는 심정이 되었지만 결코 그의 이름을 불러세울 수가 없다. 그가 원치 않을 것이었다.

　외삼촌이 국자를 잃어버린 그 직후에 내가 완벽한 대칭과 균형에 집착했던 한 남자를 떠올린 것은 그의 이야기가 마치 내게 하나의 경고처럼 느껴졌기 때문이었다.

10

잠든 사촌의 등허리를 쓰다듬어보았던 것도 너무나 오래된 일 같았다. 나는 사촌이 앉아 있었을 책상을 쓰다듬고 있었다. 내가 학교에 불려온 것을 사촌은 모른다. 그게 얼마가 되었든 당분간은 그래야만 한다는 암묵 속에서 사촌과 나는 아무런 말도 하지 않고 지내고 있었다. 그건 생각만큼 그렇게 불편한 일은 아니었다. 그러나 밤이면 아이의 울음소리 때문에 나는 잠을 설쳐야만 했다. 아이는 소리를 내지 않고 우는 방법을 다 잊어버린 것 같았다. 사촌이 학교에 가고 빈집에 나 혼자 있을 적에도 아이의 방 쪽에서 울음소리가 들려오곤 했다. 사촌은 학교에 가지 않고 하루 종일 벽장에 숨어 눈물을 흘리고 있는 것인지도 모른다. 그러나 사촌의 방에 들어가볼 수가 없다. 어떻게도 그를 도울 수가 없기 때문이다. 교실을 돌아나오려다 말고 교실 뒤편에 있는 장식대를 쳐다보았다. 긴 뿔을 가진 사슴, 코가 제법 날카로워 보이는 코뿔소, 갈기를 휘날리고 있는 사자, 코끼리, 큰곰, 그리고 공룡들. 아이들이 찰흙으로 빚어놓은 동물들이 진열되어 있었다. 그리고 동물들 얼굴에는 언젠가 내가 산 것과 똑같은 공작용 눈알이 박혀 있었다. 장식대 앞으로 다가갔다. ……누가 말해준 것도 이름표를 붙여놓은 것도 아니었지만 나는 한눈에 내 사촌이 만든 작품을 알아볼 수 있었다. 그것은 농구공이나 축구공만한, 정말 실물 크기의 고양이만큼 커다랗게 만든 다른 아이들의 찰흙덩어리 속에서 그 아이들이 만들다 잘못 떨어뜨린 동물의 귀나 꼬리의 일부분처럼 겨우 내 중지만한 크기로 장식대 맨 귀퉁이에 간신히 놓여 있었기 때문이었다. 지금까지 내가 한 번도 본 적이 없는 기묘한 형태였다. 눈알을 사주면서 내가 기대했던 사자나 독수리 곰이나 공룡처럼 크고 힘센 동물이 아니라 머리엔 조그만 뿔 같은 것이 달려 있으며 다리는 세 개밖에 없고 꼬리는 짧고 뭉툭한 모양을 하고 있었다. 게다가 그토록 작은 짐승의 이마엔 오백원짜리 동전만한 눈알이 두 개 붙어 있었다. 몸통에 비해 눈알만 압도적으로 큰, 어디에도 존재하지 않을 것 같은 짐승처럼 보였다. 나는 실망했다. 어떻게 보아도 그걸 동물이라고 말하기는 힘들었기 때문이다. 그것은 차라리 부화하지 못하고 썩어가는 하나의 알처럼 보였다. 손끝으로 툭 쳐보았다. 불완전한 세 개의 짧고 가는 다리로 지탱하고 있던 그 볼품없는 짐승은 무기력하게 툭 교실 바닥으로 떨어져버리고 말았다. 실망은 분노로 변했다. 누가 내 얼굴에 차가운 물을 뿌려대고 있는 것 같았다. 이걸 만든 건 내가 아니잖아. 애원하듯 나는 나에게 말을 걸었다. 그러나 나는 연회장의 다 녹아버린 얼음조각처럼 순식간에 쓸모없고 하찮고 불필요한 존재로 전락하는 것을 생생히 느끼고 있었다. 서둘러 교실을 빠져나와 교문 쪽으로 걸음을 옮겼다. 혹시 어디선가 사촌이 나를 지켜보고 있을지도 모른다는 불안이 몰려왔다. 나는 지금의 내 모습을 그에게 보여주고 싶지 않다. 분노가 지나간 뒤 손으로 입을 틀어막고 눈물을 참고 있는 나를 말이다. 분노 뒤에 찾아온 슬픔 때문에 나는 당황하고 있었다. 나는 한 번도 슬픔에 대해 생각해본 적이 없다. 언제나 두려움이나 공포 혹은 실망이나 배신, 상처에 관해서만 생각해왔다. 그러나 이 슬픔은 지금껏 내가 한 번도 경험해보지 못한 가장 강렬하며 가장 고통스러운 감정으로 나를 짓누르고 있었다. 나는 이 슬픔을 극복할 수 없을 것이다. 그것은 고통이나 공포처럼 일시적으로 극복할 수 있는 감정이 아니라 어쩌면 내가 느낄 수 있는 가장 순수한 감정일지도 모를 테니까.

11

나는 그날 밤 외삼촌이 앉았던 식탁 의자에 앉아 있었다. 그때 그에게 하지 못한 말들이 떠올랐다. 그것은 말이라기보다는 일방적인 질문에 가까운 것들이었다. 이제는 대답을 들을 수도 없는 질문들. 그러나 나는 어둠 속에 앉아서 가만히 고개를 끄덕이고 있었다. 그날 외삼촌과 나 사이에 흘렀던 침묵은 어디든 갈 수 있고 누구에게나 닿을 수 있는 언어였기 때문이다. 세시가 되기를 기다렸다가 사촌의 방문을 열어보았다. 잠든 척하고 있는 아이의 손을 잡아끌었다. 눈물 자국이 말라붙은 채로 아이는 나를 물끄러미 바라보았다. 이제는 경이도 기대도 사라진 쓸쓸하고 고단해 보이는 얼굴이었지만 그 얼굴은 거울 속의 나를 들여다볼 때처럼 내겐 가장 익숙해진 얼굴이기도 했다. 두꺼운 점퍼를 입히고 아이를 데리고 옥상으로 나갔다. 나는 아이에게 그날 내가 어둠 속에서 보았던 것, 어두운 것 속에 존재하는 다른 것들에 대해서 말해주고 싶었다. 나는 사촌한테 이해받고 싶었던 것은 아니었을까. 이제 곧 저녁 내내 북쪽 하늘 지평선 아래에 숨어 있던 북극에 가장 가까운 별 북두칠성이 동쪽에서부터 서서히 나타나기 시작할 것이었다. 추위 속에서 덜덜 떨고 있는 사촌을 뒤에서 덥석 안아버렸다. 아이는 몸을 뒤틀다가 포기하듯 멈췄다. 팔백만 광년이나 떨어진 멀고 먼 거리였다. 나는 이등성의 어둡고 반짝이는 별들이 많은 북쪽 하늘에서부터 기린자리, 용자리, 카시오페이아자리, 케페우스자리를 지나 큰곰자리와 북극성을 안고 있는 작은곰자리를 손가락으로 가리켜주었다. 거기에 일곱 개의 별 모양이 희미하게 반짝거리고 있었다.

저게 북극성이다.

나는 사촌의 귀에 대고 속삭였다. 꼬리에 못이 박힌 것처럼 등대처럼 항상 그 자리를 돌고 있어야 하는 별자리다. 내 목소리는 너무나 작아서 어쩌면 사촌에게까지 들리지 않았는지도 모른다. 사촌은 등을 그대로 내 품에 기댄 채 고개를 들고 서 있었다. 멀고 먼 바다로 고기잡이를 나간 배들도 저 별을 보고 배의 방향을 잡았단다. 하늘을 날던 비행기도 저 북극성으로 제가 가야 할 길을 알았고 그리고 얘, 육지를 걷던 사람들도 저 별을 보고 길잡이를 삼았단다. 사촌과 나는 동시에 북극성을 쳐다보고 있었다. 별들은 동쪽으로 동쪽으로 움직이기 시작했고 그 별들을 따라 사촌과 나도 동쪽으로 몸을 틀었다. 나는 어둠 속에서도 뚜렷이 보이는 저 별들과 그 별과 우리가 떨어진 수억 광년의 거리와 우리를 정면으로 향해 커다란 나선형의 모양으로 움직이는 은하를 보여주고 싶었다. 그 안에서 보잘것없이 작고 초라한 한 인간으로서 자신의 내부와 외부의 힘들 사이에서 힘겹게 싸우고 있는 한 인간, 그의 모습을 보여주고 싶었다. 그리고 우리 곁에 가깝게 있는 주목의 열매처럼 붉고 환한 지붕 위의 불빛과 어디든 갈 수 있는 휘어진 길들과 예측할 수 없는 땅의 굴곡들. 사촌은 순간, 손가락으로 하늘을 가리켰다. 거기엔 일곱 개의 별이 반짝거리고 있었다. 그리고 그는 말했다.

저거, 국자 모양이다.

나는 다시 동쪽 하늘을 올려다보았다. 일곱 개의 별 모양은 정말로 국자 모양을 하고 있었다. 사촌은 자신이 찾아낸 국자 모양의 별자리와 내 얼굴을 번갈아 쳐다보면서 웃고 있었다. 오랫동안 실추를 거듭하던 끝에 어쩌다 한 번 멀리 도약한 것을 스스로 자랑스러워하는 듯한 웃음이었기 때문에 나 또한 사촌을 따라 웃지 않을 수 없었다. 곁에 누가 없어도 사촌이 영원히 기억할 수 있도록 나는 다시 국자 모양의 별들을 따라 별자리를 말해주었다. 네가 혼자일 때라도 이건 잊지 마라, 일단 국자 모양의 별을 발견하면 그게 큰곰자리인 거다, 저기 국자 손잡이 반대편에 있는 별 두 개를 따라가면 보이는 저 별이 북극성이고 북극성 손잡이 끝에 달린 작은 국자 모양의 별자리는 작은곰자리고 북극성에서 아까 네가 발견한 큰 국자 반대쪽으로 조금 더 가면 네모난 집과 지붕 모양의 별자리가 있지, 그건 케페우스라는 자리야, 거기서 다시 지붕 꼭대기에서 조금 더 가면 W자 모양이 보이지? 그건 카시오페이아자리라는 거다. 그러나 사촌의 눈은 여전히 작은곰자리, 북극성을 이루고 있는 국자 모양의 별을 향해 고정되어 있었다. 사촌은 아직 어린아이에 불과하지만 나는 그가 내가 하는 말을 다 알아들을 수 있을 거라는 믿음을 버리지 않았다. 추위와 별들 속에서 우리는 분리되기 이전의 몸처럼 하나로 껴안고 있었다. 그리고 나는 다시 격렬한 슬픔을 느끼고 있었다. 나는 사촌이 한숨과 슬픔 속에서 성장하기를 바라지 않는다. 사촌은 언젠가 내 살 중의 살, 뼈 중의 뼈라고 불렸던 적이 있는 소중한 사람이었으니까. 사촌은 아직도 국자 모양의 별을 보고 있었다. 어쩌면 사촌은 저걸 제 아버지의 별로 기억하게 될지도 모른다. 그리고 그 별을 지표로 삼아 성장해나갈지도 모른다. 그 별은 또 어쩌면 일곱 겹의 소가죽으로 만들어져 어떤 창으로도 뚫리지 않는 아이아스의 방패처럼 사촌을 지켜줄지도 모른다. 그러나 나는 문득 이런 생각이 든다. 외삼촌이 잠든 사촌의 등을 긁어주면서 읊조리듯이 말한 내 살 중의 살, 뼈 중의 뼈라는 말은 혹시 사촌이 아니라 외삼촌의 국자를 두고 한 말은 아니었을까. 혹시 너는 아니? 그새 죽순처럼 키가 커져버린 사촌을 더 힘껏 껴안았다. 그리고 나는 꼬리를 바짝 치켜들며 네 발로 버티고 있는, 북두칠성을 안고 있는 큰곰자리가 순간 번쩍, 빛나는 것을 흐린 눈으로 지켜보고 있었다.

　나는 수년 동안 내가 벗어나지 못했던 균형에 대해 생각했다. 내 삶의 정교한 하나의 의식이라고 생각해왔던 그것은 일시적인 정렬일 뿐이었으며 또한 나 자신의 내부와 외부 사이의 힘든 투쟁에 대한 역사이기도 했다. 그리고 아침이 오면 사라지는 저 밤의 별들처럼 이제는 나를 지나가버릴 것이다. 나는 내가 누구보다 의존적인 존재이며 앞으로도 크게 달라지지 않을 거라는 걸 안다. 그러나 그것은 다른 사람의 도움을 받아가며 내가 균형이라고 믿고 있었던 강박행위를 수행하기 위해서가 아니라 내가 믿고 의지하며 기댈 수 있는 것을 찾기 위해서다. 나의 삶은 그것으로도 이미 한 세계이며 나의 의지가 그 세계를 관통하리라고 나는 믿는다. 내가 찾아낸 하나의 가치 때문이다. 우리는 어둠과 혹한으로 뒤덮인 밤의 하늘 밑에서 누구의 눈에도 보이지 않을 만큼 작은 점 하나로 아침이 올 때까지 서 있었다. 그날 새벽 사촌에게 그리고 나에게 일어난 변화는 말로 설명할 수 없는 것이다. 그전의 나에게는 다만 국자 같은 게 없었을 뿐이다.

나는 봉천동에 산다

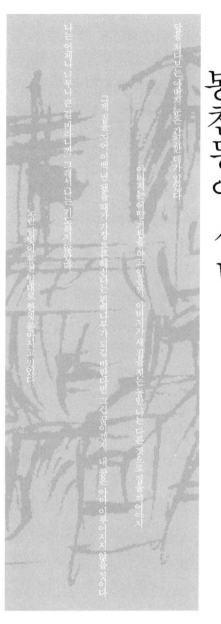

달을 쳐다보는 아버지는 웅은 간절한 데가 있었다.

아버지는 어떤 기원을 하고 있을까. 아버지가 새 집을 짓는 동안 나는 다른 것으로 집을 지었지

그게 집을 지어 아빠 년 뒤 팔 때가 가장 튼튼했던다는 붕배나무가 되길 바란다면 그건 꿈이겠지. 내 꿈은 아마 이루어지지 않을 것이다

나는 언제나 너무나 큰 걸 바라니까 그래서 나는 기도하지 않았다

노란 달빛이 봉천 위로 힘껏 쏟아지고 있었다.

까치가 매미를 물고 날아가던 여름은 이제 지나가버렸다. 며칠새 밤기온이 뚝 떨어지고 비가 자주 흩뿌렸다. 루사라는 태풍도 그저 지나가는 비일 거라고 생각했다. 옥상으로 나갔을 때 그 예감이 틀릴지도 모른다는 생각을 했다. 구름이 몹시 빠른 속도로 흘러가고 있었다. 수평으로 흐르는 구름들이 한 곳을 향해 맹렬하게 안쪽으로 파고들어오는 것 같았다. 빗줄기가 굵어졌다. 저쪽에서 작고 빨간 불꽃이 보였다. 쿵쿵. 익숙한 냄새가 났다. 쭈그리고 앉아 있던 아버지가 허리를 펴고 일어났다. 아버지를 옥상에서 만나게 될 줄은 몰랐다. 내가 아래층으로 내려가면 마루에 있던 아버지는 비어 있는 동생 방으로 간다. 그리고 아버지가 귀가하면 나는 얼른 내 방으로 올라간다. 무슨 특별한 이유도 없이 우린 그랬다. 하지만 밥은 같이 먹는다.

저녁밥을 차려놓고 가족들은 아버지를 찾았다. 현관 앞에도 계단에도 옥상에도 아버지는 보이지 않았다. 크고 헐렁한 아버지의 슬리퍼는 나란히 놓여 있었다. 마당도 없는 넓지도 않은 집에서 아버지는 감쪽같이 사라져버렸다. 가족들은 아버지를 찾는 것을 포기하고 먼저 밥을 먹었다. 과일까지 먹고 나자 배가 불러진 가족들은 각자 자기 방에 들어가 텔레비전을 켰다. 아버지가 사라진 걸 모두 잊어버린 것이다. 내가 옥상에 올라간 건 아버지를 찾기 위해서가 아니다. 나 역시 아버지를 잊고 있었다. 옥상에서 아버지를 만났을 때 나는 내가 내려가야 하나 아니면 아버지가 먼저 내려갈 때까지 기다려야 하나 잠깐 망설였다. 아버지가 맨발인 게 좀 이상했다. 우린 먼저 밥을 먹었어요. 나는 미안하다는 어투로 말했다. 저기, 청소를 하느라. 아버지가 노란 물탱크를 가리켰다. 아버지의 키만큼 높고 큰 물탱크다. 나는 고개를 끄덕였다. 집 안에 저렇게 큰 물탱크가 있다는 게 얼마나 든든하고 자랑스러운지 모른다.

아버지도 검은 하늘을 올려다보고 있었다. 그냥 지나갈 것 같지가 않구나. 아버지는 두려워하는 것 같아 보였다. 아버지도 그때를 기억하고 있는 걸까. 길이, 마당이 순식간에 계곡이 되었던 그때를 말이다. 그때 물난리 속에서 아버지는 우리 자매들에게 이렇게 위로했다. 집이 흔적도 없이 떠내려간 것보단 낫질 않느냐. 우린 크게 위로받았다. 1984년도였다. 지금껏 내가 겪은 물난리 중에 가장 끔찍했다. 서로 하늘을 올려다보던 아버지와 눈이 마주쳤다. 너도 그때를 기억하냐? 나는 그 눈빛을 그렇게 읽었다. 하지만 나중에야 알게 되었지만 내가 기억하는 건 1984년도 수해였고 아버지가 잊지 못하는 건 1972년도 수해 상황이었다. 연도는 달랐지만 아무튼 우리는 우리가 겪었던 물난리를 동시에 떠올리고 있었다.

1984년도 수해는 그렇게 대단한 것은 아니었는지도 모른다. 그걸 기억하는 사람도 별로 없다. 내가 그 여름의 수해를 잊지 못하는 건 물 때문이다. 하수구가 역류했다. 작은 돌덩이 하나가 하수구를 막으면 집 한 채도 거뜬히 무너뜨린다. 우리는 그때도 꽤 높은 지대에 살고 있었다. 그런데도 물이 마당으로 차올랐다. 아버지는 이불로 현관을 틀어막고 엄마는 방문을 테이프로 봉했는데도 흙탕물이 안방까지 스며들었다. 중학교 3학년이었던 나와 초등학생이었던 여동생들은 양동이를 든 채 아버지 뒤를 쫓아 식수를 받으러 다녔다. 물난리가 났는데도 쓰고 먹을 물이 없다는 건 참으로 이해하기 힘들었다. 가족들은 물을 아껴 쓰기 위해 화장실 사용도 가능한 한 자제했다. 찌는 듯한 무더위가 이어졌지만 몸을 씻는다는 건 엄두도 내지 못했다. 정 목이 마르면 숟가락으로 물을 떠먹었다. 내 생에 그토록 물을 소중하게 아껴 써본 적이 없다. 그 수해 이후 우린 평시에도 초코파이나 컵라면 같은 비상식량과 부탄가스를 상비했다. 나는 한이 맺힌 듯 그때부터 물을 펑펑 쓰기 시작했다. 우리나라가 물 부족 국가라는 덴 아무런 관심이 없었다. 아버지는 열심히 물탱크를 청소했고 항시 물을 받아뒀다. 그 다음해 우리는 더 높은 지대로 이사를 갔다. 봉천10동에서 봉천10동으로 갔으니 거기가 거기였지만.

아버지와 내가 옥상에 함께 있는 게 하나도 이상하지가 않았다. 아버지 역시 마찬가지였을 거라고 생각한다. 먼 데서 불어오는 강한 바람 속에서 우리는 같은 것을 생각하고 염려하고 있었다. 이번 태풍 이름이 뭐라더냐? '루사' 요, 말레이시아어로 삼바사슴이라는 뜻이래요. 태풍이 올 때마다 피해가 큰 건, 아버지는 담배를 꺼내물었다. 사람들이 나무를 함부로 베서 그런 거다. 아버진 목수잖아요. 목수는 꼭 써야 할 나무만 쓰는 사람들이니라. 이상한 날이다. 아버지는 나무 이야기는 잘 안 하는 편이다. 언젠가 내가, 아부지 우리 동네에서 무슨 이상한 냄새 안 나세요?

꼭 무슨 지린내 같기도 하고 톱밥 냄새 같기도 하고, 했을 때도 아버지는 쓸데없는 소릴 한다, 일축했다. 무슨 부족인데, 아프리카 말이다. 사람들이 하도 나무를 베가서 강렬한 햇빛을 피할 수가 없게 된 부족인들이 모두 눈이 멀었다는구나. 그건 무슨 프로그램에서 보신 거예요? 아버지는 담배를 비벼껐다. 아버지는 잘 때도 텔레비전을 켜놓는 사람이다. 제가 알기론 절개지 때문이래요. 바위의 위치나 결, 상태완 상관없이 획일적으로 63도 경사각을 유지하도록 한 규정 때문에 태풍이나 집중호우 때면 어김없이 산사태가 일어나는 거래요. 그건 어디서 읽은 거냐? ……잘 모르겠어요. 그거나 이거나 서로 비슷한 얘기 아니냐? ……이대로라면 교각이며 교량들이 다 무너질 거다, 전기도 통신도 모두 불통될 거다, 사람들은. 나는 아버지를 쳐다봤다. 집을 잃게 될 거다. 무슨 예언처럼 아버지는 말했다. 이튿날, 아버지의 말은 사실이 되었다.

아버지는 그날 밤 몸을 반으로 접고 잤다. 기역자로 구부린 다리는 서로 엇갈려 있었다. 보기에도 영 불편해 보였다. 며칠 뒤 신문을 통해서 강풍에 한쪽 가지가 부러진 채 다른 가지에 위태롭게 걸려 있는 팽나무를 보았을 때 나는 그날 밤 아버지의 잠든 모습을 떠올렸다. 칠 개월에 걸쳐 내릴 양의 비가 하루에 다 쏟아져내렸다. 루사는 1959년 9월 한반도를 강타한 태풍 '사라' 이후 가장 강력한 태풍으로 기록되었다. 동해 일대는 폭격을 맞은 듯 폐허로 변해버렸다.

한 차례씩 태풍이 지나간 날이면 지금도 나는 물을 뜨러 다니는 꿈을 꾸곤 한다. 겪어본 사람들은 알겠지만 세상에 물처럼 무서운 건 없다는 생각이 들 때가 있다. 물은 모든 것을 휩쓸어가버린다. 봉천동이 아무리 지대가 높은 곳이라고는 해도 여기도 수차례 큰 물난리를 겪었다. 그런데 이상한 건 우리는 아직도 예전처럼 이곳에 살고 있다는 사실이다. 루사가 지나간 후 나는 갑자기 궁금해지기 시작했다. 봉천동엔 어떻게 이 많은 사람들이 모여 살게 되었을까.

내가 사는 곳은 관악구 봉천동이다. 관악구에는 세 개의 동(洞)이 있는데, 신림동 · 남현동 · 봉천동이 그것이다. 신림동(新林洞)은 일대에 숲이 무성하다 하여 생긴 이름이고 남현동(南峴洞)은 남쪽에 있는 고개 마을이라는 뜻으로 붙여진 이름이다. 이왕 관악구에 살 거면 이름도 아름다운 신림동이나 남현동에 살면 얼마나 좋을까. 봉천동(奉天洞). 이름하여 떠받들 봉(奉)자에 하늘 천(天)자. 관악산 북쪽 기슭에 있는 마을로 관악산이 험하고 높아 마치 하늘을 떠받들고 있는 것처럼 보인다고 해서 '봉천'이라는 이름이 붙여졌다고 한다. 풀이는 그럴듯하지만 봉천이라니…… 세상에 이렇게 촌스럽고 우스꽝스러운 지명이 다 있을까. 어휴, 내 이름이 조봉천이 아닌 게 천만다행이다. 사람들은 봉천동, 하면 우선 판자촌을 떠올린다.

할말이 없어서일까? 자리가 파하면 집까지 데려다줄 것도 아니면서 사람들은 나에게 어디 사느냐고 꼭 묻는다. ……봉천동요. 아, 거기 신림동 있는 데요? 아뇨, 신림동은 바로 옆동네예요. 아, 거기! 그래요, 지하철, 2호선, 서.울.대.입.구.역, 근처예요. ……아하, 그쪽 잘 알아요. 나를 한 번이라도 만난 적 있는 사람들이라면 '지하철2호선서울대입구역근처 예요'라고 내가 말할 때의 표정과, 마치 지하철2호선서울대입구역은 봉천동과 무관한 것처럼 말하던 어투를 쉽게 기억해낼 수 있을 것이다. 삼청동, 구기동, 홍제동, 방배동, 청담동, 동부이촌동, 학동, 그런 데도 얼마든지 집들은 있을 텐데. 나는 한 편의 시가 떠오르는 성북동 같은 마을에서 살고 싶다. 그런데도 아버지는 왜 하필 하늘을 떠받드는 동네로 이사를 온 것일까. 거기서도 아주 높은 곳. 웬만한 물난리에는 끄덕조차 하지 않는 곳. 다만 어쩌다 한 번씩 물이 새는 곳. 사실 우리집은 지하철 서울대입구역보단 봉천 중앙시장 쪽에서 더 가깝다. 나는 봉천동에 사는 것이 부끄럽지는 않다. 하지만 봉천동에 산다고 말하는 것은 정말 싫었다. 그건 보여주고 싶지 않은 나와 내 가족의 궁핍을 날것 그대로 드러내 버리는 느낌이기 때문이다. 때로 수치스럽기까지 했다.

봉천동의 행정 변천을 살펴보면 이 지역은 원래 서울시 조례 제276호에 의해 영등포구 관할에 속했다. 봉천동이 관악구에 속하게 된 건 1973년의 일이다. 나는 1968년에 태어났다. 공교롭게도 내가 태어난 곳은 영등포다. 내가 세 살 무렵 아버지는 영등포에서 봉천동으로 이사를 왔다. 나의 본적은 '봉천동 산1번지'라고 되어 있다. 봉천동 산1번지는 봉천동에서도 최고로 높은 달동네다. 그러니까 엎어치나 메치나 나는 처음부터 봉천동 키드였던 것이다.

아버지가 처음 봉천동으로 이사를 왔던 무렵에는 이 일대가 온통 저습지대의 계단식 논이었다고 한다. 야산은 깊고 험했으며 나무들이 빽빽했다. 그때는 이곳에 아파트촌이 들어서고 지하철이 개통되리라는 걸 아무도 몰랐을 것이다. 봉천동이 일거에 발전하게 된 건 서울대학교가 들어서면서부터였다. 그후 교육지구 진입도로 주변 지역의 개발 추진 필요성이 인정되어 구획정리사업이 시작되었다. 그전까지는 자연지형을 따라 형성된 협소한 소로(小路)만 있었을 뿐 도로라고 할 만한 것이 없었다. 지하철 개통도 서둘러 공사를 진행했다. 옆동네 신림동엔 하숙촌, 고시촌이 우후죽순으로 생겨났다. 어디선가 한꺼번에 사람들이 밀려오는 느낌이었다. 아버지는 그때에 비하면 이건 아무것도 아니라고 했다. 아버지가 말하는 그때란 시간당 112밀리미터가 쏟아졌던 1972년의 집중호우 이후다. 그때도 사람들이 봉천동으로 속속 몰려들었다고 한다. 정확히 말하면 서울대학교는 신림동에 속해 있다. 그러나 우리집에서 걸어서 기껏해야 삼십 분 거리다. 그곳은 내 산책 코스이기도 하다. 그래서 나는 그 대학교가 우리 동네에 있는 거라고 생각한다. 서울대학교가 봉천동으로 이전을 결정한 다음과 같은 이유들, 서울시 중심으로부터 15킬로미터 이내에 위치해 있다, 부지가 한강 남쪽에 있어서 漢水以南을 개발하려는 정부 방침에 일치된다, 등등의 이유가 있으나 나는 그중 네번째 이유가 가장 마음에 들었다. '이 부지는 아름다운 自然環境을 보유하고 있다.'

아버지는 서울대학교를 누구보다 먼저 S대라 불렀다. 그리고 당신의 세 딸들 중 누군가가 그 S대에 들어가길 바랐다. 가장 먼저 제외된 건 맏딸인 나였다. 첫째 동생이 재수를 포기했을 때 아버지는 막내동생에게 의지했다. 우린 집에서 버스 타고 오 분 거리인 S대에 아무도 가지 못했다. 아버지는 몹시 낙담하였다. 그렇지만 우리 자매들은 모두 S대에 갔다. 바로 아래 동생은 나와 같은 전문대학을 나왔고 그중 성적이 좋았던 막내는 혜화동에 있는 S대에 합격했다. 기왕지사 대학엘 갈 거면 집 가까운 데로 갈 것이지, 헛. 우리가 대학에 입학할 때마다 아버지는 아무도 들어주지 않는데 혼자 중얼거리셨다.

먼 데서 선배가 찾아왔다. 우리는 봉천 중앙시장 일대가 환히 내려다보이는 찻집 이층 창가에 앉아 차를 마셨다. 별로 할말이 없었다. 나는 물끄러미 창 밖을 내다보았다. 차츰 지루해지기 시작했다. 그때 선배가

난 이 동네를 잘 알아요, 하고 말을 꺼냈다. 그를 흘깃 쳐다봤다. 한때 아버지가 여기서 사셨거든요. 네에, 그랬군요. 이 일대가 전부 제재소였던 거 알아요? 제재소요? 그래요, 나무를 다루는 곳 말예요. 그때가 언제쯤인데요? 내가 여덟아홉 살 때니까 69년이나 68년쯤일 거예요. 나는 아버지를 생각했다. 그리고 다른 데 있다가 우리 동네만 들어서면 나는 냄새. 물냄새, 땀냄새, 하수구 냄새 그리고 나무 냄새.

몇 시간 뒤, 나는 관악구청에서 빌려온 『冠岳20年史』라는 책을 읽기 시작했지만 거기엔 이 동네가 제재소였다는 기록은 찾아볼 수 없었다. 기록에 따르면 봉천 중앙시장은 '박재궁'이라는 마을이었다고 한다. 재궁(齋宮)이라면 분묘나 무덤을 지키기 위해 그 옆에 지은 집을 말하는 것일 텐데. 그렇다면 무덤 옆에 제재소가 있었을까. 아버지는 처음부터 목수였을까. 아니면 봉천동에 와서 비로소 목수가 되었을까. 궁금한 게 점점 더 많아졌다.

지난 봄, 대림동에 살던 친구 Y가 우리 동네로 이사를 왔다. 나는 누가 시킨 것도 아닌데 며칠 동안 Y와 그녀의 남편과 여섯 살짜리 아들을 데리고 다니며 우리 동네에서 갈 만한 식당들, 산책길, 가격이 싼 마트 등을 안내하며 발품을 팔았다. Y와 그녀의 남편은 별 관심을 보이지 않았다. 나는 섭섭했다. 하지만 망원경을 들고 내 옥탑방 창문에 걸터앉으면 Y가 사는 높다란 아파트가 보인다. 아주 가까운 곳에 친구가 살고 있다는 건 즐거운 일이다. Y가 사는 곳은 봉천 6동 산동네를 철거한 후 이 년 만에 완공한 아파트촌이다. 식당과 산책길과 마트. 거기까지 소개하고 나니 더이상 설명해줄 것이 없었다. 나는 내가 우리 동네에 관해 몰라도 너무 모른다는 생각이 들었다. 이곳에 산 지 삼십 년도 훨씬 넘었는데.

내가 잠깐 딴생각을 하고 있는 사이에 선배는 한겨울에 저 위쪽 봉천여중 운동장에서 스케이트를 탔던 얘기며 그 맞은편 봉천극장에서 〈도라도라도라〉를 봤던 기억을 더듬고 있었다. 그는 덧붙였다. 아주 옛날옛날이었어요. ……봉천극장이 없어진 건 불과 사오 년 전이다. 아주 옛날옛날은 아닐지도 모른다. 아버지는 이북 출신이었어요. 자리잡기 전에 이곳 저곳을 옮겨다녔는데, 그중 한 군데가 봉천동이었어요. 알고 보면 봉천동엔 정작 서울 출신들이 드물걸요? 내가 아는 사람들 중에도 한때 봉천동 판자촌에 살았던 사람들이 있어요. 대개 숨어 살아야 하는 형편인 사람들이었죠. 봉천동을 거쳐간 사람들, 찾아보면 정말 많을 거예요.

그가 봉천동에 관해 제법 알고 있다는 게 신기했다. 처음으로 그의 얼굴을 똑바로 봤다. 이성에게 느끼는 호감과는 다른 묘한 친밀감이 느껴졌다. 그의 말대로 봉천동에 서울 출신이 드물다는 건 사실이다. 그건 투표 때마다 결과를 보면 안다. 나의 아버지도 서울 출신은 아니다. 아버지는 참으로 먼 데서부터 출발해 여기까지 왔다.

헤어지기 전에 나는 그에게 사는 데가 어디예요? 라고 물었다. 그는 분당에 산다고 했다. 지하철역에서 그와 헤어진 후 나는 3번, 관악구청 출구로 빠져나왔다. 사람들이 왜 어디 사느냐고 물어보는지 그 이유를 알 것 같았다. 나는 오 분쯤 천천히 걸었다. 그 시간이 이상하게 길었다.

E. 애니 프롤스의 『쉬핑 뉴스』를 읽는 동안 내 머릿속에서는 집을 끌고 다니는 사람들의 이미지가 줄곧 따라다녔다. 실제로 그 책에서는 해적인 코일족이 게이즈 섬에서부터 집을 로프로 묶어 바다와 얼음의 땅을 건너 새 정착지까지 끌고 가는 장면이 나온다. 집을 끌고 가는 사람들의 뜨거

운 입김과 땀냄새, 뺨을 후려치는 눈보라, 지붕의 네 귀퉁이를 꽁꽁 묶고 있는 로프의 불안정한 흔들림, 집 바닥을 지탱하고 있는 나무둥치들. 그 모든 것들이 활자들 사이로 영상처럼 지나갔다. 게나 고둥 같은 생물들 외에 집을 끌고 다니는 사람들이 있다는 게 신기하고 경이로웠다. 그러나 나는 고통을 느꼈다. 밥을 먹다가 나는 우리가 어떻게 이곳에서 살게 되었는지 아버지에게 물어보았다. 아버지는 기억이 안 난다고 했다. 그 건 너무 오래된 이야기라고 했다. 아버지가 남쪽 고향을 떠난 건 당신이 아홉 살 때였다. 누구도 다시는 아버지가 고향으로 돌아갈 수 없을 거라 는 사실을 알고 있다. 아버지만 제외하곤. 아버지는 집을 너무 멀리까지 끌고 왔다. 봉천동은 아버지의 제2의 고향이 되었다.

봉천동은 봉천리였던 1933년 당시 인구 1인당 면적이 1,212평 정도로 인구수가 매우 적은 마을이었다. 사람들은 논농사를 짓고 살았다. 장이 서고 지금의 봉천고개인 살피재고개에 이따금씩 호랑이가 나타나 조용한 마을을 놀라게 했다. 저습지대였기 때문에 마누라 없이는 살아도 장화 없 이는 못 산다는 마을이 여기였다. 현재 관악의 새로 지정된 까치가 울고 관악의 꽃인 철쭉이 피었다 졌다. 계단식 논이 있던 자리에 집들이 들어 서기 시작했다. 급격히 늘어나는 인구 때문이었다. (내가 산책을 하는 시 간은 저녁 아홉시나 열시쯤이다. 그 시간에도 사람들은 너무나도 많다. 봉천동 사람들은 밤늦게 귀가하고 부지런한 새보다 먼저 일어난다.)

봉천동에 변화가 일기 시작했다.

1961년 당시 7,104명에 불과하던 인구가 1965년에는 10,134명, 십 년 후인 1975년에는 그 세 배로 폭발적으로 증가했다. 이는 비단 관악구 지 역만의 현상이 아니라 새로 편입된 몇몇 변두리 지역의 공통된 현상이었다. 가장 큰 원인은 도심의 불량주택 철거정책에 따른 철거민의 집단 이주 때문이다. 관악구 지역에 철거민 이주 정착단지가 조성되기 시작한 것은 1963년 9월 용산구 해방촌 철거민이 관악구 철거민 수용소로 집단 이주하면서부터였다. 신림동 철거민 수용소 입주가 끝나고 난 다음해에는 수해로 인한 이재민 3,600여 가구가 관악구 지역에 이주해옴으로써 봉천동엔 본격적으로 철거민 정착촌이 형성되기 시작하였다.

1965년 7월 15일, 16일 이틀간 중부 이북지방에 내린 집중 호우로 막대한 수해가 발생했다. 이촌동과 영등포지구의 하천 연안 일대에 피해가 커 수재민이 생겼다. 서울시에서는 '수재민정착계획'을 마련해서 봉천동에 국유 임야 8만 평을 확보하여 이곳에 300가구를 수용하며 50가구에 우물과 변소를 설치한다는 내용을 발표했다. 이후 1966년부터 1968년 사이에 청계천, 목동, 여의도, 도동, 창신동 등지에서 철거민들이 이주해옴으로써 관악구 지역 곳곳에 밤골, 산동네, 화재민촌 등으로 불리는 대규모 철거민 집단 정착촌이 생겨난 것이다. 이곳이 불과 얼마 전까지만 해도 달동네라고 불렸던 봉천2동, 봉천3동, 봉천5동 지역 일대다. 무분별한 주택정책은 그후로도 계속되었다. 서울시에서 발행한 『서울육백년사』(제5권)에는 광복 후 1960년까지 서울시 무허가 불량주택에 관해 매우 자세하게 기록되어 있는데, 정착지에 관한 부분을 소개하면 다음과 같다.

서울시는 또 한 걸음 나아가 이른바 定着地라는 것을 만들기 시작하였으니 1959년 초부터의 일이다. 정착지라고 함은 교외의 넓은 산허리를 적당히 整地하여 지형에 따라 8~12평 정도로 분할한 후 도심부

또는 간선도로변의 판잣집이나 수재·화재민을 이주시킴으로써 새로운 판잣집을 세우게 한, 말하자면 無許可板子집의 장소적 移轉政策이었다. 이 계획은 1959년 초부터 착수되었으며 당초의 계획은 미아리 120만 평에 34억환의 예산을 들여 삼 년간의 연차계획으로 대대적인 택지조성을 함으로써 문화촌을 계획하였으나, 이 계획은 1959년 제1차년도분 3만 평을 整地하여 여기에 2,934가구를 이주·정착시킴으로써 끝이 났다. 당초 120만 평의 계획이 겨우 30,000평 2,934가구분으로 끝이 난 것은 정지공사와 이주정책의 진행중에 4·19의거, 과노성부, 제2공화국 등 행정의 공백기에 그 주변 일대에 걷잡을 수 없이 많은 무허가 판잣집이 난립한 때문에 더이상 공사를 진척할 수 없는 상황에 도달한 때문이었다. 그리고 이 미아리 정착지사업은 선례가 되어 1962년 이후 1970년까지에 걸쳐 성북구 정릉동, 상계동, 중계동, 도봉동, 창동, 쌍문동, 번동, 공릉동, 영등포구 구로동, 신정동, 염창동, 사당동, 시흥동, 관악구 봉천동, 신림동, 성동구 거여동, 가락동, 하일동, 오금동 등 20여 지구에 모두 43,509가구분의 판잣집 정착촌을 만듦으로써 이곳을 중심으로 그보다 몇 배 되는 무허가 건축물의 난립을 초래했다.[*]

내가 살았던 봉천동 산1번지. 나는 동네 아이들과 아카시아꽃을 따먹으러 쏘다녔고 밤이면 빨간 내복을 입은 채 마술사가 되는 꿈을 꾸었다. 새벽에는 아버지가 우리 세 자매를 깨웠다. 아버지는 딸들을 앞세우고 산에 올랐다. 산을 오르면서도 우리는 기술적으로 꼬박꼬박 졸았다. 봉천동의 아이들은 신나게 뛰어놀았다. 집은 게딱지처럼 좁았지만 산은 컸고 길은 넓었고 친구들은 많았다. 어른들은 벽돌과 슬레이트로 아무 데 나 뚝딱 집을 지어올렸다. 아무 데나 물을 버리고 자주 싸웠다. 다리 밑 에서 살던 친구도 있었다. 어른들은 모두 가난했다. 늘어나는 노동력을 흡수할 만한 산업시설이 그때는 전무했다. 상·하수도를 비롯한 생활 편 의시설이 부족한 건 말할 필요도 없었다. 도시빈민층이라는 말은 그때부 터 생겨났다. 내가 서너 살 무렵에 봉천동으로 이사를 온 게 사실이라면 아버지도 수해 이재민이나 철거민들 사이에 섞여온 것은 아닐까. 하지만 봉천동엔 그 이후로도 인구가 더 늘었으니, 그건 이촌향도(離村向都) 현 상 때문이었다.

1960대에 접어들어 정부에서 계획하고 주도한 경제개발계획이 추진 되면서 개발 분위기가 조성되었다. 그때부터 농촌 사람들이 대대로 살던 고향을 등지고 도시로 대이동하는 이촌향도의 사회현상이 확대되었다. 그 때문에 관악구의 인구는 칠 년 사이에 무려 열일곱 배나 증가하게 되 었다. 이같은 급격한 인구증가는 무허가 불량주택이라는 심각한 사회문 제를 야기시켰다. 관악구 봉천동·신림동 지역에 철거민 정착촌이 더욱 늘어나게 된 것이다. 그러니까 봉천동이 가난한 사람들이 모여서 만든 동네라는 건 확실한 것 같다.

수해 때문이 아니라면 아버지도 이촌향도를 한 것일까. 우린 어떻게 이곳에 와서 살게 되었어요? 라고 물었던 며칠 뒤 아버지는 지나가듯 말 했다. 수남이 아저씨 때문이라고. 그분은 아버지의 가장 절친한 친구다. 수남이 아저씨가 봉천동에서 살고 있었다고 했다. 아버지는 거기까지만 말했다. 수남이 아저씨는 예전에 고향으로 돌아갔다. 수남이 아저씨의 딸이 국자였는데 그앤 내 친구이기도 했다. 국자는 아카시아나무를 타다 떨어져 죽었다. 봉천동에서 나는 여러 명의 친구를 얻기도 했지만 여러 명을 잃기도 했다. 지금은, 다 기억나진 않는다.

　딱 한 번 전학을 간 적이 있는데 그건 봉천동에 인구가 너무 많아져서였다. 나는 관악구에서 가장 최초로 설립된 은천초등학교에 다녔다. 동부이촌동 및 서부이촌동, 용산 해방촌, 여의도 지역 등의 철거민들이 관악구로 이주 정착하면서 학급 수도 늘었다. 단 하나의 초등학교였던 은천초등학교에서 봉천초등학교, 당곡, 구암, 신봉초등학교가 각각 분리하여 개교하였다. 나는 오학년 때 구암초등학교로 전학했다. 졸업할 때까지 그 학교에 적응하지 못했다. 모두가 은천초등학교에서부터 알던 친구들이었지만 우린 더이상 함께 어울리지 않았다. 서먹해졌고 빨리 멀어졌다. 어느 때 생각하면 나는 초등학교를 중퇴해버린 것 같은 느낌이다. 마치 나의 아버지처럼.

　요 며칠 아버지는 나를 피하는 눈치다. ……아버지는 내가 봉천동에 관해 쓰기 시작했다는 걸 눈치챈 것이다.

　낮잠을 자다 깨어났다. 어쩐 일인지 아버지 목소리가 집 안에 우렁우렁 울렸다. 아래층으로 내려갔다. 아버지는 수화기를 들고 김수남을 찾는다는 말을 되풀이하고 있었다. 나는 얼른 전화 호크를 눌러버렸다. 수남이 아저씨는 왜요? 물난리가 안 났냐. 수남이 아저씨가 죽은 지가 벌써 언젠데요. 아버지는 신발을 신었다. 어디 가세요? 나도 갈 데가 있다. 아버지는 휑하니 계단을 내려갔다. 나는 텔레비전을 끄기 위해 리모컨을 집었다. 텔레비전에서는 영동지방의 수해복구 현장을 보여주고 있었다.

태풍 뒤의 무더위 속에서 추석을 앞둔 사람들이 너나 할 것 없이 땀을 흘리고 있었다. 수남이 아저씨의 고향은 강릉이다.

나는 방으로 올라와 망원경을 꺼내들고 창가에 걸터앉았다. 갈 데라고 해봐야 봉천동 안일 것이다. 그건 아버지와 내가 친구가 거의 없다는 공통점 외에 한 가지 더 닮은 점이다. 아버지와 나는 가끔 봉천동에서 우연히 만난다. 아버지는 나를 아는 척하지 않고 나 역시 이제는 무심히 아, 하고는 그냥 지나쳐버린다. 아버지는 지금쯤 봉천 중앙시장이나 관악프라자 앞을 걸어가고 있을 것이다. 봉천 중앙시장이 생긴 건 1969년이니 거의 내 나이와 엇비슷하다. 이들 재래시장은 대부분 시설이 노후하고 영세해 주민들의 욕구를 충족시켜주지 못하고 있는 실정이다. 그래서 관악구 지역은 백화점 및 대형 쇼핑센터를 적극 유치하기 시작했다. 그 결과가 오 년 전에 들어선 관악 롯데백화점이다. 나의 어머니는 지금도 봉천 중앙시장에서 장을 보지만 내 친구 Y만 해도 백화점 지하 마트를 이용한다. 시장이 활기를 잃은 건 오래 전부터다.

아버지 모습은 망원경에 잡히지 않았다. 아버지는 또 자운암에 올라갔을까. 거긴 서울대학교 중턱에 위치한, 무학대사가 창건한 사찰이다. 당신 집 한 채를 짓고 난 아버지의 다음 소원은 사찰을 한번 맡아 짓는 것이다. 그 소원은 어쩐지 이루어질 것 같지는 않다. 요즘은 아버지가 낸 교차로 광고를 보고 전화가 걸려오는 일도 거의 없다. 자운암에 간 게 아니라면 아버지는 관악산에 올라갔을 것이다. 관악산 맨 꼭대기에는 연주암이 있다. 거기 있는 연주대는 신림9동과 남쪽 경기도 과천시의 경계에 우뚝 솟은 자연 바위벽이다. 관악의 센 정기를 누르기 위해서 연주대 위에는 작은 못이 있다고 하는데 나는 한 번도 가보지 못했다. 관악산은 개성의 송악, 가평의 화악, 파주의 감악, 포천의 운악과 함께 경기 5악 중 1악으로 장엄하면서도 수려함과 아름다움을 겸비하여 경기의 금강이라 일컬어져왔다. 일명 백호산이라고도 불렸다. 아버지는 그 백호산의 다람쥐였다. 하지만 아버지는 그 산에서 떨어진 적이 있다. 그건 아버지의 의지였다.

봉천 일대가 훤히 내다보였다. 내가 태어나고 자란 곳이다. 여기가 아버지의 고향이라면 내 고향이기도 할 것이다. 지금으로부터 삼십여 년 전, 철거민·이재민들이 몰려들기 시작하면서 형성된 마을. 지금도 태풍이 오는 밤이면 집이 날아가지 않도록 아버지가 집을 꽁꽁 묶어대는 소리가 들리는 곳. ……그러나 이러한 역사와는 상관없이 나는 지금껏 봉천동을 떠나기 위해 필사적으로 노력했다.

친구들은 대개 봉천여자중학교나 당곡중학교로 배정받았다. 나는 이제 막 개교한 신대방동의 한 여중으로 가게 되었다. 내가 봉천동을 벗어나게 된 순간이었다. 고등학교는 훨씬 더 먼 곳으로 다녔다. 내가 다니던 중학교에서 딱 세 명만이 그곳에 배정받았다. 버스가 한강을 지날 적이면 가슴이 뛰는 것을 느꼈다. 나 혼자 한강을 지나서 어딘가를 가본 적은 그때가 처음이었다. 광화문과 정동은 내가 생전 처음 보는 장소, 생전 처음 보는 사람들로 수두룩했다. 초등학교는 비록 봉천동에서 나왔지만 중학교와 고등학교는 집에서 점점 더 먼 곳으로 다닌 것이다. 이렇게 점점 더 봉천동에서 멀어지고 있는 거라고 생각했다. 내 꿈은 이루어지는 듯했다. 이제 대학만 가면 되었다. 여기보다 더 먼 곳. 지방이라면 더더욱 좋을 것이다. 내 꿈은 수없이 바뀌었지만 집을 떠나야겠다는 꿈만큼은 시간이 흘러도 변하지 않았다.

대학 입시에 거푸 실패하고 나자 아무 데도 갈 데가 없었다. 봉천동을 벗어나는 건 도무지 불가능해 보였다. 나는 노로 집으로 돌아오고 말았다. 그 동안 봉천동은 구청장이 바뀌고 민둥산이 뭉텅뭉텅 깎여나가기 시작했다. 실업자가 줄어들었다. 그땐 아버지도 바빴다. 삼 년 후, 나는 가출을 했다.

헤어진 애인에게 전화가 왔다. 자동차를 샀으니 드라이브나 한번 하자고 했다. 서로 무슨 마음이 남아 있는 게 아니었으므로 선선히 그러자고 했다. 그는 봉천 중앙시장 앞까지 차를 몰고 왔다. 아무튼 남자들의 과시욕은 알아줘야 한다니까. 나는 속으로 투덜거렸다. 커다란 흰색 자동차가 시장통 입구에 서 있는 건 역시 어울리지 않았다. 북한강을 바라보며 점심을 먹었다. 과시욕이 아직 성에 차지 않은 모양이었는지 그는 나를 집까지 바래다주겠다고 했다. 남태령을 넘었다. 그때 나는 수년 전 이 고개를 넘으면서 가출 끝의 남루한 모습으로 집으로 돌아오던 나를 봤다. 여태도 사무치는 게 있었던지 삐죽 눈물이 났다. 그때 나는 얼마나 봉천동으로 돌아오고 싶었는지 모른다. 그날 결국 그는 나를 집까지 데려다주지 못했다. 차도가 꽉 막혀 있었다. 그는 네시까지는 다른 동네로 가야하는 형편이었다. 나를 내려준 그가 샛길로 우회전을 했다. 나중에 듣게 되었는데, 거기서 사고가 났다. 서툰 운전 솜씨 때문이었다. 한 여자가 통원치료를 받게 되었다. 그는 생각보다 꽤 많은 액수를 부담해야 했다. 그 소식을 들었을 때 나는 고것 참 깨소금 맛이다, 했다.

남태령은 18세기 말 조선 정조 때 과천현 이방이던 변씨가 여기가 어디인고? 묻는 임금에게 남녘으로 넘어가는 큰 고갭니다, 라고 아뢰서 붙은 지명이라고 한다. 하지만 남태령이 사람들 입에 오르내리게 된 건 천

년 묵은 여우가 사람으로 변해 나타났다는 전설이 전해지는 곳이기 때문이다. 그래서 '여우고개'라고도 불린다. 그날 그는 21세기에 나타난 신종 여우에게 홀렸던 것이다. 전적으로 내 생각이다. 그리고 그것이 한동안 나를 유쾌하게 했다. 그가 새 여우에게 홀려서였을까. 그날 이후 우리는 한 번도 만나지 않게 되었다. 지금은 그곳이 지하철 4호선 개통과 과천 서울대공원의 개장으로 교통의 요충지로 변해버렸지만 내가 가출해 돌아오던 그 무렵만 해도 어둡고 한적한 고개였다. 끝없이 휘어진 긴 길이었다.

다시 여길 떠나야겠다고 작정한 건 아버지 때문이다. 내가 다시는 관악산에 올라가지 않게 된 것도.

아버지가 실종되었다. 폭설이 쏟아지던 날이었다. 가족들의 생계가 걸린 문제였으니 그땐 아버지 인생 중 가장 힘든 시기였을 것이다. 사방팔방으로 아버지를 찾아다니던 가족들은 실종신고를 냈다. 밤이 참 길었다. 새벽에 아버지는 의식을 잃은 채 돌아왔다. 젖어 김이 나기 시작하는 몸은 온통 상처투성이었다. 아버지가 드디어 죽었다고 생각한 나는 차분히 엄마와 경찰들의 이야기를 엿들었다. 아버지는 관악산의 깊은 계곡에서 발견되었다. 아버지는 폭설주의보가 내린 날 산으로 들어갔다. 목탁바위나 고래바위에 앉아서 소주를 마셨다. 아버지는 뛰어내렸다. 그게 내가 한 추측이다. 뛰어내린 것만 빼면 모두 사실이다. 뛰어내린 건지 떨어진 것인지는 엄마도 경찰도 몰랐다. 하지만 백호산의 다람쥐가 그깟 바위 하나에서 잘못 떨어졌다는 건 말도 안 되는 소리다.

안방 불을 끈 채 엄마는 젖은 아버지의 옷을 모두 벗겼다. 엄마는 나를 안방에 들어오지 못하게 했다. 물을 끓이는 것도 수건과 대야를 안방으로 들이는 일도 모두 혼자 했다. 불 꺼진 방에서 엇갈린 두 겹의 숨소리가 들려왔다. 집은 고요했다. 나는 까치발을 하고 안방 가까이 다가갔다. 어둠이 눈에 익었을 때 엄마가 아버지의 알몸을 닦아내면서 울음을 참고 있는 걸 보았다. ……그래, 당신은 그렇게 죽어. 나는 멀리 떠날 것이야. 저 지긋지긋한 관악산이 보이지 않는 곳으로. 누가 뭐래도 내 마음은 그때 봉천동을 완전히 떠났다. 의식을 잃은 아버지를 싸늘하게 쏘아보았다. 그 순간 나는 궁사가 되려던 꿈을 포기했다. 내 꿈이 또다시 달라지는 순간이었다. 어둠 속의 형체가 더욱 뚜렷해졌다. 내가 맨 처음으로 본 페니스는 아버지의 것이었다. 그것은 까맣고 희미하고 젖은 어떤 늘어진 덩어리였다.

아버지의 원래 이름은 도(都)자 수(秀)자였다. 명이 짧다는 사주 때문에 친할머니는 아버지의 이름을 돌아올 회(回), 날 생(生)자로 바꿔주었다. 죽고 싶어도 죽지 못하는 사람들이 있다. 가족들과 달리 나는 아버지가 사라져도 아버지를 찾지 않는다. 일절 말도 없이 이따금 사라지는 건 가족들의 관심을 끌기 위한 방법일지도 모른다. 너무 빨리 찾으면 아버지가 실망할 것이다. 아버지의 이름을 바꿔준 친할머니는 일 년 후 자살하였다.

내 꿈이 바뀌었기 때문에 이번엔 꼭 대학에 가야 했다. 학교는 한강을 지나 서울역도 지나 시내 한복판에 있었다. 예전의 그 꿈이 또다시 이루어지려는 듯했다. 그러나 이번엔 홀리지 않았다. 대학을 졸업하자마자 역시나 나는 다시 갈 데가 없어졌다. 그래서 얌전히 집으로 돌아왔다. 그게 지금까지 이어지고 있다.

저녁이면 나는 대문 밖으로 나간다. 여길 떠나려던 꿈이 매번 좌절되

었기 때문일까. 돌연한 출분도 여행도 흥미를 잃었다. 나는 봉천동의 지
도를 새로 만들기라도 할 것처럼 곳곳을 걷고 또 걷는다. 기분이 좋으면
고래처럼 경쾌하게 뛰기도 하고 상심한 날엔 이백 미터 주자처럼 바람
을 가르고 달린다. 봉천고개를 낙성대를 서울대고개를 지난다. ……박
재궁을 지나 살피재고개를 넘는다, 쑥고개를 지나 삼막골에 이른다, 호
리목을 지나 구암마을로 간다, 꽃다리를 지난다, 청능말이 보인다, 늘봄
길 二十三 番地로 간다. 거기가 나의 집이다.

　추석이다. 차례를 지내기 바로 직전까지도 아버지는 텔레비전 앞을 떠
나지 않았다. 집이 쓸려나간 자리에는 커다란 컨테이너가 세워져 있었
다. 그 안에서 사람들은 변변한 음식도 없이 차례를 지내고 있었다. 오후
내내 흐리고 비가 흩뿌렸다. 달을 볼 수 있을 거란 기대는 하지 않았다.
밤이 되자 두꺼운 구름 사이로 보름달이 떴다.
　아버지와 나는 옥상에서 다시 만났다. 아버지는 달을 쳐다보고 있었다.
너, 아침에 봤냐? ……뭘요? 그쪽 사람들 말이야. 네, 봤어요. 참으로 큰
일이다, 자꾸만 집을 잃는 사람들이 생기질 않느냐. 나는 고개를 끄덕거
렸다. 그제서야 아버지가 쳐다보고 있는 게 달이 아니라 난곡 쪽이라는
데 생각이 미쳤다. 거기서도 사람들은 지금 집을 잃고 있는 중이니까.
　행정구역상으로 보면 난곡은 관악구 신림7동에 속한다. 난곡은 서울
에 남은 최후의 달동네이기도 하다. 태풍 루사가 지나간 것처럼 거기도
폐허가 되었다. 지난 9월, 관악구의 재개발사업 시행 인가 후 2,500여 채
의 가구 중 2,300여 가구가 난곡을 떠났다. 2006년에 그곳은 지금의 봉
천동 일대처럼 3,300여 채의 거대한 아파트촌이 형성될 것이다. 아직 난

곡에 남아 있는 사람들은 늦어도 내년 봄까진 그곳을 떠나야 한다. 지금 관악구의 가장 큰 현안이 바로 난곡이다. 철거는 지금도 신행중이다. 난곡은 봉천동 이야기를 할 때 빼놓을 수 없는 동네다. 봉천동 주택재개발 사업 때 봉천동 산동네에서 떠밀려나간 사람들의 일부가 난곡으로 옮긴 것이다. 어쩌면 그곳엔 두 번이나 집을 잃게 된 늙은 사람들이 있을지도 모르겠다. 봉천동을 거쳐 거기까지 간 사람들, 또 거기서 다른 낯선 곳으로 집을 옮겨야 하는 가난한 사람들. 나는 아버지가 어떻게 이 지상에 방한 칸 가질 수 있었는지, 어떻게 지금까지 이 집을 잃지 않고 버틸 수 있었는지 몹시 경이로운 느낌이 들었다. 그럼 사람들은 또 어디로 갈까요? 그 사람들 이제 봉천동으로 다시 돌아오면 안 돼요? 나는 아버지에게 물었다. 봉천동에 관해서는 나보다 아버지가 더 많은 것을 알고 있으니까 아버지에게는 뭔가 남다른 해결책이 있을 것 같았다. 그 사람들, 다시 돌아오기 힘들다. 더이상 깎아낼 산도 없질 않냐. 집은 사라져도 거기 살았던 사람들에 대한 기억까지 모두 잊어서는 안 되느니라. 남의 집을 지어주는 일로 한평생 먹고 살았던 아버지가 나에게 말했다.

이따금 자동차를 몰고 한강을 건너 이곳까지 나를 만나러 오는 H 생각이 났다. 그는 봉천동에 관해 잘 알고 있었다. 그의 여동생이 한때 이곳에서 살았다고 했다. 처음 그를 만나기 시작하던 무렵 나는 어쩌면 그가 나를 봉천동에서 벗어나게 해줄 수 있을지도 모른다고 기대했다. 한강 너머엔 아직도 다른 세상이 있을 것 같았다. 그 기대는 오래 가지 않았다. 나는 실망하진 않았다. 대신, 걸어다니는 것을 나만큼 H가 좋아한다는 걸 다행으로 여겼다. 그가 오면 관악구청 주차장에 차를 주차시키고 우리는 봉천동 일대를 끊임없이 걸어다닌다. 좋은 곳에 가 밥을 먹고 차를 마시는 건 누구와도 할 수 있는 일이다. 어느 날인가 나는 H의 손을 끌어당기며 이렇게 속삭였다. 아예 이쪽으로 이사를 오는 게 어때요? 어쩌면 나는 한강 너머로 내가 옮겨살고 싶은 게 아니라 H를 봉천동으로 편입시키고 싶었는지도 모른다. 그러고 보면 나에게 친구가 별로 없다는 말은 틀린 데가 있다. 봉천동에서 한강을 건너 이태원 쪽으로 가면 지금은 이해할 수 없는 이유로 헤어진 친구 K가 살고 이수교를 건너 반포에는 O가 살고 동작대교를 건너면 S가 살고 있다. 보고 싶어도 볼 수 없는 건 거리 때문은 아닐 것이다. 그건 내가 봉천동에 살아서도 아닐 것이다. 하지만 모두들 가까운 거리에 살고 있다. 가까운 거리는 서울뿐만이 아니다.

관악의 상수도 현황에 관한 글을 읽고 나서 나는 마음을 고쳐먹기로 했다. 관악의 1인당 급수량이 서울시 평균에 비해 약간 많은 수치를 보이고 있었다. 1984년 그 물난리 이후부터 나는 집이 아닌 어디 다른 데 가서도 물만 보면 다 퍼쓰고 와야 직성이 풀리게 되었다. 그렇게 내가 쓰고 버리는 오염된 물이 우리집 하수구를 통해 지금은 복개된 봉천천으로 흘러들어간다. 그 물이 신림5동, 신림주유소 부분에서 구로구와 영등포구의 경계인 마제천을 거쳐 안양천에 합류된 후 강서구의 한강 하류로 합류된다. 그리고 그 물이 인천 앞바다까지 흘러가는 것이다. 인천 앞바다의 물은 또 어디로 흘러흘러갈까.

이제 봉천동은 서울특별시 25개 구(區) 중 일곱번째로 넓은 구가 되었다. 우리 동네를 지나는 지하철 2호선은 서울의 중심부를 동서로 흐르는 한강을 사이에 두고 시청을 기점으로 하여 강북의 도심지와 강남을 연결하는 연장 48.8킬로미터의 순환선이다. 그걸 타면 누구든 만날 수 있고 어디든 갈 수 있다. 어디서도 봉천동은 그리 먼 데가 아니다.

봉천의 하늘 한가운데로 휘영청, 보름달이 떠올라 있었다. 키가 큰 아
버지가 한번 껑충 뛰어오르면 정수리에 달이 닿을 것만 같았다. 지난 초
여름에 상원사 적멸보궁에 올라간 적이 있었다. 거기서 보는 보름달이
기가 막히게 아름답다고 했다. 동행들은 어머 세상에 달을 이렇게 가깝
게 볼 수 있다니! 감탄을 연발했다. 나는 흥 요까짓 것, 코웃음쳤다. 봉천
동, 내가 사는 집 옥상에서 보는 달은 그것보다 두 배는 크고 가깝게 보
이기 때문이다.

아버지는 이제야 보름달을 쳐다보았다. 달이 꼭 무슨 말인가 걸어오는
듯 보였다. 아버지, 뭘 기도하실 거예요? 기도는 무슨 기도, 내가 더이상
바랄 게 뭐가 있겠냐. 아버지는 늘 솔직하지 못하다. 하지만 이번에도 나
는 그냥 속아주는 척 넘어간다. 아버지가 그런데 말이다, 하고 다시 말을
꺼내서 나는 깜짝 놀랐다. 저 달을 들어내면 하늘엔 뭐가 남겠냐? ……글
쎄요. 나는 아버지처럼 짧게 대답했다. 잘 모른다거나 기억이 안 난다거
나 하는 대답은 그 질문엔 어울리지 않았으므로 아버지 흉내를 낼 수 없
었다. 저 달을 들어내면 하늘에 구멍 하나 남길 않겠냐. 너는 작가가 아니
냐. 모든 사람의 생에는 구멍으로 남아 있는 부분이 있니라. 그 구멍을 오
래 들여다보너라. ……아버지, 전 어느 땐 양말이나 신발 신는 것부터 다
시 배워야 하지 않을까 하는 생각이 들 때가 있어요. 무슨 그런 말을 하
냐. 아버지는 나를 위로하고 있었다. 아버지. ……왜 그러냐? 벼룩시장
하고 교차로하고 광고료가 그렇게 차이가 많이 나요? 얼마 차이 안 나면
다음부턴 그냥 벼룩시장에다 광고 내세요, 거기가 더 전화가 많이 온대
잖아요. 내 일은 내가 알아서 한다. 아버지가 말했다. 그래요. 나는 고개
를 끄덕이는 수밖에 없었다. 그래도 언제나 아버지를 믿는다는 말은 차

마 하지 못했다. 그 말은 진심이 아닐 테니까. 달빛이 너무 밝았다. 아버지, 무슨 냄새 안 나요? 쿵쿵. 이리로 이사 왔을 적엔 저짝 중앙시장 일대가 제재소 아니었냐. 그럼 이게 나무 냄새란 말예요? 무우슨. 그럼 이게 무슨 냄새죠? 담배를 끊어야 할 모양이다, 나이 들수록 몸에서 나쁜 냄새가 나냐? 그럼 이게 겨우 담배 냄새란 말예요? 에이 아버지는. 그 냄새가 그 냄새 아니냐. 어느 날 내가 집을 떠날 때가 되어 돌아보니 부모는 이제 파파할머니가 되어 있었다. 아부지, 저 그냥 여기서 오래오래 살까봐요. 나는 아버지에게 진심으로 말했다. 아니다, 넌 여길 떠나거라. 먼 데로 가라. 아버지는 가서 다시는 돌아오지 마라, 는 말은 하지 않았다. 그래서 나는 그냥 봉천동에 눌러살기로 했다. 어디 가서 물난리 같은 걸 만나게 된다면 나는 우선 봉천동으로 돌아가고 싶어질 것이다.

달을 쳐다보는 아버지 눈은 간절한 데가 있었다. 아버지는 어떤 기원을 하고 있을까. 아버지가 새집을 짓는 동안 나는 다른 것으로 집을 지어야지. 그게 집을 지어 이백 년 됐을 때가 가장 튼튼해진다는 편백나무가 되길 바란다면 그건 꿈이겠지. 내 꿈은 아마 이루어지지 않을 것이다. 나는 언제나 너무나 큰 걸 바라니까. 그래서 나는 기도하지 않았다. 노란 달빛이 봉천동 일대로 한껏 쏟아지고 있었다. 우리집은 봉천동에서도 높은 지대에 있다. 게다가 내 방은 옥상 위 높고도 높은 옥탑방이다. 달도 태양도 이웃이다. 奉天洞은 하늘에서 가장 가까운 동네다.

* 『冠岳20年史』 참조

돌의 꽃

여느 때와 같은 시간들이 흘러간다

아직도 나는 바람이 불면 크고 무거운 바위들이 바람에 실려가는 소리

그 바위 속에서 피는 꽃을 사람들은 돌의 꽃이라고 부른다

수천 년이 흘러 한 알 모래가 모여 커다랗고 튼튼한 바위를 만든다

먼 사막에서부터 불어와 고요히 흩날리는 모래의 움직임 소리를 듣는다

1

    이곳에 산 지 삼천 년도 더 넘은 것 같다. 바람이 불면 그 바람이 삼백 킬로그램도 넘는 육중한 바위들을 끌고 가는 소리가 들린다. 바위들은 바람이 부는 방향으로 새처럼 자유롭게 이동하고 밤이 되면 산과 하늘은 하나의 검은 덩어리로 변한다. 차가운 시트 속으로 검은 덩어리 속의 돌 바람 바위 새 그리고 한 가지 생각이, 지금 막 죽은 사람처럼 예민해진 귓속으로 쏟아져들어온다. 그는 박쥐에 대해서는 아는 게 없다고 했다. 나는 땅바닥에다 그림을 그렸다. 약간 커다랗고 살찐 비둘기처럼 보였다. 그는 내가 그린 게 두더지냐고 물어보았다.

2

　앞집의 썩기 시작한 대추나무 둥치로 검은 박쥐 한 마리가 날아들었다. 박쥐는 날개를 접고 거꾸로 매달린 채 어디론가 신호를 보내고 있었다. 그 반향과 메아리는 순식간에 먼 곳까지 퍼졌다. 이렇게 가까운 장소에 박쥐가 살고 있으리라고는 누구도 생각하지 못할 것이다. 초음파 같은 신호를 따라 여기저기 떠돌아다녔다. 한 마리뿐만 아니라 박쥐는 아주 가까운 곳에서 사람들과 공존하고 있었다. 낯선 기옥의 치마에서 바위틈에서 고목의 빈 구멍에서 대웅전의 천장에서 아파트 보일러실에서, 접힌 검은 비닐봉지나 죽어 빳빳해진 들쥐처럼 위장한 박쥐를 보았다. 공원의 박쥐들은 나뭇잎을 말아 텐트 모양의 정교한 집을 만들어 비와 바람과 뜨거운 태양을 피할 줄도 알았다. 나에게는 비밀이 생겼고 그건 곧 누군가와 나누어야 한다는 걸 뜻했다. 군청색이 몰려오면서 저녁이 되었다. 새들이 둥지로 돌아갔다. 이제 곧 박쥐들이 먹이를 찾아 나올 것이다.

　박쥐를 발견한 것은 그를 만난 다음날 깊은 밤이었다.

　나는 안으로 들어가려던 중이었고 남자는 밖으로 막 나오려던 중이었다. 무슨…… 소리가 들렸다. 내 앞에 온몸이 짧고 까만 털로 뒤덮인, 귓바퀴가 크고 쥐처럼 뾰족한 귀를 가진 남자가 들어오지도 못하고 나가지도 못하고 서 있다가 마치 그것밖에는 달리 어쩔 수 없다는 듯 뾰족한 앞니와 송곳니를 드러내며 방심한 순간을 들켜버렸을 때처럼 얼굴을 찡그리고 웃었다. 초음파는 그 남자 코 주변의 복잡한 주름 사이에서 사선으로 뻗어나오고 있었다. 내가 휘청거리는 것과 동시에 남자는 문을 밀었다. 일자로 길게 생긴 문 손잡이에 얼굴을 부딪치고 말았다. 한쪽 얼굴로 줄줄 흘러내리는 피를 손바닥으로 막고 있는 동안 남자는 그새 감쪽같이 모습을 바꾸었다. 소리도 더이상 들리지 않았다.

수없이 많은 남자를 만나왔다. 여자도 만났다. 그들은 나를 떠날 때마다 한 가지씩 새로운 것들을 알려주었다. 그녀에게서는 바람이 불 때는 몸을 낮춰야 한다는 것을 그에게서는 신중한 산양처럼 적어도 세 걸음에 한 번쯤은 고개를 들고 주위를 살펴야 한다는 것을 그녀에게서는 고통과 체념을 그에게서는 검은 물 밑에서 일어나는 일들에 관해서 그녀에게서는 성장으로 인해 분리되는 것에 대해서 그에게서는 4월에 대해서 꿈에 대해서 그리고 무서운 것은 어떻게 시작되는가에 대해서 배웠다. 많은 것을 배웠으나 곧 잊어버렸다.

눈썹 뼈가 훤히 들여다보일 만큼 깊이 파인 상처를 열여섯 바늘 꿰매는 동안 그는 줄곧 성형외과 대기실에 서 있었다. 처음 만난 날이었다. 대추나무에서 들려오던 그 소리를 들었을 때 나는 어떤 일인가 맨 처음 겪게 되리라는 것을 짐작했다.

한 그루 나무 속에 움직이는 기운, 돌 속에 움직이는 기운까지 느껴지면 어떡하나, 한 곳에 오래 앉아 있는 것이 어느 때는 두려울 때가 있다. 청각은 사람의 감각 중 가장 맨 나중에 죽는다. 나는 내가 하나의 커다란 귀 하나로 남을까봐 두렵다. 나는 세 번 죽었고 네 번 다시 태어났다. 그러나 죽는다는 것은 언제나 두려운 일이다. 밤이 되면 날개를 달고 검은 하늘로 날아오르는 박쥐를 생각했다. 높이가 이백 미터도 넘는 아주 오래된 바오밥나무를 본 적이 있다. 누군가 그 나무에 불을 질렀다. 세상에서 가장 오래된 도시처럼 순식간에 불기둥이 솟아오르며 활활 타기 시작했다. 한 그루 그 나무 속에서 백 마리 박쥐떼들이 끽끽끽끽 몸부림을 치며 날아올랐다. 나는 아프리카에 살고 있었다.

더이상 박쥐에 관해 이야기하지 않았다. 상대를 기쁘게 만드는 데 서툴듯 나는 말을 하는 것 역시 서툴렀다. 모든 말은 결핍을 느끼게 했고 내가 원하는 것을 다 담아내지도 못한다. 그는 내가 말을 하지 않는 이유가 얼굴에 난 상처 때문이라고 생각하는 것 같았다. 그는 물에 관해서 이야기하기 시작했다. 물은 오랜 세월 동안 다른 광물들을 녹여서 한 세계를 만들지만 때로는 자기 자신을 흔적으로 남기기도 한다고 했다. 그는 땅바닥에다 고드름처럼 하얗고 원통형으로 긴 얼음덩어리들을 그려 보여주었다. 햇빛과 모래와 바람이 있는 이 땅에서는 자라지 못할 것처럼 보였다. 역시 그는 다른 세상에 관한 이야기를 하고 있는 게 틀림없었다. 내가 한 번도 가보지 못한 장소. 길고 둥근 얼음덩어리들, 수천 년 한 방울 한 방울씩 떨어져내려 만들어졌다는 밤의 땅바닥 위의 그 얼음들을 가만히 손바닥으로 쓸어보았다. 손바닥 안으로 차갑고 서늘한 기운이 느껴졌다. 얼마 후 나는 실제로 그것을 보았다.

3

혹한의 공기와 천기를 함축한 에너지가 천지에 가득한 때, 그 엄혹한 공기를 영혼에 간직하고 태어난 이를 염소자리 사람들이라고 부른다. 수단과 방법을 가리지 말고 살아남아야 한다는 것이 염소자리 사람들이 가진 강박관념들 중 하나다. 그리고 같은 일을 끈질기게 반복할 수 있는 사람 또한. 동료 B는 염소자리일 것이다. 언젠가는 그녀에게 토성에 관해 말해야 하는 날이 올지도 모른다. 염소자리에게 토성은 모든 것의 한계를 의미한다. 그녀가 무엇을 할 수 있고 무엇을 할 수 없는지, 인생은 이미 결정되었다는 것을 나는 알기 원하지 않는다. 때로 B는 나에게 나보다 더 오래 산 사람처럼 아주 적절한 조언을 해준다. 선지피를 장미나무 거름으로 쓰면 더욱 싱싱하고 붉은 장미를 얻을 수 있다는 사실을 가르쳐주었던 내 아버지처럼 말이다. 그에 관해서도 새로운 사실을 가르쳐준 사람은 바로 B였다. 오십 년 전에 출간된 두꺼운 사전을 들고 정기간행물실로 올라가던 B가 내 자리 앞에서 걸음을 멈췄다. 마치 도서관을 통째로 들고 있는 느낌이야. 우리는 웃었다. 그리고 그녀는 내가 목에 두른 스카프의 색상에 대해 찬사를 했다. 그녀가 찬사를 하는 방법은 독특했다. 누구든 그것을 그녀에게 내주지 않기 힘들다. 저녁이 되기 전에 스카프는 그녀 목에 걸려 있을지도 모른다. B는 혹한의 공기를 갖고 태어난 사람이므로 나는 그녀에 관한 모든 것을 이해하려고 애쓴다.

저녁이면 그와 B 그리고 나는 함께 어울렸다. 그와 나는 서로 더 친밀해지기 위해서 누군가 다른 사람이 필요했을 뿐이다. 혹시 B가 그에 관해 찬사를 하면 어떻게 해야 하나 염려가 되었다. 그런 시간은 오래 가지 않았다. 동료 B는 그의 자동차 번호를 외워버렸다. 다음날 내 자리를 찾아온 B는 쪽지 한 장을 내밀었다. 내가 모르는 나이와 직업을 가진 한 남자의 이름이 적혀 있었다. 나까지 속이긴 힘들 거야. B는 입양을 기다리는 기대에 찬 아이들 속의 유독 못생기고 두꺼운 안경을 쓴 여자애를 쳐다보듯 나를 봤다. 그의 허술한 위장은 B의 관심과 자동차보험 설계사인 B의 인척에 의해 간단히 들통나고 말았다. 그는 두 개의 이름과 두 개의 직업과 두 개의 얼굴을 갖고 있었다. 그중 하나는 내가 이미 봐버린, 호른처럼 큰 귀를 가진 얼굴일 것이다. 그런데도 박쥐를 모른다고 할 건가. B가 말했다. 한정된 공간에서 많은 닭을 기르고 싶다면 어떻게 해야 할 거 같아? 닭장이 꽉 찰 정도로 닭을 몰아넣는 거야. 아주 간단하지? 그를 그만 만나란 이야기를 B는 그렇게 하고 있었다. 그를 B에게 스카프처럼 내주지 않아도 될 것 같다.

오른쪽 눈썹 선을 따라 관자놀이까지 오 센티미터쯤 붉은 사인펜으로 죽 그은 것 같은 상처는 더디게 아물어 내 이마에 분명한 하나의 선으로 남고 있었다. 손가락으로 슬쩍 벌리는 시늉이라도 하면 상처는 꽉 다물었다 급하게 여는 입술처럼 다시 쩍 벌어져버릴 것만 같았다. 벌어진 틈으로 드러난 희고 단단한 눈썹 뼈를 여러 번 보았다. 그가 내 일부를 열어놓은 건 사실이다. B의 충고에도 불구하고 나는 그를 만났다. 중요한 건 서로 나누지 못한 부분이었다.

너는 어디서 온 거니?

땅에 떨어진 박쥐는 날개막을 부르르 떨었다. 너는 죽어서도 거꾸로 매달려 있는 동물 아니냐? 빈집의 대추나무로 잘못 날아든 박쥐는 굶주려 있었다. 젖은 까만 박쥐는 한 손 안에 다 들어올 정도로 작았다. 박쥐는 날카롭고 촘촘한 발톱으로 내 손바닥을 긁어대며 저항하고 있었다. 저녁이 올 때를 기다려 배춧잎과 사과조각을 둥지 안으로 밀어넣어주었다. 다른 동료의 신호를 받지 못해도 박쥐는 곧 여기를 떠날 것이다. 박쥐를 잡고 있었던 손가락을 벌려보았다. 세 줄쯤 가늘게 피가 맺혀 있었다. 박쥐의 날개처럼 어느 날엔가 다섯 손가락 사이에서 얇은 피부막이 생길지도 모를 일이다. 나는 한 곳에 오래 있지만 날개를 원하는 사람은 아니다. 박쥐의 첫번째 날개에 가는 은빛 가락지를 달아주었다. 여기가 아닌 다른 곳에서 보게 되더라도 한눈에 알아볼 수 있을 것이나. B는 내가 꿈을 너무 많이 꾼다고 타박을 주었다. 그게 꿈이 아니라고 여러 번 말해도 B는 믿지 않았다.

그와 나는 함께 잠들었다. 곧 무서운 것이 올 거라고 했다. 더이상 이곳에서 살 수 없다는 말보다 더 무서운 건 없다. 그는 손바닥으로 방바닥을 문지르며 여기 이 밑에 뭐가 있는지 아느냐고 물었다. 망설이다가 나는 예전에 살았던 사람들, 이라고 대답했다. 그는 땅속엔 불이 있었다고 했다. 아주 오래 전에. 그래요, 아주 오래 전에. 나는 우리는 본래 기는 짐승이었다고 아무렇지도 않게 내뱉고 말았다. 그는 상처 위로 연고를 발라주었다. 그의 가슴에 뺨을 기댔다. 그의 심장은 깊은 땅속의 구근들처럼 천천히 부풀어올랐다. 그가 어떤 것을 가르쳐주고 떠날지 나는 궁금하다.

4

언제나 고독한 것은 아니지만 더이상 고독을 두려워하지도 않는다. 세상에서 가장 오래된 나무에게 배운 것은 혼자 있을 수 있는 방법과 침묵을 지킬 수 있는 방법이다. 고독할 때 다행히 생에 대한 관심이 더욱 커진다. 어떤 일을 경험할 때 순간적으로 일어나는 생각이 있다. 식칼로 연탄을 쩍 내리치던 때가 있었다. 연탄이 두 개로 갈라지던 그 단면의 불꽃들은 오랫동안 머릿속에 남아 있다. 누군가를 다시 만나고 헤어질 때마다 그 불꽃들을 생각했고 불꽃을 가르던 식칼을 떠올렸다. 그건 청각에 의해 얻어진 감각기억보다 훨씬 더 오랫동안 내 육체 안에 각인되었다. 그를 만났을 때 나를 이끈 것은 그의 몸에서 울리던 한 소리였지만 이제는 불을 생각한다. 땅속의 불. 어쩌면 태초의 만남이란 것도 땅속에서부터 시작되었는지도 모른다. 인간의 가장 큰 관심을 끄는 것은 언제나 한 가지다. 그것은 인간이다. 이글이글 타오르는 불덩어리에 늘 쫓기는 듯한 공포를 느낀다고 B는 호소했다. 뜨거운 물 속으로 익사하는 사람처럼 그녀는 발버둥치며 잠꼬대를 했다. 나는 오래 전 임신중인 B의 어머니가 하반신을 뜨거운 물에 담그고 있었다는 것을 안다. 낙태를 하기 위해서였다. B에게 그녀의 공포의 원인에 대해 말해주지 않았다. 그녀는 또 내 말을 믿지 않을 테니까. 사랑은 한 번도 같은 적이 없다. 혼자서도 그에 관한 이야기를 할 줄 알게 되었다. 사랑을 발견하는 것은 모래 속에서 다이아몬드를 캐내는 일처럼, 어렵지만 아주 불가능한 건 아니다. 그리고 다이아몬드를 찾으면 일단 입 속에 넣어 감춘다. 혀 밑이 세상에서 가장 안전한 장소라고 믿기 때문이다.

더 많은 것을 얻고 싶다면 더 많은 것을 버려야 할지도 모른다. 나에게는 용기를 주는 사랑이 필요하다. 그가 사는 곳으로 가야 할 때가 다가오고 있었다. 밤이 가고 닭이 울고 귀신도 간 이른 새벽에 책상에 앉아 붉은 펜을 들고 글을 쓰기 시작했다. 이루지 못한 것을 썼다. 보고 싶었으나 다시 볼 수 없었던 것들에 대해서 썼다. 쓰고 또 썼다. 상처는 언젠가 한 번쯤 밖으로 뱉어내야 할 필요가 있다. 나는 아주 오래 살고 있기 때문에 쓸 이야기가 무척이나 많을 줄 알았다. 글은 생략이 많은 시처럼 짧고 간략했다. 소리내서 읽어보았다. 누가 나 대신 조금만 울어주었으면 좋겠다는 생각을 했다. 공중파 방송을 틀어보았다. 수없이 많은 사람들이 공포에 질린 채 울음을 터뜨리고 있었다. 사람들은 우산을 총이라고 굳게 믿고 있었다. 재개발이 한창 진행되고 있는 민둥산 아래, 허공에 T자나 기역자로 엇갈려 서 있는 높고 거대한 크레인을 보았다. 뿌연 대기를 배경으로 세워놓은 설치미술처럼 보였다. 크레인 위에서 한평생을 살다간 남자를 나는 알고 있다. 그는 늘 아슬아슬한 평균대 위에 올라서 있는 느낌이라고 내게 말했다. 그 위에서 균형을 잡는 것의 어려움과 추락에 대한 두려움을 이야기하면서도 결코 내려오지 않았다. 그는 결국 크레인 위에서 그것의 일부가 되었고 거기서 죽었으며 나는 그가 드디어 멋진 착지를 했다고 생각했다. 까마귀떼들은 그의 죽음을 애도하느라 그의 육체를 순식간에 다 뜯어먹어버렸다. 그는 크레인을 사랑했다. 이곳으로 내려오는 걸 두려워한 것일지도 모른다. 사람들이 전화를 걸고 잡지를 읽고 상담을 하고 공과금을 지불하는 그 틈으로 잘못 날아든 박쥐 서너 마리가 실내를 한 바퀴 빙 돌더니 유리창을 통해 빠져나가는 것을 보았다. 어쩌면 흰 꽃씨들이었을까 박쥐가 아니라 비둘기였을까 구겨져 동그랗게 말린 대기표들이었을까. 누구도 유심히 쳐다보는 사람은 없었다. 내가 쓴 글이 적힌 종이 한 장을 종이 분쇄기로 밀어넣었다. 일정한 폭과 길이로 가늘게 잘린 붉은색 글씨들이 바닥으로 떨어져 쌓였다. 종잇가락들은 쓰레기통 안에서 작은 새의 무덤처럼 봉긋하게 부풀었다. 쓰레기통에 대고 훅 입김을 불었다. 붉은 글씨들이 붉은 개미떼처럼 날아올랐다 이내 사라져버렸다. 이상한 결락감이 나를 감쌌다.

그는 나에게 랜턴이 부착된 헬멧을 씌워주었다. 두 손을 자유롭게 사용해야 하기 때문이라고 했다. 동굴에서 특별히 손을 사용할 일이 있을 거라고는 생각하지 못했다. 날개가 없으면 손이라도 꼭 필요한 데가 바로 여기라는 것을 얼마 지나지 않아서 깨닫게 되었다. 손은 눈이었고 랜턴이었고 길앞잡이벌레였다. 예기치 못한 일이 생기면 그 손으로 암석을 꼭 붙잡고 박쥐처럼 매달려 있어야 할지도 몰랐다. 별로 가깝지도 잘 알지도 못하는 이의 사방이 거울로 만들어진 방에 들어선 것 같은 당혹감은 서서히 사라졌다. 동굴 입구는 안쪽에 비해 한기가 느껴졌고 위쪽보단 아래쪽이 훨씬 따뜻했으며 생각보다 크고 넓었다. 그러나 사람들이 살고 있을 거라고는 짐작하기 어려울 것이다. 집 베란다나 처마 밑에서 박쥐를 처음 발견했을 때처럼. 사람들이 동굴에서 살기 시작한 건 이만 년 전인 빙하기 때부터이다. 안쪽으로 깊이 들어갈수록 빠른 속도로 하천이 흐르기도 하고 수십 미터의 폭포가 동굴 아래로 쏟아지기도 했다. 수천 년을 산 나무도 본 적이 있고 세상에서 가장 큰 폭포도 보았고 바다와 호수도 보았다. 그리고 그 위에서 쏟아지는 강렬한 태양을 본 적도 있다. 초월적인 것의 방대함 앞에서는 조용히 항복하지 않을 수 없었다. 화산이 폭발하여 생긴 붉은 용암덩어리, 하늘로 날아오르는 용암덩어리, 그 뜨거운 용암이 솟아오르는, 폭포처럼 흘러내리는, 돌과 풀과 하늘과 바람의 기억을 품고 있을 수십만 년 전의 시간들을 상상했다. 그는 물기가 없고 편편한 바닥을 골라 담요 한 장을 깔아주었다. 그러나 나는 앉지 않았다. 지금은 그저 잠시 다니러 온 것뿐이니까. 그가 동굴에 살고 있다는 건 뜻밖의 일은 아니었다. 다른 사람들이 살고 있었다.

5

B가 휴가에서 돌아왔다. B는 상어에 관한 이야기를 들려주었다. 상어를 잡으면 어부들은 등지느러미와 꼬리지느러미만 잘라내곤 상어의 몸뚱어리는 도로 바닷속으로 던져버린다고 했다. 더 많은 지느러미를 배에 싣기 위해서였다. 바닷속에서는 지느러미가 잘리고 몸통만 남은 상어가 아직 숨이 붙은 채 점점 더 깊은 물 속으로 가라앉다가 마침내 질식해 죽고 만다고 했다. 헤엄칠 능력을 상실한 상어의 아가미로는 산소가 포함된 물이 공급되지 않기 때문이라고 했다. 그 섬에 머무는 동안 B는 밤마다 머리와 몸통만 남은 상어가 자신의 몸 속에서 서서히 질식해 죽어가는 꿈을 꾸었다고 했다. B는 약간 피곤해 보였다. 뭔가 다른 이야기를 해주고 싶었으나 마땅한 이야깃거리를 찾지 못했다. 차라리 B가 나의 어떤 것, 새로 산 구두나 책에 관해 찬사를 하는 게 낫겠다는 생각을 했다. B는 말했다. 그러니까 상어를 만나면 일단 지느러미부터 잘라버리는 거야. 상어를 만난 적도 앞으로 만날 일도 없다고 대꾸했다. B는 말했다, 무슨 일이 생길지 몰라. 만약 고산지대에서 라마를 만나면 귀를 답싹 묶어버리라고 했다. 그리고 악어를 만나면 주둥이를 밧줄로 꽁꽁 묶어버리라고 했다. 그 힘센 악어가 주둥이만 묶어버리면 척추가 부러진 것처럼 꼬리조차 전혀 움직이지 못한다고 알려주었다. 세상에서 가장 힘센 놈한테 걸렸다고 생각하는 것이다. 그게 바로 악어의 착각이라고 말했다. B가 정말 하고 싶은 이야기는 상어도 악어도 라마도 아닐 것이다. 자신을 두렵게 만드는 것에 관해 B는 이야기하고 싶었는지도 몰랐다. 새삼 B가 그에 대한 관심을 보였기 때문은 아니지만 이제 B에게 박쥐 이야기를 해

도 될 것 같다는 생각이 들었다. ……B. 조용히 B의 이름을 불렀다. 사실은 그가 박쥐라고 말해버렸다. B는 당장에 그에 관한 흥미를 잃어버렸다. 잠이 필요한 건 너야. B는 불을 탁 끄곤 혼자 방으로 들어가버렸다. 내 말 좀 들어봐 B. 세상엔 동굴이 세상에서 가장 안전한 장소라고 믿는 사람들이 있어.

그는 아침부터 오후까지 정원에서 일했고 밤이면 물병을 든 채 사라졌다. 때로 B와 함께 벤치에 앉아 있는 것을 본 적도 있고 일층 매점에서 빵을 사고 있는 모습을 본 적도 있다. 그런 모습은 매우 낯설었다. 물이 오래 흘러 동굴 바닥에 깊게 파인 자국을 이렇게 기억하고 있는데. 나는 그에게 가지가 땅을 향해 자라는 나무 이야기를 들려주었다. 그는 고개를 갸우뚱거렸다. 아무래도 밤이 와야 할 것 같다.

방바닥이 흔들리는 것과 동시에 텔레비전이 꺼졌다. 먼 데서 총성이 울리는 것도 같았다. 잠들기 전에 나는 지붕 위에 올라가서 먼 데서 기차가 지나가는 소리를 들었었다. 같이 있던 사람은 누구였을까. 뚜닥뚜닥 떨어지는 빗소리를 듣다가 잠이 들었다. 문을 열어보았다. 밖은 컴컴했다. B의 말대로 야생의 라마나 악어나 상어가 이쪽으로 몰려오고 있는 것인지도 몰랐다. 발목을 자르라고 했나 눈을 가리라고 했나 밧줄로 귀를 묶어버리라고 했나. B의 말들은 하나도 기억나지 않았다. 식탁이 덜컹거리고 창문이 쩍 갈라지고 벽이 흔들리고 액자가 떨어지고 사이프러스나무가 흔들렸다. ……어디 있는 거니 B. 다음날 사람들은 휴게실에 모여 간밤에 기습처럼 몰려왔던 진도 4의 지진에 대해서 이야기를 나눴다. 나는 그 지진 후 몰려왔던 한치 앞도 볼 수 없었던 모래바람과 눈두덩까지 쌓이던 먼지에 대해서 이야기했다. 사람들은 내가 아직 일어나지

76

않은 일에 대해서 말하기를 좋아한다고들 했다. 잠자코 자리로 돌아와 앉았다. 창 밖으로 앞뜰을 내려다보았다. 그 지진 속에서 그와 동굴 속에 있던 다른 모든 사람들은 안전했는지 내가 본 것 내가 들은 소리가 그쪽에서도 들렸는지 알고 싶었다. B에게 그가 보이지 않는다고 말했다. B는 밤이 되면 그가 나를 데리러 올 거라고 말했다. 그리고 B는 웃었다.

박쥐가 있던 자리엔 싯누렇게 변색된 사과조각과 시든 배춧잎들만 널려 있었다. 밤은 점점 더 짧아지고 있다. 어디 먼 데로 가야 한다면 박쥐는 밤 내내 쉬지 않고 날아야 할 것이다. 길을 잃은 그 박쥐가 아직 거기 있었다면 그가 살고 있는 곳의 위치를 알려줄 수도 있었을 텐데. 담장을 타고 앉아서 죽은 대추나무 둥치에 머리를 기댔다. 목소리가 들렸다. 밤에만 꽃을 피우는 식물에 관한 이야기를 들려주었다. 그걸 박쥐식물, 박쥐꽃이라고 부른다고 했다. 꽃 이야기는 자장가처럼 들린다. 박쥐꽃은 열매나 꽃가루, 꿀 등을 박쥐에게 나눠주고 박쥐는 장소를 옮겨다니며 씨앗을 뿌린다. 박쥐식물은 크림색이나 짙은 녹색, 검붉은색으로 잘 눈에 띄지 않고 나팔 모양의 꽃은 식물 몸체에서 길게 뻗어 있다. 밤에만 활동하는 박쥐는 밤에만 꽃을 찾아가 앞부분이 가늘게 돌출되어 있는 입을 꽃 속에 깊이 찔러넣는다. 목소리는 점점 속삭임으로 변했다. 꽃 이야기를 더 해달라고 말했다. 속삭임은 멈췄다. 커다란 손이 내 얼굴을 쓸어내려 눈을 감겼다. 여기가 어디냐고 물었다. 그는 대답 대신 얼굴을 더듬다가 대롱처럼 가늘고 긴 입을 내 이마의 상처 속으로 아프게 쑥 찔러넣곤 피를 빨기 시작했다. 나는 그가 돼지 젖꼭지에 상처를 내 피를 빨아먹는 흡혈박쥐처럼 내 젖꼭지를 빨아먹으면 어떡하나 몸이 무거워 날지 못하고 껑충껑충 뛰어서 달아나면 어떡하나 급하게 가슴을 움켜쥐었다. 썩은 사과 냄새가 풍겨났다. 하룻저녁에 몸무게의 절반 정도나 먹을 수 있는 식성 좋은 박쥐는 좀체 내 이마에서 떨어질 줄 몰랐다. 시간이 지나도 이 이야기는 B에게 하기 힘들 것 같다. 꿈과 꿈이 아닌 것은 구분할 수 있다. 그러나 그 경계는 정확하진 않다. 그게 가장 큰 문제라고 B는 주의를 주곤 했다.

6

그는 내 옷에 달린 주머니를 가위로 모두 잘라버렸다. 동굴에는 몹시 좁은 통로가 많아서 기어갈 때 주머니가 걸리면 안 되기 때문이었다. 그는 나일론으로 된 튼튼한 옷을 입고 있었고 동굴 속에 있는 다른 사람들도 대부분 그런 옷을 입고 있었다. 그러나 주머니가 사라지자 나는 더이상 덜어낼 것도 펴낼 것도 없는 빈 그릇이 돼버린 느낌을 떨쳐버릴 수 없었다. 그는 내 손을 이끌고 깊은 곳으로 들어가기 시작했다. 헤드랜턴은 앞을 밝힌다기보다는 빛이 닿는 부분의 형태와 명암을 극대화시키는 것 같았다. 그건 아름답기보다는 확대된 털구멍이나 피부조직을 볼 때처럼 꺼림칙하고 섬뜩한 데가 있었다. 믿을 수 있는 것은 내 눈도 헤드랜턴의 빛도 아니었다. 그의 손을 놓친다면 그곳에서 다시 빠져나오기 힘들지도 몰랐다. 제 힘으로는 껍질 밖으로 빠져나갈 수 없는 호두처럼 나는 자꾸만 속으로 위축되었다. 그의 손을 놓아버렸다. 흙과 물과 축축한 공기가 나를 휘감았다. 몇 걸음 앞서 걸으면서 그는 말했다. 동굴 내에서는 몸에 흙이 묻거나 물에 젖는 것을 두려워하지 말라고 했다. 그는 나를 돌아보지도 않고 덧붙였다. 돌아갈 때를 대비해서 가끔 뒤를 돌아보고 뒤의 경관을 눈에 익혀둬야 한다고 말했다. 동굴 속을 다니다보면 실제로 지도에서 보이는 거리보다 훨씬 더 멀게 느껴지기 때문에 주의해야 한다고 했다. 그 말을 가슴 깊이 새겨넣은 채 소리없이 뒤를 돌아 확인했다. 밖으로 빠져나가는 방법에 대해서는 누구도 쉽게 가르쳐주려고 들지 않는 법이니까. 그는 차가운 물이 흐르는 곳에서 발을 멈추곤 내게 새끼손가락만큼 작고 투명한 물고기 한 마리를 보여주었다. 동굴물고기라고 했다. 눈도 없고 투명한, 어둠 속에서 물체를 감지할 수 있는 더듬이가 길고 촉각이 발달한 물고기였다. 땅에 사는 모든 동물들의 먹이사슬을 따라가다보면 종내는 대기중의 이산화탄소와 햇빛을 이용해 광합성을 하는 식물에 다다르게 된다. 그러나 빛이 전혀 들지 않는 동굴에서는 광합성을 하는 식물은 살 수가 없어 이러한 일반적인 먹이사슬도 적용되지 않는, 다른 세상이었다. 나는 동굴물고기와 동굴에서 사는 다른 생물들은 먹이를 어떻게 구하는지 물었다. 동굴을 흐르는 지하수를 통해 외부로부터 먹이가 될 만한 플랑크톤이나 동굴 입구 주변에 있는 유기물인 낙엽 같은 것들이 유입되기도 한다고 했다. 그리고 그들은 대부분 박쥐의 배설물을 먹고 산다. ……너무 깊은 곳까지 들어가는 건 망설여졌다. 캄캄하고 깊고 어두운 곳에서는 주걱 같은 부리로 먹이를 낚는 저어새도 움직이는 바위도 바람으로 호흡하는 세상의 모든 나무들도 볼 수 없을 거란 생각은 나를 두렵게 만들었다. 그는 이곳에서 멀지 않은 데 있다는 암염동굴에 관한 이야기를 들려줬다. 소금동굴은 빗물에 잘 녹는다는 이유로 매우 빠르게 동굴이 형성되지만 바로 그 이유 때문에 매년 형태가 변한다고 했다. 먹이를 찾아 잘못 들어갔다가 소금동굴을 빠져나오지 못해 죽은 짐승들의 이야기도 했다. 언젠가 B가 들려주었던 소금호텔에 관한 이야기가 생각났다. 비만 오면 소금기둥이 휘는 소금호텔, 아침식사 때면 소금식탁을 긁어 간을 맞춰 먹는다는 소금호텔, 결국 시 당국으로부터 철거 명령을 받았다는 소금호텔. 그에게 소금호텔에 관한 이야기는 들려주지 않았다. 그건 B가 원치 않을 것이다. 이따금 B와 나는 소금호텔이 비에 잠기는 꿈을 꾸기도 한다. B와 내가 가장 서로에게 집착하는 순간이다. 그는 짐짓 잘못을 탓하는 투로 동굴 속에선 발자국 외엔 아무것도 남기지 말라고 말했다. 그리고 동굴 내에서 죽일 것은 시간밖에 없다고도 했다. 아무것도 죽일 생각 같은 건 하지 않았다. 그럴 만한 것도 눈에 띄지 않았으니까. 너무 멀리 왔다고 생각했다. 돌아가는 길은 훨씬 더 멀 것이다. 나는 실은 박쥐의 날개는 날개가 아니라 막이며 박쥐는 조류가 아니고 깃털도 없는 포유류라고 핀잔을 주었다. 그리고 세상 밖을 날아다니는 멋진 새들에 관해 이야기했다. 차디찬 물 한 방울이 목덜미로 뚝, 떨어졌다. 그는 물이 떨어진 바로 그 자리에서 천장을 올려다보라고 말했다. 천장엔 일 미터도 넘어 보이는 종 모양의 굵고 긴 둥근 형태의 종유석이 단단하게 매달려 있었다. 암석을 따라 지하로 흘러내려온 지하수가 동굴의 천장에 물방울로 매달려 있다가 자란다고 했다. 종유석이 자라는 바로 그 자리, 바닥에는 종유석에서 떨어진 한 방울이 모여 자란 석순이 동시에 자라고 있었다. 천장의 한 지점에서 공급되는 한 방울의 물방울들이 모여 종유석은 천장에서 바닥을 향해 수천수만 년 계속 자라나고 석순은 바닥에서 천장을 향해 수천수만 년 자라다가 마침내 서로 만나서 기둥 모양으로 닿게 되면 사람들은 그걸 석주라고 부른다. 석주. 나는 내 앞을 가로막고 있는 커다란 석주를 보았다. 어쩌면 그가 동굴을 찾는 이유는 이곳이 가장 안전한 장소이기 때문이 아니라 바로 이 나무 때문이 아닐까. 그리고 나를 이곳으로 데리고 온 이유도. 나는 혼란스러워졌다. 세상에서 가장 오래된 나무는 바로 이곳에 있는지도 몰랐기 때문이다. 빛도 바람도 없이 자라는 나무. 힘껏 벽을 밀듯 그 차디찬 나무를 향해 두 손을 뻗었다. ……동굴 속에 혼자 남겨진 것을 깨달았다. 천장에선 이제 막 어둠을 감지하기 시작한 박쥐떼들이 먹이를 찾아 동굴을 빠져나갈 준비를 하고 있었다. 먼저 깨어난 박쥐 한 마리가 동굴 입구로 나가 해가 어느 정도 기울었는지 확인하고 돌아왔다. 한 마리 두 마리씩 마치 정해진 순서가 있는 것처럼 박쥐들이 동굴 입구를 향해 낮게 날기 시작했다. 박쥐는 어떻게 어두운 동굴 안에서 해가 진 것을 자다가도 알아차릴 수 있을까. 박쥐들을 따라 동굴 입구로 재빨리 걸어나갔다. 빛은 필요 없었다. 어둠 속 동굴에서는 박쥐의 기척이 빛이고 헤드랜턴이었다. 동굴 입구에 섰다. 곡면을 그리며 낮에 새떼들이 지배했던 하늘은 이제 박쥐들이 지배할 차례였다. 나방과 해충들은 필사적으로 날기 시작하고 동이 틀 때까지 박쥐는 까만 눈을 빛내며 부지런히 꽃에서 꿀을 빨고 과일을 따먹을 것이다. 검은 연기가 하늘로 뭉클 솟구쳐나오는 듯 수백수천 마리의 새까만 박쥐떼들이 높은 곳에서 낮은 곳으로 일제히 활공해 동굴을 빠져나가는 장관을 나는 동굴 입구, 내가 살던 장소로 올라가는 흙더미 위에 서서 입을 벌린 채 바라보고 있었다. 박쥐떼들 속에서 정어리의 비늘처럼 희끗 빛나는, 한쪽 날개 끝에 은가락지를 긴 박쥐 한 마리도 얼핏 본 것 같았다. 그리고 나는 보았다. 하늘을 날고 있는 유독 작고 까맣게 빛나는 날개를 가진 B를.

7

바다 밑에도 산이 있다는 말을 들은 적이 있다. 나는 아직 그 산에 가보지 못했다. 이곳에서 산다는 건 한계를 배우는 것과 다르지 않다. 그리고 한계를 배운다는 건 매우 특별한 경험이다. 언젠가 그 동안 내가 사랑했던 수많은 사람들의 옷을 허수아비들에게 입혀놓고 빈 들판에서 오래 서 있었던 적이 있다. 내 몸은 이렇게 다른 사람들 눈에 띄지도 않을 만큼 작은데 내 안에 그토록 크고 많은 사랑이 들어 있다는 사실은 무척이나 놀랍고 경이로웠다. 아주 오래 전의 일도 아닌데 문득 그때의 일을 까맣게 잊고 있었던 것 같다. 이따금 창가에 앉아 여일하게 정원에서 일하고 있는 그의 뒷모습을 바라볼 때가 있다. 우리는 만났지만 한 번도 만난 적이 없는 사람들일지 모른다. 동굴 속에서 지켜야 할 여러 가지 주의점들을 나에게 설명해주면서 그는 사랑 이외에는 여기에 아무것도 놓아두지 말라, 고도 했었다. 지금 내가 만일 어떤 한 남자를 사랑하고 있다면 그건 아마 아직 내가 한 번도 본 적이 없는 사람일 것이다. 그날 밤 동굴을 빠져나올 때 그에 대한 사랑은 거기다 다 놓아두고 나왔다. 먼 훗날 내가 허수아비에게 그의 옷을 입히고 싶을 때면 주머니가 주렁주렁 달린 옷들을 입히고 싶을 것 같다. 사람들은 계속해서 그곳에서 살지도 모르고 더 많은 사람들이 함께할지도 모르지만 누구에게나 다 세상에서 가장 안전한 장소가 필요한 것은 아니다. 동굴을 떠나오면서 입 속의 혀 밑처럼 안전한 곳은 이 세상 아무 데도 없을지도 모른다는 생각을 했다. 나는 다만 물과 시간이 빚어낸 신비한 한 세계에 잠시 다녀왔을 뿐이다. 그걸 어떻게 설명해야 좋을지 모르겠다. 어쩌면 말이란 건 결핍이 아니라 과

잉일지도 모르겠다. 때론 내가 원하지 않는 것들까지도 전달하게 되니까 말이다. 아무려나 가장 좋은 것이 있다면 그건 먼 날의 씨앗으로 남겨두는 법이다. 씨앗을 퍼뜨리는 건 바람만은 아니다.

동굴 속에서 죽은 사람들이 발견되었다. 마을 주민들이 나무를 심다가 발견했다고 했다. 마을 사람들은 뼛조각을 한데 모아 나무와 함께 심었다. 집으로 돌아가기 전에 누군가가 나무 밑에다 한번 더 흠씬 물을 뿌려주었다. 나는 그 이야기를 B에게 들려주었다. 그리고 사만 년 전의 것으로 추정되는 한 아이의 뼈가 발견되었고 그 시신 주위에 국화꽃을 뿌려놓은 흔적이 있었다는 옛날이야기도 했다. B는 이번에도 내 말을 믿지 않는 모양인지 자신은 깊은 땅속에서 발견된 물소와 코끼리와 꽃병을 본 적이 있다고 말했다. B는 침울해 보였다. 격려의 말을 하고 싶었으나 이번에도 뜻대로 되지 않았다. 대신 나는 어떤 석순은 천 년 동안 일 센티미터 자랐고 어떤 석순이 일 센티미터 자라는 덴 약 삼만 년의 시간이 걸렸다는 이야기밖엔 하지 못했다. B의 기분은 나아지지 않았다. B는 긴 여행을 계획하고 있었다. B는 함께 떠나지 않겠느냐고 물었다. 그녀가 다시 돌아올 때까지 여기서 기다리겠다고 말했다. 잠들기 전까지 B는 항복도 타협도 없는 치열한 개미떼들의 싸움에 관한 이야기를 했다. 이윽고 그녀는 고른 숨소리를 내며 잠들었다. 그녀가 또 이글이글 타오르는 불덩어리에 쫓기는 꿈을 꾸게 될까봐 감자를 얇게 썰어 그녀 이마에 띠처럼 붙여주었다. 그녀 옆에 가만히 누워 나는 속삭였다. 괜찮아 B, 너는 염소자리 사람이잖아. 그건 곧 시련을 이겨내는 자라는 뜻이야, B. ……그런데 혹시 B? 너는 나니?

수천 마리 박쥐떼가 내 이마를 찢고 나오는 꿈에서 깨어난 깊은 밤에 머리에 헤드랜턴을 쓰고 나가 골목을 서성거리다가 물항아리를 놓아두고 돌아왔다. 그리고 나는 낮은 목소리로 말했다. 당신의 비밀은 안전해. 그리고 또 중얼거린다. 모든 것이 다 헛되지는 않을 거야. 나에게는 아직 이곳에서 한 번의 생이 더 남아 있다. 언젠가 나에게도 한 열매가 생길지 모른다. 완만하고 둥근 원추형의 산 너머로 해가 슬몃 넘어갔다. 야생고양이들은 기세 좋게 골목을 쏘다닐 것이고 너구리는 먹이를 찾아 큰길까지 내려오고 꿀벌은 자신이 원하는 꽃을 찾아 이삼 킬로미터도 넘는 먼 거리를 날아갈 것이다. 여느때와 같은 시간들이 흘러간다. 아직도 나는 바람이 불면 크고 무거운 바위들이 바람에 실려가는 소리, 먼 사막에서부터 불어와 고요히 흩날리는 모래의 움직임 소리를 듣는다. 수천 년이 흘러 한 알 모래가 모여 커다랗고 튼튼한 바위를 만든다. 그 바위 속에서 피는 꽃을 사람들은 돌의 꽃이라고 부른다.

난 정말
기린이라니까

봄이 가고 여름이 왔다. 내 안의 무언가 닳아 기울어진 것을 발견했다.

그건 전쟁 때문도 고양이 때문도 아니다.

그저 시간이 지났기 때문이다.

적당한 순례는 내게 세상과 사물을 보는 분별력을 가져다줄 것이다.

만약 내가 지금 고통하고 있다면 이제 내 삶과 주변의 것들에 열정적인 관심을 가질 때이기 때문일 것이다.

너무나 어려워서 도저히 할 수 없을 것 같은 일들이 있다. 글을 쓰는 일이 내겐 그러했다. 지난 봄에 여러 가지 일들이 있었다. 가깝게 지내는 그 얼마 안 되는 사람 중에서 약속이나 한 것처럼 세 사람이나 네팔이라는 나라로 떠났다. 선배의 남편과 K선생. 그리고 B. 그들 각각은 전혀 모르는 사이라 아마 네팔 어디쯤에서 만났어도 서로를 알아보지 못했을 것이다. 떠난 날짜도 엇비슷해서 그들이 나만 빼고 여행을 계획했을지도 모른다는 의심까지 들 정도였다. 갑자기 주위가 텅 비어버린 듯했다. 이 세상에서 가장 오래된 도시에서 전쟁이 일어난 건 유감스러웠지만 내 일처럼 절실하진 않았다. 그러나 나는 내가 글을 쓰지 못하고 있는 이유가 전적으로 전쟁 때문이라고 믿었고 그게 아니라면 지하철 참사 사건 때문이라고 생각했다. 갖다붙일 이유는 지천에 널릴 정도로 크고 작은 일들이 일어났지만 그걸 누구한테도 말할 염치는 없었다. 아무것도 하지 않는데도 시간은 말처럼 빨리 뛰어가고 있었다. 나는 더 느긋해졌고 말이 많아졌다. 그러자 내가 정말 이상한 사람이 되어버린 느낌이었다.

한쪽 날개로 날고 있는 것 같은 불안감은 아무래도 떨쳐지지가 않았다. 하는 일도 없이 날마다 꼬박 밤을 새웠다. 이따금 B를 생각했다. 누군가와 너무 친밀해지는 건 아직도 망설여진다. 지나친 우정도 때로는 끔찍한 불화와 상처를 낳기도 하기 때문이다. 기다리겠다고는 했지만 B는 나를 이해하기 힘들어하는 눈치였다. 나에게는 뭔가 관심을 쏟을 만한 것이 필요했지만 그건 B는 아닌 것 같았다. 춘분이 지난 후로 해는 더욱 일찍 떴다. 해가 뜨면 밤 내내 골목에서 이야옹이야옹 냐옹냐옹 울어대던 야생고양이들은 다행히 어디론가 사라져버렸다. 봉천동엔 그 어느 지역보다 야생고양이들이 많다. 철거촌과 관악산이 있기 때문이다. 산에서 취사가 금지된 이후 들고양이들이 인가로 내려온 것이다. 관악산 저쪽 줄기 너머에 위치한 과천 지역도 사정은 다르지 않다. 전국적으로 들고양이 숫자가 부쩍 늘어나게 된 이유는 집에서 기르던 고양이를 사람들이 내다버렸기 때문이다. 쫓겨난 고양이들이 도심을 배회하기 시작했고 그 숫자는 해가 갈수록 기하급수적으로 늘고 있다. 일 년 동안 고양이 한 마리가 번식할 수 있는 숫자는 백 마리에 가깝다. 한밤에 들리는 애기 울음소리 같은 고양이 소리는 어느 땐 정말이지 견디기가 힘들다. 그 울음소리는 뭔가 나쁜 일을 예고하는 소리처럼 불길하기 짝이 없다. 싸우는 소리 또한 그에 못지않다. 고양이들은 한번 싸움이 붙으면 피투성이가 될 때까지 상대를 포기하지 않는다. 한번은 자정이 넘은 시간에 편의점에 다녀온 일이 있었다. 집으로 들어가는 긴 골목 안에서 들고양이 한 마리가 쓰레기봉투를 찢고 있다가 나와 마주쳤다. 고양이는 즉각 등을 둥글게 휘고 꼬리를 빳빳하게 세워올리며 전의를 불태웠다. 오래 굶주렸는지

털이 여기저기 빠져 있고 눈은 맹수처럼 빛났다. 나는 슬그머니 옆걸음 쳐 간신히 대문 안으로 들어가는 데 성공했다. 계단을 다 올라갈 때까지도 고양이는 줄곧 나를 노려보고 있었다. 너도 이게 마시고 싶냐? 안전하게 집 안으로 들어온 나는 의기양양해져서 맥주캔 하나를 냉큼 흔들어 보였다. 이제 고양이들은 사람을 만나도 피하지 않는다. 자신들이 버려졌다는 사실을 잘 알고 있기 때문에 사뭇 위협적이기까지 하다. 더이상 도망갈 데도 피할 데도 없으니까. 그러나 먹이를 주는 사람 앞에서는 슬쩍 꼬리를 내리는 시늉을 하기도 한다.

고양이에 대해 특별히 생각해본 적은 없었다. 봄이 되자 사정은 달라졌다. 한밤의 고양이 울음소리 때문에 견딜 수가 없어졌다. 만약 사람들이 고양이를 혐오하게 되었다면 울음소리 때문일지도 모른다. 사계절 내내 짝짓기를 하지만 특히나 봄은 고양이들의 가장 큰 발정기다. 강하고 힘센 수놈을 기다리며 몸을 나뒹굴어대는 암컷 고양이들의 울음소리 때문에 글을 쓰는 건 고사하고 책을 읽는 일마저도 하기 힘들어졌다. 언젠가 나는 봉천동을 떠나게 되겠지만 그 이유가 들고양이들 때문은 아니었으면 좋겠다. 무엇에라도 떠밀리듯이는 여길 떠나고 싶지 않다. 울고 싶은데 뺨 맞은 격으로 글을 쓰지 못하는 이유가 저놈의 고양이들 때문이라고 단정했고 그걸 확고하게 믿기 시작했다. 그러자 드디어 할 일을 찾은 사람처럼 그 어느 때보다 기운이 솟는 걸 느꼈다.

지난해 언젠가 텔레비전에서 봉순이를 본 적이 있다. 환경문제를 다룬 다큐멘터리 프로그램이었는데 제작진은 배가 흰 갈색 고양이 한 마리를 프라이드 치킨 조각으로 생포해 위치 추적장치를 달고는 다시 놓아주었다. 고양이의 일거수일투족은 위치 추적장치와 적외선 카메라에 의해 낱

낯이 공개되었다. 신기한 건 제작진이 그 고양이를 '봉순이'라고 불렀다
는 것이다. 봉순이. 그건 아버지가 먼저 그 고양이에게 붙여준 이름이다.

산동네에 본격적인 철거가 시작되면서부터 들고양이들이 늘어나기 시
작했다. 철거가 진행중이긴 하지만 떠난 사람만큼 남아 있는 사람들도
많았다. 봉천동 산동네 절반은 아직 사람이 살고 있었고 절반은 폐허로
변했다. 가까운 곳에 사람들이 살고 있는데다 폐가가 있는 장소는 들고
양이들에겐 최적의 장소였다. 남아 있는 사람들에게선 음식 찌꺼기인 먹
이를 떠난 사람들에게서는 따뜻한 보금자리를 얻은 들고양이들은 봉천
동 천지를 무법자처럼 쏘다니기 시작했다. 동네 가로수들 밑둥치는 온통
다 긁혀 있었다. 자기 영역을 표시해놓는 그놈들 짓이었다. 고양이는 그
어떤 짐승보다 장소에 대한 집착이 강해서 자신을 기르던 주인이 이사를
가도 그 집을 떠나지 않는다. 고양이를 기르던 봉천동의 많은 사람들이
여길 떠났어도 고양이들은 남아서 제가 살던 집이 철거되는 것을, 그 터
에 새로운 골조가 세워지는 것을 무심한 듯 끈질기게 쏘아보고 있었다.

봉순이의 주무대는 우리집에서 십 분 거리인 봉천시장이다. 봉천시장
은 한때 봉천동에서 가장 유명한 재래시장으로 이름을 날린 적도 있었지
만 산동네가 철거되고 아파트 공사가 시작되면서부터 활기를 잃기 시작
했고 삶의 터전이었던 시장을 하나둘 떠나는 상인들도 생겨나게 되었다.
엄마도 더이상 봉천시장에 다니지 않는 눈치였다. 활기를 잃은 시장은 급
격하게 무너졌다. 봉천동에서 유일하게 양잿물을 팔기도 했던 봉천시장
은 철시되었다. 그게 불과 얼마 전의 일이다. 봉천시장이 주무대였고 상
인들에게 음식 찌꺼기를 받아먹으며 자랐던 봉순이는 자신의 집을 잃은
거나 다름없는 신세가 되었다. 봉천시장을 중심으로 먹이를 찾아나선 봉

순이의 영역은 드디어 내가 살고 있는 봉천10동까지 확대되었다.

수년에 걸쳐서도 합의를 못 보던 입주금 문제가 마침내 해결되자 그때껏 산동네에서 힘겹게 버티고 있던 사람들이 다 떠나버렸고 순식간에 산을 깎아 재개발이 시작되었다. 숨어들 공간이 많기 때문에 사람이 떠난 후에 산동네에서 살던 고양이들이 슬금슬금 주택가로 내려온 것도 같은 시기다. 산책하던 중에 털뭉치를 보게 되거나 이상한 냄새를 맡게 된 때도. 고양이들의 털은 나뭇가지나 주로 횡단보도 앞 벼룩시장이 들어 있는 소식지통에 뭉텅뭉텅 걸려 있었다. 먼 곳에 있다가도 우리 동네만 들어서면 나는 냄새. 물냄새, 땀냄새, 하수구 냄새, 그리고 나무 냄새. 그 냄새들 속에서 자기 영역을 표시해놓은 고양들의 오줌 냄새, 페로몬 냄새를 알아차리게 된 것이 나로서는 좋은 일인지 나쁜 일인지 잘 모르겠다. 아무려나 들고양이들이 쓰레기봉투만 찢지 않는다면, 밤중에 안달을 부려대는 듯한 울음소리만 내지 않는다면 크게 문제될 것은 없어 보였다. 그러나 들고양이들 숫자가 너무 많다는 게 가장 큰 문제가 되는 덴 시간이 얼마 걸리지도 않았다.

평범한 날들이 이어졌다. 나는 아침 일곱시면 출근하기 위해 계단을 내려가는 막내 여동생의 구둣소리를 들으며 잠이 들었고 점점 아침잠이 줄어드는 아버지는 과천 서울대공원으로 운동을 다니고 있었고 일본에서 살림을 차린 여동생은 임신을 했고 온 나라가 희고 붉고 노란 꽃으로 뒤덮였다. 봄비치곤 꽤 많은 양의 비가 자주 내렸다. 그리고 엄마는 반찬들, 특히 오뎅조림이나 생선 종류가 없어지고 있다는 사실을 드디어 알아차리곤 혹시나 집 안에 배고픈 귀신이 붙어 있는 건 아닐까 두려움에 떨며 더욱 열심히 불공을 드리러 절에 다녔다. ……평범한 날들. 그건 아니다. 전쟁이 난 걸 평범하다고 말해서는 안 될 것 같다.

내가 봉순이를 알게 된 건 봉순이와 아버지가 은밀히 만나고 있는 장면을 목격한 적이 있기 때문이다. 자꾸만 반찬이 없어진다니, 아버지도 참. 그래도 끝끝내 자신이 살던 장소를 떠나지 않는 들고양이가 있었으니 그게 바로 봉순이와 줄무늬 오형제들이었다.

오스트레일리아 크리스마스 섬의 일억 마리 홍게들이 바다로 바다로 대이동을 하고 있었다. 아무리 먼 섬에 살아도 홍게들은 자신이 태어난 바다의 냄새를 기억해 찾아간다. 거기까지 가기 위해서 홍게들은 인도며 자동차가 쌩쌩 달리는 차도로까지 필사적으로 벌벌벌 기어나갔다. 사력을 다하지만 홍게들은 바다에 닿기도 전에 대부분 죽는다. 섬사람들은 홍게들이 바다로 찾아갈 수 있도록 따로 길을 터주기도 하고 샛길로 운전을 하고, 홍게들이 집 안으로 기어들어와도 해치기는커녕 바다로 가는 길로 인도해주었다. 죽음을 무릅쓰고 마침내 바다를 찾아 조금(潮金) 때, 하루 중 바다가 최고조에 달하는 그 순간에 홍게들이 몸을 흔들어대면서 산란하는 모습은 장관이었다. 내가 홍게를 보고 있는 동안 아버지는 홍게를 보살피는 사람들을 더 눈여겨본 것 같다. 아버지는 저 사람들은 함께 사는 법을 아는 사람들인갑다, 라고 말했다. 저것들은 해를 안 끼치잖아요. ……주무실 때 제발 텔레비전 좀 끄고 주무세요, 그러니까 매일 꿈자리가 사납죠. 나는 안방을 나왔다. 예전엔 나도 그랬던 것 같은데 실업자들은 왜 〈동물의 왕국〉이나 동물들이 나오는 다큐멘터리 혹은 퀴즈 프로그램을 유난히 좋아하는지 모르겠다.

동물로 치자면 아버지는 기린에 가까운 편이다. 아버지는 내가 아는 남자들 중에서 가장 키가 크고 기린은 동물 중에서 가장 키가 크다. 기린은 서서 자거나 때로 나뭇가지에 머리를 걸치고 자기도 한다. 나는 기린이 땅바닥이나 초원에 누워서 자는 상상을 해보았다. 긴 목 부분이 바로 땅에 닿기 때문에 아마 급속히 체온을 빼앗기게 되겠지. 초식동물인 기린은 적과 싸울 수 있는 무기가 없기 때문에 긴 목을 이용해 위험을 감지해야 하고 긴 다리로 재빨리 도망가야 한다. 기린이 제일 잘하는 게 있다면 그건 바로 도망가는 일이다. 그나마 이마에 난 뿔 하나도 그 끝에 살이 붙어 있어서 다른 짐승을 해치지는 못한다. 나에게 기린에 관해 말해준 사람은 B였다. 네팔로 떠나겠다는 말을 하던 날이었다. 내가 등을 민 것도 아닌데 B는 풀죽어 보였다. 그래도 기린 이야기를 할 때는 활기가 있어 보였다. 그땐 아마 자신이 여길 떠날 거라는 사실을 잠시 잊어버렸기 때문일 것이다. 그러나 나는 B가 기린의 발걸음은 매우 가벼워서 그가 밟고 지나간 자리엔 흔적조차 남지 않는다는 이야기를 했을 땐 떠밀리듯 조만간 어디든 떠나야 하는 사람처럼 어쩐지 우울해지고 말았다. 네팔이 어디 있느냐고 물어보았다. B는 자신도 모른다고 했다. 그럼 갔다 오세요. B는 언제쯤 돌아오겠다는 말을 한 것 같지 않다. 기억이 잘 나질 않는다. B에게 내가 한 말만 기억난다. 나는 B에게 한번 화살에 맞아 상처를 입은 새는 어디선가 화살 날아오는 소리만 들려도 그걸 피하기 위해 급히 몸을 솟구쳐 날다가 상처가 파열되어 죽기 쉽다는, B에게는 가슴에 못 박힐 게 틀림없는 말만 늘어놓았다. 이틀 뒤 B는 정말 떠났다.

선배에게 전화가 왔다. 남편이 네팔로 떠났다고 했다. 나는 선배에게 적적하냐고 물어보았다. 선배는 이런 때는 서로 함께 있는 게 좋겠다고 말했다. 선배도 전쟁이 두려운 모양이었다. 하긴 이럴 땐 누구도 홀로 남겨지길 원치 않을 것이다. 나는 『개구리 왕자』 속의 안나처럼 누군가 나타나서 모든 것을 갑자기 바꿔주길 원하기보다는 나 스스로 혼자 길을 찾고 싶어하는 편이며 그런 기질은 아무래도 아버지로부터 물려받은 것 같다는 말을 했다. 선배는 갑자기 왜 그런 말을 하냐고 물었다. 우리 아버진 여수반란 사건과 6·25 전쟁을 다 겪고도 살아남은 사람이라고 자랑했다. 선배가 웃어줘서 다행이다. 꽃은 피고 전쟁은 계속되고 사람들은 돌아오지 않았다. 나는 드디어 들고양이들에게 저주를 퍼붓기 시작했다.

관악구청의 청소환경과 직원은 들고양이 문제는 이제 청소환경과가 아니라 지역경제과에서 담당하고 있다고 친절하게 알려주었다. 나는 지역경제과로 갔다. 구청에서 하고 있는 일, 이를테면 쥐덫을 크게 확대한 덫을 설치해 고양이들을 생포한 다음 동물구제협회로 넘기는 일이나 원하는 주민들에겐 언제라도 덫을 빌려주고 있다는 일 등은 사실 나를 실망시켰다. 그건 지금 전국적으로 어느 지역에서나 다 하고 있는 일이다. 봉천동이라면 뭔가 특별한 방법이 있을 것 같았는데. 들고양이들을 마음대로 잡아 죽이지 못하는 건 동물보호법 때문이다. 하지만 이제는 동물보호론자들도 급수적으로 늘어나는 들고양이들과 그것으로 인한 피해 때문에 불임수술 정도까지는 수긍하는 편이다. 나는 그럼 봉천동의 모든 고양이들을 잡아다가 불임수술을 시키는 게 어떻겠느냐고 제안했다. 담당자는 시술비가 암컷은 십오만원, 수컷은 오만원쯤 하기 때문에 쉬운 문제가 아니라고 말했다. 덫을 하나 빌릴까 하다가 그냥 구청을 나와버렸다. 도둑고양이 민원에 시달리던 경상북도의 한 지자체는 최근에 고양이를 대거 잡아 도살했다가 오히려 고양이 숫자가 급증하는 사태를 맞은 적이 있다. 한 지역의 고양이 개체수가 줄어들면 이웃 지역의 고양이들이 몰려와 다시 일정한 숫자로 늘어나는 진공효과 때문이었다. 영양군의 들고양이들도 처음엔 곡식을 지키는 집고양이들이었다. 사실 나는 암컷의 자궁과 난소를 들어내고 수컷의 고환을 제거하는 불임수술 쪽에 찬성을 하는 편은 아니다. 가까운 이가 기르던 고양이를 불임수술시킨 적이 있어서 알지만 수술 후 고양이들은 움직임이 급격히 느려지고 애교가 늘며 온순해진다. 울음소리도 잘 안 내고 식욕이 크게 늘면서 몸이 확 불어난다. 교미에 대한 관심이 없어지는 건 말할 것도 없다. 인간과 살면서도 본능을 잃지 않던 야생고양이가 아니라 움직이는 고양이 인형에 가까워 보였다. 고양이 주인은 그걸 삶에 대해 낙천적으로 변했다, 고 말했다. 아무튼 지금 구청 지역경제과에서 하는 일은 그 정도였다. 물론 방법이 문제겠지만 개체수를 유지하면서 번식을 막는 게 가장 큰 현안일 것이다. 그런데 고양이들의 중성화가 가장 좋은 대안이 될 수 있을까. 고양이들 생각도 정말 그런지 궁금하다.

다른 사람에게라면 몰라도 아버지에겐 큰 사건이 하나 터졌다. 아버지가 그토록 애지중지하던 새 한 쌍이 들고양이들의 습격을 받은 것이다.

동생이 결혼하여 집을 떠날 무렵, 집이 너무나 쓸쓸해질까봐 나는 뒤는 생각 안 하고 흑문조 한 쌍을 사놓았다. 그걸 키울 사람은 물론 아버지였다. 수컷과 암컷에게 각각 문조와 문희라는 이름도 아버지가 지었다. 동생이 일본으로 떠난 그 겨울에 문조와 문희가 새끼를 다섯 마리나 깠다. 새끼들이 비척거리면서 둥지 밖으로 오종종 걸어나올 때 아버지가 얼굴을 찡그리면서 기뻐하던 모습, 쥐면 뭉그러져버릴 것처럼 작고 연약한 어미 새와 새끼들을 까맣고 커다란 손으로 한 마리씩 따뜻한 물로 씻겨 헤어드라이어로 몸을 말려주던 모습, 엄마에게 사정사정해 모은 달걀 껍질을 분말처럼 잘게 빻아 모이통에 넣어주던 그 모습, 술 취한 날이면 그 큰 몸을 구부려 새장 앞에서 경란아경선아경희야, 가 아니라 문조야 문희야, 라고 자꾸만 크게 불러대던 모습을 말로 잘 설명할 수 없는 게 유감이다. 그러나 그것도 잠시였다. 넓지도 않은 거실에서 새 일곱 마리가 풍겨대는 냄새는 정말 지독했다. 비라도 오는 날엔 새 비린내 때문에 두통까지 오곤 했다. 엄마와 막내동생 그리고 나는 새떼들을 애지중지하는 아버지에게 대놓고 눈치를 주기 시작했고 결국 문조 문희는 놔두고 새끼들만 판다는 암묵적인 합의하에 새를 산 조류원에 가서 한 마리당 오천원씩 받고 새끼들을 팔아치우는 데 성공했다. 많이 쓰는 것은 발달하고 안 쓰는 것은 퇴화한다는 진화론자들의 주장처럼 내 경험에 의하면 이해하면 알아듣고 그렇지 않으면 알아듣지 못한다. 예나 지금이나 우리 집에서 문조와 문희를 이해하는 사람은 아버지밖에 없다. 시간이 가장 많은 사람 또한.

며칠째 문희가 끙끙 앓는 소리를 내며 알을 품고 있었다. 새로 새끼가 태어나면 이번에는 옥상에라도 내다놓고 꼭 길러봐야지 하는 아버지와, 어디 또 새끼를 낳기만 해봐라 이번엔 애비에미까지도 몽땅 팔아치워버릴 테니, 라고 벼르는 우리들 사이의 긴장은 꽤나 팽팽했다. 이라크 전이 발발한 사흘 후 문조와 문희는 그 동안 잘 품고 있던 알 네 개를 전부 다 둥지 밖으로 던져내놔버렸다. 그 이튿날엔 아예 알들을 다 쪼아먹어버렸다. 어떻게든 문조와 문희를 위로하고 싶었던 아버지는 햇빛 따뜻한 날 새장을 현관 앞에다 내다놓았다. 새처럼 좋은 먹잇감을 그냥 놓칠 놈들이 아니다. 들고양이 두 마리가 옆집 옥상을 통해 겁도 없이 우리집 현관까지 살금살금 올라와 새장을 덮쳤다. 햇빛 때문에 새장을 내놓긴 했지만 마음이 놓이질 않던 아버지가 그 주변에 없었더라면 새들이 어떻게 되었을지는 뻔한 일이다. 아버지는 고함을 지르며 새장으로 몸을 날렸다. 들고양이들은 옆집 옥상으로 잽싸고 유연하게 몸을 날려 도망가버렸다. 예민한데다가 놀라기까지 한 문회는 그만 혼절해버렸다. 아버지는 어린애를 안듯 새장을 가슴에 껴안고는 해가 질 때까지 거실을 서성거리며 들고양이들을 향한 분노를 숨기지 않았다. 가족들 중 누구도 그걸 귀담아듣는 사람은 없었지만 그건 어쩌면 배신감 같은 게 아니었을까. 새장을 덮친 고양이가 딱히 봉순이가 아니라고 해도 말이다. 그날 밤, 아버지는 문회 자궁에 끼어 있는 깨진 알 하나를 발견해 손가락으로 꺼내주었다. 나는 슬쩍 아버지 옆으로 다가가 속삭였다. 아버지, 요즘엔 고양이 포획 전문가까지 생겼대요. ……양천구에선 고양이 한 마릴 잡아오면 만원이나 준대요. 하루에 다섯 마리만 잡아도 한 달이면 그게 얼마예요? 아버지는 움쭉도 하지 않았다. 그래서 나는 한마디 더 했다. ……요즘 교차로 광고 보고 아버지한테 전화하는 사람 없죠?

언젠가 나는 코끼리에 관해 글을 쓴 적이 있다. 사람들은 내가 정말 코끼리를 만났는지 궁금해했다. 누구에게도 그 이야기는 한 적이 없지만 아무래도 이번 일만은 말해야 할 것 같다.

그 일이 일어나기 전날 밤, 실은 코끼리가 나를 찾아왔었다. 코끼리는 내게 물소의 계획에 대해서 이야기했다. 나는 웃었다. 코끼리는 매우 심각한 표정으로 전쟁이 일어나 폭격이 예상되면 우선 동물원의 맹수부터 없애는 게 관례라는 것을 알고 있냐고 물었다. 나는 웃음을 멈추곤 천천히 고개를 끄덕였다. 독살을 하는 이유는 전쟁중에 흥분한 굶주린 맹수들이 우리를 뛰쳐나와 사람에게 해를 끼칠 우려가 있기 때문이다. 1944년 2차 세계대전 중에도 사료 및 인력 부족 때문에 맹수류를 비롯한 동물들을 대거 독살한 적이 있다. 독이 섞인 먹이를 먹고 토하고 괴로워하는 걸 차마 볼 수 없어 창으로 심장을 찔러 죽인 이야기며 독약이 듣지 않는 커다란 뱀들은 해부칼로 난도질해 죽이고 그 때문에 정신적 충격을 받은 사육사들이 헛소리를 하고 몽유병을 앓게 된 사례도 있다고 한다. 예민한 코끼리는 독이 든 야채를 좀체 입에 대려고 하지 않았다. 날이 갈수록 쇠약해진 코끼리는 사육사가 지나가면 행여나 독이 들지 않은 다른 먹이를 주지 않을까 몸에 익혔던 재주를 힘겹게 부려 보이기도 했다. 결국 코끼리는 아사시키는 수밖에 없었다. 대부분의 다른 동물들은 로켓탄에 맞아 죽었다. 가장 유명한 이야기는 탈레반에서 해방된 아프카니스탄의 수도 카불의 동물원에 살던 50살 눈먼 사자 마르조의 이야기다. 우리나라에서도 6·25 전쟁이나 1·4 후퇴 등으로 동물원이 있던 창경궁이 폐원의 위기에 처한 적이 있었다. 특히 태평양 전쟁이 극에 달했을 때 일본 관리자들이 맹수류에 속하는 사자 호랑이 코끼리 곰 뱀 악어 독수리 등 백오십여 마리에 달하는 동물들을 독살시킨 일은 창경궁의 가장 큰 참사로 남았다.

물소가 맹수류에 속하는 동물이냐고 물어보았다. 물소는 늑대나 사자를 격퇴시킬 만큼 무섭고 힘이 센 동물이라고 코끼리는 말했다. 그러곤 전쟁이 시작된 이후 하루하루 인내를 잃어가고 있는 물소를 비롯한 다른 동물들에 관한 이야기도 들려주었다. 이번 전쟁은 시작부터 승패가 명백히 정해진 싸움이니 곧 끝날 거라는 말로 코끼리를 안심시켰다. 코끼리는 슬픈 표정으로 나를 봤다. 그러나 나에게 폭격이나 독살을 두려워하

는 물소나 다른 동물들을 안심시킬 만한 다른 위로의 말이나 대안이 있
을 턱이 없었다. 특히나 물소의 계획을 막을 만한 방법 같은 것은 더더욱.
사자도 호랑이도 아닌 물소가 대체 무얼 할 수 있겠느냐는 말은 하지 않
았지만 코끼리에게 도와줄 수 없어서 미안하단 말을 진심으로 했다. 코끼
리는 돌아가기 직전에 나를 한번 돌아봤다. 예전처럼 나는 커다란 코끼리
등에 올라타 펄럭거리는 따뜻한 코끼리 귓속에 한쪽 발을 쑥 집어넣은 채
어디든 뚜벅뚜벅 가고 싶었으나 이번엔 왠지 그래서는 안 될 것 같았다.
어쩌면 이것이 우리의 마지막 만남일지도 모른다는 예감이 들었기 때문
이다.

그 다음날 4월 5일은 토요일이자 연휴인 식목일이었다. 과천 서울대공
원에는 봄·가을 성수기에 보통 하루 평균 삼만에서 사만 명 정도 인파가
모인다. 식목일과 주말이 겹친 그날에는 올 들어 최대인 칠만사천삼백여
명의 사람들이 몰렸다. 수백여 명이 눈뜨고 지켜보는 가운데 물소 여덟
마리가 격리장치를 넘어간 초등학생 아이를 우리 안 구석으로 몬 뒤 온
몸을 뿔로 들이받는 사고가 일어났다. 물소떼의 공격을 받은 아이는 공
중으로 삼 미터 정도 솟구쳤다가 떨어졌다. 한 관람객이 플라스틱 병을
모아 담은 자루를 물소에게 던져 반격하지 않았더라면 아이는 아마 무사
하지 못했을 것이다. 격리장치를 넘어간 아이를 물소 우리로 던져넣은
건 바로 코끼리였다. 긴 코로 아이의 몸을 휘감아버린 것이다. 아프리카
물소. 어깨 높이가 1.5미터나 되며 뿔 길이는 95센티미터나 되고 코끼리
말대로 성질이 사납고 난폭해서 사자도 함부로 공격하지 못한다는 물소.
사고 당일, 동물원에는 겨우 세 명의 사육사만 출근해서 아프리카 코끼
리나 물소 코뿔소 등 서른여덟 마리의 동물들을 관리했다고 한다. 아무

튼 물소의 계획은 멋지게 성공했다. 전쟁이 시작된 지 십칠 일째 되는 날이었고 바그다드 일대가 정전으로 인해 칠흑 같은 어둠과 공포에 휩싸여 있던 때였다. 아이는 어깨와 골반 뼈가 부러지는 중상을 입긴 했지만 생명엔 이상이 없다고 하니 천만다행한 일이 아닐 수 없었다. 그것으로 만천하에 자신의 의사를 나타낸 물소의 표정은 태연해 보였다. 다른 동물들도 여느때와 다름없이 시멘트 바닥을 긁거나 물을 마시고 있었다. 나는 상심했다. 전쟁은 아직 끝나지 않았는데.

최초의 동물원은 동양에서는 기원전 1,100년경 중국에서 포획한 야생 동물들을 왕과 귀족의 정원에서 사육했다는 기록을 통해 그 시작으로 보고 있다. 서울대공원은 1984년 5월에 77개 전시동에 361여 종 3,100여 마리의 동물로 개원했으며 우리나라 최초의 동물원에 관한 기록은 삼국시대까지 거슬러올라간다. 정부는 1977년에 남서울대공원을 건립하기로 하고 창경원에 있던 동물들을 그곳으로 이사시키는 계획을 세웠다. 1983년 7월부터는 창경원의 동식물원 공개 관람이 폐지되었다. 그때 거기서 살던 동물들이 과천 서울대공원으로 옮겨진 것이다.

한 가지 이상한 사실을 발견했다. 나는 그 사고 소식을 밤 9시 뉴스를 통해 보았다. 코끼리가 아이의 몸을 코로 휘감아 물소 우리에 던졌다는 것도. 그러나 그 다음날 내가 본 세 종류의 신문엔 약속이나 한 듯 코끼리 이야기는 빠져 있었다. 대체 코끼리가 무슨 짓을 한 걸까. 정말 그가 그랬을까.

뒤늦은 감이 있지만 나는 동물원으로 갔다. 사육사는 몹시 지쳐 있었다. 그는 빨리 전쟁이 끝나야 한다고 말했다. 나는 전쟁이 계속되기를 바라는 사람은 아무도 없다고 말했다. 동물들은 점점 더 난폭해지고 자신들이 독살이나 폭격을 당할지도 모른다는 불안감에 싸여 있다고 했다. 나는 사육사에게 바그다드가 함락되었으니 이제 곧 전쟁이 끝날 거라고, 독살이나 폭격은 일어나지 않을 테니 안심하라는 말을 동물들에게 전해 달라고 부탁했다. 그리고 카불의 눈먼 사자 이야기를 들려주었다.

탈레반이 카불을 점령했을 때 카불 동물원에서 마르조와 추자라는 사자 한 쌍을 기르고 있던 사육사 무하마드는 적군들에게 죽임을 당할지도 모른다는 공포에 떨고 있었다. 무하마드는 탈레반인 파슈툰족이 아니라 타지크족이기 때문이다. 그러나 무하마드는 정든 사자 부부를 두고 떠날 수 없었다. 어느 날 탈레반 병사 한 명이 자신의 용기를 과시하기 위해 사자와 격투를 벌이겠다고 나섰고 중상을 입은 뒤 숨졌다. 앙심을 품은 그 병사의 형이 수컷 사자 마르조에게 수류탄을 던져 마르조는 두 눈을 실명하고 말았다. 그후 마르조는 무하마드의 목소리와 체온에 의지해서 살 수밖에 없었고 눈먼 사자를 친자식처럼 여겼던 무하마드 역시 한시도 그 곁을 떠나지 않았다. 내전이 극심해졌을 때는 먹이 조달이 끊긴 채 한 달에 겨우 8달러 하는 박봉을 쪼개서 마르조 부부와 간신히 살았다. 동물원이 탈레반의 병영이 되었을 때 맹수를 두려워한 병사들이 사자를 사살하려고 했지만 차라리 같이 죽여달라며 애원하는 무하마드의 사랑에 병사들은 감동받았다. 탈레반 치하에서 동물원 직원은 19명에서 11명으로 동물 가족은 37종에서 19종으로 줄어들었으나 동물의 왕 사자 마르조는 살아났고 카불은 탈레반에서 해방되었다. 전쟁의 와중에 동물들이 그런 큰 시련을 겪었다면 하물며 인간이 겪는 고통은…… 사육사는 말을 잇지 못했다. 그건 말할 것도 없겠지요. 나는 말을 맺곤 자리에서 일어났다. 동물들처럼 불안해 보이던 사육사의 표정이 약간 밝아졌다. 처음 만난 사육사에게 너무 많은 말들을 했다. 내 말이면 다 들어주고 다 믿어주는 B. 그런 사람이 누구에게나 언제나 한 명쯤은 필요한지도 모른다.

들고양이가 많은 곳에서는 묵은 햄버거 냄새가 난다고 한다. 그게 어떤 냄새인지 이젠 알 것 같다. 돌아보니 거기 봉순이와 줄무늬 오형제, 그리고 아버지가 있었다. 우리집 옥상도 아닌 옆집 옥상이라니. 하긴 우리 동네에서 가장 높은 지대에 아버지가 지은 우리집 옥상엔 제아무리 뛰어난 도둑이라도 제아무리 날렵한 들고양이라도 올라올 수 없다. 그래서 나는 옥탑방에서도 문을 걸어잠그지 않고도 안심하고 잘 수 있다. 아버지는 죽 둘러앉은 여섯 마리 들고양이들에게 먹이를 나눠주고 있었다. ……아버지. 삼십오 년이 넘도록 함께 살고 있지만 참 알 수 없는 사람이다. 엄마가 퍼뜩퍼뜩 가자고 말하는 사람이라면 아버진 나긋나긋 갑시다 말하는 사람이고 나는 거길 왜 가야 하느냐고 묻는 사람이다. 또 만약 누군가 우리에게 세상에서 없으면 절대로 살 수 없는 게 뭐냐고 묻는다면 가난이 창문으로 들어오면 사랑이 문으로 나간다는 것을 이미 알고 있는 엄마는 아마 돈이라고 말할지도 모르고 나는 칫솔이라고 말할 것이다. 그리고 아버지는. ……음, 아버지는 뭐라고 말할까. 아무튼 돈이나 칫솔은 아닐 것 같다. 우리는 너무나 다른 사람들이다. 이렇게 서로 다른 사람들이 한 집에서 큰 다툼도 큰 사랑도 없이 살고 있다니. 엄마 몰래 훔쳐낸 반찬으로 고양이들에게 먹이를 나눠주고 있는 아버지 뒷모습은 고독해 보였다. 줄무늬 오형제는 아버지 발밑에서 재롱을 부리느라 배를 드러낸 채 몸을 뒹굴고 다른 한 놈은 아버지의 두꺼운 손바닥을 핥고 있었다. 그중 두 마리는 기형으로 태어난 들고양이들이다. 얼마 전부터 봉천동엔 꼬리가 뭉툭하거나 끝이 말린 혹은 다리 하나가 없이 세 발로 태어나는 기형 들고양이들이 눈에 띄게 되었다. 영양실조 때문이었다. 일정한 한 지역에서 일정한 음식 쓰레기를 먹고 사는 고양이들이 새끼를 낳으면 이제 기형인 새끼들이 태어나는 것이다. 관악구청 지역경제과 직원은 그게 인스턴트 음식에 들어 있는 환경호르몬 때문이라고 말했다. 한쪽 다리가 없고 한쪽 눈이 뭉개지고 꼬리가 뭉툭한 들고양이들이 기세 좋게 쏘다니는 새벽에 사람들은 골목 쪽으로 머리를 내민 채 잠을 자고 있다.

아버지를 부를까 하다가 그냥 집으로 들어와버렸다. 집이 아닌 곳에서 아버지를 만나게 되는 건 내가 내 이름을 부르는 것만큼이나 어색하다. 엄마는 혹시 들어오는 길에 느네 아버지 못 봤냐고, 대체 하는 일도 없는 양반이 하루 종일 뭐가 그렇게 바쁜지 모르겠다며 투덜거렸다. 쓰레기 내놓는 날이었다. 나는 엄마에게 말했다. 아버지도 가실 데가 있어. ……어딜? 고양이 잡으러.

눈먼 사자 마르조는 지난해 1월 결국 우리 안에서 숨진 채 발견되었다. 목숨을 걸고 자신을 보살펴준 사육사 무하마드가 심장발작으로 죽은 뒤에는 암사자 추자가 늘 먹이와 물이 있는 곳으로 인도해주었으나 그런 추자마저 죽고 말았다. 제 짝의 죽음을 눈으로 볼 수 없었던 마르조는 추자의 몸에 아무리 제 몸을 부벼대도 예전처럼 체온이 전해져오지 않자 단 한순간도 추자의 유체를 떠나지 않았으며 경내에 추자를 묻은 지 닷새 동안 먹이를 먹지 않았다. 이것이 죽음 전에 전해진 눈먼 사자 마르조에 관한 마지막 소식이었다. 탈레반 치하에서 벌어진 전쟁을 겪어내며 아프가니스탄 사람들의 고통을 상징하는 존재로 전 세계에 알려져왔던 마르조는 탈레반이 물러난 뒤 영국 동물보호단체의 보살핌을 받으며 얼마간 평화를 되찾았고 마르조의 이야기가 퍼지면서 서방 세계에서 먹이를 공수받는 등 카불 동물원은 많은 지원을 받기도 했다. 평화는 찾아왔지만 마르조는 이날 쓸쓸히 혼자 죽었다. 내가 사육사에게 마르조가 죽었다는 말을 안 한 이유는 그건 이미 전쟁이 끝난 뒤였기 때문이다. 그러나 티그리스 강과 유프라테스 강이 만나는 비옥한 초승달 지대의 바그다드에서는 아직 전쟁이 끝나지 않고 있었다. 그 와중에도 바그다드 동물들에 관한 이야기가 전해져왔다. 삼 주간 굶주린 사자 네 마리가 우리를 뚫고 탈출에 성공했으나 동물원의 경비를 맡은 미군들이 사자 네 마리를 모두 사살해버린 일이 벌어졌다. 바그다드 동물원에는 이라크 군 야전부대가 주둔하고 있었다. 말하자면 인간방패 혹은 동물방패였던 셈이다. 미군이 동물원을 점거했을 때는 모든 동물들이 아사 직전의 상태였고 흥분해 있었다. 게다가 말 원숭이 낙타 조류 등 다루기 쉽거나 식용으로 쓸 만한 짐승들은 모조리 약탈당해 동물원은 폐허로 변해버렸고 탈출하지 못한 호랑이 두 마리만이 굶주린 채 남아 있는 상태였다. 전쟁의 비극은 바그다드 동물원까지 잠식하고 있었다. 그나마 미군의 속전(速戰)으로 폭격을 면한 게 다행이라면 다행일 것이다. 인간이나 동물이나 큰 시련을 겪기는 마찬가지인 날들이 계속되고 있었다.

원한다면 서로 협력해 무엇이든 할 수 있고 또 자신들의 뜻이 전달될 수 있다고 믿기 시작한 동물들 때문에 나는 사실 좀 귀찮아졌다. 게다가 종전이 선언되진 않았지만 일단 미군의 바그다드 함락으로 전쟁이 곧 끝날 기미가 보이자 동물원의 폭격이나 사살은 더이상 없을 거라고 믿는 동물들의 요구는 끊임없이 이어졌다. 그들의 요구는 당연한 것일지도 몰랬고 그렇게 큰 것을 요구하는 것 같지도 않았다. 그들은 자신들이 얼마나 열악한 환경에서 생활하고 있는가, 돌아가면서들 불만을 이야기했다. 우리 안의 바닥이 너무나 단단하거나 습기가 많아서 코끼리는 관절염에 걸렸고 물개는 더러운 물 때문에 각막이 손상되었으며 비좁은 우리에서 사느라 스트레스가 쌓인 타조는 스스로 제 털을 죄다 뽑아버렸으며 초식동물인 기린은 하는 수 없이 우리 속의 콘크리트 벽과 쇠기둥을 핥아대야 했다. 동이 훤히 트도록 동물들의 이야기는 끝나지 않았다. 죽은 점박이 물범까지 와선 자신이 죽은 후 부검했을 때 뱃속에서 백 개도 넘는 동전이 쏟아졌다는 사실을 말할 땐 유산을 경험한 적 있는 암컷 침팬지가 가장 서럽게 눈물을 쏟기도 했다. 가장 큰 문제는 우리가 풀이나 흙이 아닌 시멘트 바닥이라는 것이었다. 우리 안의 바닥을 시멘트로 발라놓은 이유는 배설물이나 음식 쓰레기 등을 청소하기가 쉽기 때문이라고 했다. 혼자 듣기에는 섭섭한 이야기였다. 고릴라는 자신은 원래 숲에서 살아야 하는 동물이라고 말했다. 하긴 대부분의 동물들이 살아야 할 곳은 바로 숲이 아니겠는가 말이다. 그러나 동물들이 원하는 건 숲으로 되돌아가는 게 아니었다. 그들은 이미 인간세계에 길들여져 있었고 가능하다면 지금보다는 나은 환경 속에서 인간과 함께 살고 싶어했다.

방콕의 두싯 동물원에는 모든 우리가 흙바닥이나 풀과 나무로 되어 있다. 기린을 위한 나뭇잎도 따로 준비되어 있고 싱가포르 동물원은 오랑우탄이 스스로 먹이를 따먹을 수 있도록 울창하게 나무들을 심어놓았으며 북극곰 또한 스스로 먹이를 사냥할 수 있는 환경이 만들어져 있다. 원숭이들을 위해 따로 섬을 건설하고 있는 동물원도 있다. 그런 얘기는 하지 못했다. 침묵을 지키고 있던 기린이 내게 말했다. 우리가 함께 살아갈 수 있는 방법. 그 공존의 길에 대해서 생각해본 적이 있느냐고.

의논할 사람이 필요했지만 누구도 내 말을 믿어줄 것 같지 않았다. B라면. 나는 자주 아버지를 미행했다. 그러나 이따금 아침에도 잠이 오지 않아 과천 서울대공원으로 아침 운동을 가는 아버지를 따라가던 일은 그만두었다. 카트만두 밸리의 전경을 찍은 엽서 한 장이 도착했다. B는 카트만두의 게스트하우스에 머물고 있었고 내일은 안나푸르나로 떠날 예정이라고 했다. B는 좀 늦어질 것 같다고도 썼다. 옆에 B가 없는데도 무작정 고개를 끄덕였다. 나는 누군가를 기다리는 것엔 익숙지 않지만 이번에는 기다려보기로 했다. 기다려서 그가 오기만 한다면. 그건 어쩌면 B가 보고 싶다기보다는 그 동안 내 주변에서 일어난 일들에 관해 이야기하고 싶은 욕심 때문인지도 몰랐다. 그러나 B. 당신은 내 가장 친밀한 사람인 것 같아. 만약 B가 돌아온다면 우선 그것부터 말해줘야겠다.

이틀 동안 쉬지도 않고 봄비가 내리던 날, 봉순이가 교통사고를 당했다. 봉천동에서 먹잇감을 찾아 도로를 횡단하다 교통사고를 당해 죽는 들고양이들이야 하룻밤에도 열댓 마리씩이나 되지만 그게 봉순이라는데 나는 약간 놀랐다. 새끼를 낳은 지 채 한 달도 지나지 않은 때였다. 교통사고로 뭉개진 몸을 이끌고 봉순이는 우리집 앞 골목에 주차돼 있는 아버지 자동차 밑으로 들어가 길게 누웠다. 거긴 봉순이가 더 힘센 놈을 피해서 몰래 먹이를 먹던 곳이며 녀석이 사랑을 나누던 장소이기도 했다. 새끼들이 태어났을 때 가장 먼저 그곳으로 이끌고 와 아버지에게 자랑스럽게 소개시켰던 곳이기도 했다. 숨이 끊어지기 직전에 봉순이는 운전석 문 밑을 발톱으로 세게 긁어 자신의 영역임을 확고하게 표시해놓는 것으로 아버지에게 작별인사를 대신했다. 여러 겹의 신문지로 둘러싼 봉순이의 사체를 아버지는 맨손으로 들어올렸다. ……뒤에서 나는 아버지, 하고 불렀다. 어쩌면 아버지는 알고 있을까. 우리가 함께 살 수 있는 그 긍정적인 조화에 대해서 말이다.

　바그다드 동물원이 활기를 찾기 시작했다. 먼저 쿠웨이트 정부에서 과일과 야채, 육류 등 이 주일치 먹이를 바그다드 동물원에 제공했다는 소식이 들렸다. 국립박물관의 문화재 약탈 사건에 가려져 있던 바그다드 동물원의 이야기가 사자 네 마리가 사살됨으로써 비로소 사람들의 관심을 끌게 된 것이다. 미국의 노스캐롤라이나 동물원 등은 아프가니스탄의 카불 동물원을 전시에 원조했던 경험을 되살려 전쟁의 다른 피해자인 병들고 굶주린 이라크 동물들에 대한 수의학적인 지원과 사료 등을 제공할거라고 발표했다. 과천 동물원에도 자연환경과 동물들의 서식 여건을 고려한 새로운 환경이 만들어지고 있었다. 동물들에게는 이래저래 다행한 일이 아닐 수 없었다. 그러나 종전 소식은 좀체 들려오지 않았고 꽃들은 다 떨어졌다. 아버지는 '집수리 경력 삼십 년'이라고 쓴 전단지를 뿌리러 방배동 일대를 돌아다녔고 하는 일도 없이 피곤한 나는 잠을 자거나 반찬 투정을 해 엄마에게 핀잔을 받기 일쑤였다. 엄마 눈엔 아버지나 나나 걷는 것밖엔 할 일이 없어 보이는 똑같은 실업자 신세였다. 비가 오는 밤이면 죽은 봉순이가 생각났다. 비 오는 밤에도 창 밖에서는 비와 눈을 싫어하는 고양이들이 모여 싸움을 하거나 쓰레기봉투를 찢는 소리가 들렸다. 한번은 봉순이 새끼들을 본 적이 있다. 그새 무럭무럭 자란 새끼들 중 어미를 꼭 닮아 배가 흰 갈색 새끼 한 마리가 쥐를 사냥하고 있었다. 쥐는 아직 사냥에 익숙지 않은 새끼 고양이의 공격을 여유 있게 피해 재빨리 옆집 문틈으로 달아나버렸다. 새끼 고양이는 쩝쩝 입맛을 다시며 쥐가 사라진 문틈을 발톱으로 헛되게 긁고 있었다. 비록 첫 사냥은 실패했지만 봉순이 새끼가 두꺼비 파리 잡듯 간단히 쥐 한 마리쯤 잡는 건 시간문제다. 봉순이를 닮았다면 새끼들은 이제 곧 봉천동의 명사냥꾼이 될 것이다.

마침내 미국 대통령은 이라크에서의 중요한 전투는 끝났다는 말로 종전을 선언했다. 그러고는 자유와 세계평화를 위해 싸웠다는 말로 끝맺음했다. 그 하루 전이었던 4월 30일엔 우리 동네에도 잊지 못할 큰 일이 있었다. 서울의 마지막 달동네였던 난곡마을이 드디어 마지막까지 남아 있던 열네 가구가 이주하면서 역사 속으로 사라지게 된 것이다. 난곡에도 이제 본격적인 재개발 바람이 시작되면서 2007년이 되면 그 일대는 대규모의 아파트촌으로 변할 것이다. 철거가 다 끝났다. 내가 살던 옛 동네가 아주 사라져버리기라도 한 것처럼 서운하기 짝이 없었다. 이제 나는 더이상 봉천동 산동네나 난곡마을에 관한 글은 쓸 수 없을 것이다. 이제껏 거기 폐가나 제 집 빈터에서 살던 고양이들은 어떻게 될까 궁금해졌다. 예전에 봉천동 산동네에서 밀려나가야만 했던 이주민들처럼 이번엔 난곡의 고양이들이 봉천동으로 새로 몰려올지도 모를 일이다. 딱 죽은 고양이 숫자만큼만.

말은 좀 달랐지만 아무튼 종전이 선언된 날 저녁에 아버지는 동네 들고양이들을 다 불러모으곤 피리 부는 사나이처럼 앞장서 어디론가 사라져버렸다. 혹시나 아버지 손에 고양이들이 가장 좋아하는 프라이드 치킨이 들려 있나 유심히 훔쳐보았지만 아버진 맨손이었다. 그런데도 그 많은 들고양이들이 따라나서다니. 이대로라면 언젠가 봉천동은 들고양이

천지가 될지도 모른다. 이 모든 게 빗나간 인간의 소유욕 때문이라고 생각하면 아무런 할말이 없어진다. 그들끼리만의 무슨 축제가 있는지도 몰랐으므로 더는 궁금해하지 않기로 했다. 아마 아버진 술 취할 때만 꼭 세 자매를 한데 불러모아 그랬던 것처럼 아홉 살 때 홀로 고향을 떠나온 당신이 그 동안 어떤 역경을 딛고 지금껏 살아왔는가 들고양이들에게 또 일장연설을 할지도 모른다. 아니면 쓰레기봉투 좀 찢지 말라고 호통을 치던가.

　오랜만에 아버지와 함께 과천 서울대공원으로 아침 운동을 갔다. 나는 아버지에게 전쟁이 끝나서 정말 다행이라고 말했다. 아버지는 다행인 게 어디 한두 가지냐고 말했다. 아버지, 홍게들이 왜 바다를 떠나서 숲으로 가는지 아세요? ……너도 모르지? 확신하듯 아버지가 물어서 나는 입을 뾰족하게 내밀곤 대꾸해버렸다. 그건 아무도 모른다니까요. 호수 쪽으로 난 길을 아버지는 내가 따라가기 힘들 정도로 빠른 속도로 걸었다. 허겁지겁 아버지를 쫓아갔다. B에게서는 소식이 없다. 선배에게 전화를 걸어 남편이 돌아왔는지 물어보았다. 선배의 남편은 사흘 전에 돌아왔으며 집에 온 날 만두가 먹고 싶다고 하여 외식을 하고 들어왔다고 했다. B가 돌아온 것처럼 안심하곤 전화를 끊었다. 며칠 전엔 텔레비전에서 K선생을 보았으니 선생도 집으로 돌아온 게 틀림없을 것이다. 그런데 사람들은 왜 네팔로 떠났던 걸까. 돌아온 사람들을 만나게 되면 그 이유를 물어볼 수 있을까. 너 요즘도 그놈을 만나냐? 갑자기 아버지가 나에게 물었다. ……아버지, 이 세상에서 가장 오래되고 큰 동물원이 하나 있는데요, 거기 가면 막상 코끼리는 볼 수 없고 대신 커다란 코끼리 석상 하나만 놓여 있대요. 그리고 푯말에는 이렇게 씌어 있대요. Goodbye, Jos. 아버지에게 이게 대답이 됐을진 모르겠다. 아버지는 그 큰 키로 나를 내려다봤다. 평생 울음소리를 내지 못한다는 기린처럼. 그러나 그 대신 기린은 아주 먼 곳까지 볼 수 있는 눈과 귀를 갖고 있다. 아버지에게 내가 닮고 싶은 게 있다면 바로 그거다. 전쟁이 끝난 날 몰고 나간 들고양이들에게 아버지는 정말 일장연설을 하였다. 이놈들아, 우리 큰딸이 글을 쓰는 사람인데 말이다. ……아버지도 참, 어차피 이제 봄도 다 지났는데. 거기까지 듣고 나는 돌아섰다. 아버지 말이 끝났는지 들고양이들은 아오아오 알았다는 울음소리를 냈다. 며칠 전부터는 정말 들고양이들 울음소리가 일체 들리지 않는다. 나와 들고양이들이 가장 활발하게 활동하는 자정부터 새벽 네시까지 말이다. 하긴 발정기도 끝났으니까.

봄이 가고 여름이 왔다. 내 안의 무언가가 약간 기울어진 것을 발견했다. 그건 전쟁 때문도 들고양이 때문도 아니다. 그저 시간이 지났기 때문이다. 적당한 순례는 내게 세상과 사물을 보는 분별력을 가져다줄 것이다. 내게 좋은 일이 생겨 그 기쁨에 젖어 있을 때면 아버지는 은근슬쩍 나에게 다가와 올라가는 길에서 만나는 사람들에게 친절해야 한다고 말씀하셨다. 내려가는 길에 그들을 다시 만날 테니까. 만약 내가 지금 고독하다고 느낀다면 이제 내 삶과 주변의 작은 것들에 열정적인 관심을 가질 때이기 때문일 것이다. 내가 가장 좋아하는 계절이 왔다. 작은 바퀴라도 천천히 굴려보고 싶다. 뛸 때마다 그림자가 길어졌다 짧아졌다. 아버지를 따라붙을 때쯤 나는 큰 소리로 외쳤다. 아부지, 기린이 안부 전해달래요.

잘자요, 엄마

그 지나간 시절처럼 엄마는 무척이나 아름다워 보였다.

아마 그게 우리에게 주는 마지막 선물일 테지. 엄마는 그대로 선 채 치마 속에서 한 꽃송이를 꺼내 내가 있는 쪽을 향해 던졌다

그리고는 우리가 동아줄처럼 평생 쥐고 안 놓아두던 크고 두꺼운 손을 손수건처럼 흔들어대며 고래를 타고 먼 바다 쪽으로 질주하기 시작했다

잘자요, 엄마…… 이제 그는 편히 쉬게 될까.

내가 아는 어떤 사람은 비행기 타는 것을 세상에서 가장 두려워했다. 아시아를 중심으로 지구본을 놓았을 때 왼쪽 방향으로 열두 시간이나 떨어진 데 살고 있는 노모가 위독하다는 전갈이 왔을 때도 그는 거기 가지 못했다. 결국 그는 노모의 장례가 치러지는 순간까지 비행기 티켓을 손에 쥔 채 진땀을 흘리며 서 있었다고 한다. 또 한때 가깝게 지냈던 B는 평소에 거미를 너무나도 무서워했다. 풍선이나 초콜릿을 두려워한 사람도 있었다. 흔한 일이다. 의사들은 그걸 공포증이라고 말한다.

어떻게 설명해야 좋을지 모르겠지만 나에게도 모서리에 대한 공포가 있다. 그건 이를테면 남들이 고양이나 계단 혹은 엘리베이터를 두려워하는 것과 별로 다르지 않다. 때로 불안에 압도되는 순간이 있긴 하지만 극히 드문 경우다. 나는 어떤 대상에 대해 불안을 느끼는 그 감정이 꼭히 나쁜 것만은 아니라고 생각한다. 생쥐는 고양이를 두려워하고 나무는 불을 두려워할 줄 알아야 한다. 그래야 생명체가 살아남을 수 있기 때문이다.

공포의 목적 중 하나가 유기체를 보호하려는 것이라면 내 말이 아주 틀리지는 않을 것이다. 맹수를 만난다면 누구라도 줄행랑을 놓을 테니까.

어쨌거나 모서리에 대한 공포를 극복할 새도 없이 나에게 또다른 두려움이 생겼다. 두려움의 대상이 바뀐 것인지도 모르겠다. 지금 내가 가장 두려운 건 거미도 엘리베이터도 어둠도 자동차도 모서리도 아니다.

나는 엄마의 손을 유심히 본다. 그 손은 코끼리의 다리 표면을 확대해놓은 것처럼 주름지고 거칠고 뻣뻣하기까지 하다. 엄마는 그 손으로 돼지고기를 볶거나 빨래를 하고 밥을 짓는다. 잠을 잘 때도 합장하듯 두 손을 모으거나 시린 듯 때로 부벼대기도 한다. 잠을 자고 있어도 엄마의 손은 육체와 따로 떨어져 인간의 몸에 잘못 달린 깃털이나 노처럼 흔들흔들 자꾸만 어디론가 가자고 부추기는 느낌이 든다. 엄마의 생이 끝나는 순간은 아마도 엄마의 손이 더이상 움직이지 않게 될 때가 아닐까. ……이상한 일이다. 그게 누구라도 잠자고 있는 모습을 볼 때면 그가 별로 행복하다는 느낌이 들지 않는다. 다만 두렵고 무섭고 싫은 것을 피해서 해가 뜨기 전 잠시 고요히 숨어 있는 척하고 있다는 느낌이 든다. 안쓰럽다는 마음은 그래서 드는가보다. 게다가 엄마는 잠 속에서까지 누군가에게 쫓기는 듯 어어어 단말마 소리를 내지르며 헛발질하기 일쑤다. 언젠가 엄마와 다시 단둘이 이야기할 기회가 생긴다면 엄마가 갖고 있는 두려움에 대해 물어보고 싶다. 사람들마다 제각각 귀의 모양이나 지문이 다르듯 나는 저마다 갖고 있는 두려움의 종류도 다를 것이라 생각하는 버릇이 있다.

잊혀지지 않는 일이 있다. 아마도 그런 걸 이미지라고 말하는지도 모르겠다. 버스 정류장이었던 것 같다. 엄마는 동생을 포대기로 둘둘 말아 업고 있었고 나는 한사코 엄마의 손을 놓지 않고 있었다. 엄마는 초조한 듯 연신 뒤를 돌아보며 오지 않는 버스를 기다리고 있었다. 어린 마음에도 불안해진 나는 나를 하늘로 번쩍 끌어올려줄 동아줄처럼 있는 힘을 다해 엄마의 마른 손가락들을 부여쥐었다. 엄마가 두려워하던 일이 벌어졌다. 얼굴이 잘 보이지 않는 누군가가 막 우리를 뒤쫓아오기 시작한 것이다. 엄마는 사력을 다해 뛰기 시작했다. 그렇게 애타게 기다려도 오지 않던 버스가 휙 지나갔다. 동생은 울음을 터뜨리고 엄마는 캥거루처럼 뛰고 나는 혹처럼 매달려 갔다. 처녓적에 엄마는 울산에서 알아주는 장거리 달리기 선수였다. 뒤쫓아오는 사람들을 피해 엄마가 멀리멀리 도망갈 수 있을 거라는 믿음은 있었지만 나는 그후로도 그때 왜 우리가 쫓기고 있었는지 야반도주를 해야만 했는지 물어보지 못했다. 아니 한번은 지나가는 말처럼 물어본 적이 있는 것 같다. 삼십 년이 더 지나서다.

그런 일이 있었냐?

그 말뿐이었다.

그럼 왜 잘 때도 여태 쫓기고 있는데요?

그렇게는 아무래도 물어볼 수 없다. 나는 그때 동생을 두르고 있던 귀퉁이가 낡은 하늘색 포대기도 다 기억하고 있건만. 그런데 그때 아버지는 어디 있었을까.

또 한 가지는 엄마가 막내동생을 낳던 장면이다. 엄마는 집에서 혼자 아기를 낳았다. 그것도 셋씩이나. 엄마는 뒷집 여자에게도 앞집, 건넛집 여자에게도 도와달라고 말하지 않았다. 그게 우리 엄마라는 사람이다. 엄마가 막내의 머리를 질 속에서 쑥 꺼내드는 장면, 그때 우리 가족이 '금가위'라 부르던, 먼 나라의 사막에서 일하던 아버지가 집에 돌아올 때

유일하게 사들고 온 금빛 가위로 탯줄을 자르던 장면이 아직도 기억난
다. 나는 바로 아랫동생을 꼭 껴안은 채 그 비린내와 땀내를 훅훅 들이마
시고 있었다.

그렇게 태어난 막내가 한 달 만에 자는 듯 죽었다. 만약 엄마가 불행하
다면 그 불행은 아마 그때부터 시작된 것일지도 모른다. 예전부터 나는
엄마를 볼 때마다 그런 생각을 해왔다. 엄마는 장거리 육상 선수로 얼마
쯤 더 이름을 날리다가 평범한 남자를 만나 평생 울산을 떠나지 않고 살
수도 있었을 것이다. 나는 어렵더라도 모르는 길을 걷고 싶다고 말하곤
했던 적이 있다. 지금보다 십 년은 더 젊었던 때다. 지금은 기왕이면, 그
렇게 할 수만 있다면 끝도 보이지 않는 길이 아니라 안전한 트랙을 돌고
싶다. 엄마처럼 나도 안전한 트랙에서 벗어난 지 이미 오래되었으니까.

네다섯 살이나 됐을까. 이상한 건 그 모두가 내가 아주 어렸을 때의 일
이라는 것이다. 그 나이의 기억을 그대로 믿어도 좋을진 모르겠다. 아무
튼 그 일만큼은 잊혀지지 않고 흑백영화의 한 장면처럼 희미하게 떠오르
곤 하는 것이다.

참, 엄마의 손 이야기를 하다 빗나갔다. 집안일이 다 끝나도 엄마의 손
은 잠시도 쉬는 법이 없다. 그때부터 엄마의 손은 카드를 쥐기 시작한다.
카드를 쥐고 흔들고 섞고 세우고 펼치고 내보이는 엄마의 손놀림을 보고
있을 때면 정말이지 세상만사가 다 귀찮아져 차라리 그 카드 속의 한 장
이 되어버리거나 손수건에 덮인 카드 퀸처럼 감쪽같이 사라져버리고 싶
다는 생각이 들 정도다. 아무튼 그 시간만큼은 다른 모든 것들을 다 잊어
버릴 수 있다. 아마 카드를 쥐고 있는 엄마 자신도 그랬을지도 모르겠다.
엄마는 마술사다.

카드에서는 퀸이 킹을 보호한다. 막내동생의 죽음 이후 크고 작은 여러 가지 문제들이 엄마에게 일어나곤 했다. 공교롭게도 그때마다 아버지는 집에 없거나 그 모든 문제들, 아버지가 벌인 일들에 대해서도 엄마가 책임을 지고 해결하지 않으면 안 되었다. 엄마를 볼 때면 그물에 걸려도 상어처럼 몸부림치거나 거세게 저항하지 않고 조용히 체념하는 돌고래가 떠오르곤 했다.

누구든 만나기만 하면 돈 좀 빌려주세요 하는 소리가 목구멍까지 올라오는 때가 엄마에게도 그리고 나에게도 시시때때로 있다. 통장의 잔고가 바닥나고 빚쟁이들이 들이닥치기 일보 직전의 상황이 되면 엄마는 말없이 카드를 꺼내들었다. 트럼프 한 장 밑에 깔아놓은 십원짜리 동전을 손가락 끝으로 살짝 튕겨 마법을 거는 시늉을 하고 나선 카드를 들추었다. 십원짜리 동전이 감쪽같이 오백원짜리 동전으로 변해 있었다.

엄마, 좀더 큰돈을 만들어보세요.

우리 자매는 재촉했다.

엄마는 지폐라곤 눈을 씻고 찾아보려야 없는 빈 지갑에서 흰 종이 세 장을 꺼내 우리들에게 보여주었다. 빚쟁이들이 우리집에 진을 치고 앉아 사과를 씹어대고 있었다. 엄마는 종이 한 장을 양손에 쥐곤 손바닥 안에 숨길 수 있을 만큼 작게 착착착 접었다. 그리고 그 종이를 쥔 손을 다시 펼쳤을 때 종이는 천원짜리 지폐로 바뀌어져 있었다. 동생과 나는 환호성을 질렀다. 엄마의 손이라면 그 어떤 불가능한 일도 다 가능하게 만들 수 있을 것 같았다. 숨죽이고 앉아 엄마를 지켜보고 있던 빚쟁이들이 저년이 또 우릴 속인다며 숱도 없는 엄마의 머리채를 너도 나도 와락 휘어잡기 시작했다. 엄마는 마술로 만든 천원짜리 지폐를 펼쳐든 채로 쓰러진 마네킹처럼 천장을 바라보며 어색하게 웃고 있었다.

마술에 속지 않는 사람은 세상에 나 말고도 많았다. 나는 카드를 섞고 있는 엄마의 손을 가만히 쳐다본다. 그 손. 내가 세상에 태어나 가장 먼저 잡은 손을 말이다.

어디선가 물웅덩이에 빠져 아래께가 흠뻑 젖은 꼴을 한 채 나는 칠 년 만에 다시 집으로 돌아왔다. 집에 돌아오고 난 후 문득문득 H라는 친구가 생각날 때가 있다. H기 살고 있는 집은 자신의 어머니가 태어나고 자란 곳이라고 했다. H가 지금쯤 삼십대 초반을 넘었을 테니 그 집은 적어도 오십 년은 되었겠다. 외할아버지가 자신의 딸, 그러니까 H의 어머니에게 물려준 집이라고 한다. 5월에는 금낭화가 피고 7월에는 패랭이꽃이 12월에는 동백이 피는 크지 않은 마당에는 아주 오래되고 커다란 항아리가 다섯 개 있다고 들었다. 내 어머니가 태어나고 자란 집에서 사는 느낌은 어떨까 무척이나 궁금하다. 언젠가 그 집에 한번 가보고 싶다고 생각한 적이 있다. 지금은 그렇지 않다. H가 어머니가 태어나고 자란 집에서 사는 것과 내가 다시 부모가 있는 집에서 살게 된 이유는 흰 종이 위의 검은 돌과 흰 돌처럼 명확하게 다를 테니까.

그와 내 아버지에게는 닮은 점이 많았던 것 같다. 그걸 깨닫는 데 무려 칠 년이나 걸리다니. 그는 방바닥에 지도를 펼쳐놓곤 때가 까맣게 낀 손끝으로 북유럽 어디쯤을 가리키며 말했다.

여기가 핀란드란 나라야.

그는 거기 가서 산타클로스를 만나겠다고 했다. 핀란드에는 정부에서 임명한 장관급의 산타클로스가 있고 그 산타가 하는 일은 크리스마스를 앞둔 전 세계 어린이들에게 편지를 써보내는 것이라고 했다. 그는 한국에서도 편지를 주문받을 수 있는 인터넷 사이트를 개설하고 싶어했다. 그걸 정식으로 계약하기 위해서는 산타파크에 가서 산타레티라는 담당자를 만나야 한다고 설명해주었다. 그리고 그는 전나무와 은성한 조명으로 뒤덮인 산타파크의 전경이 담긴 엽서 한 장을 보여주었다. 거긴 핀란드에서도 북쪽으로 한참을 더 가야 하는 라플란드의 로바니에미 시라는 곳이었다.

그의 새로운 사업 구상을 끝까지 다 듣고 난 후 나는 드디어 가방을 꾸리기 시작했다. 줄이고 줄여 살아왔던 살림이라곤 하지만 짐은 겨우 옷가지 몇 벌이 전부였다. 집을 나오기 전에 나는 그에게 안부를 묻듯 다정하고 쓸쓸하게 말을 건넸다.

그런데 거기까지 갈 여비는 있는 거야?

그는 산타클로스를 찾으러 핀란드로 나는 예전에 내가 살던 집으로 다시 돌아왔다. 그뒤로 나는 숫자 7을 생각하면 럭키 세븐이 아니라 그대로 날아와 내 가슴을 후벼팔 것만 같은 호미를 연상하는 사람이 되어 있었다. 처음에도 쉽진 않았지만 한번 나갔다 돌아오니 다시 또 벗어나기 힘든 데가 바로 집이다. 부모는 내가 아주 이곳에서 살 사람처럼 여기기 시작했고 어느덧 나 역시 그러해져갔다. 게다가 내 손이 필요한 일들이 자꾸만 늘어가고 있었다.

참, H는 한 번 결혼할 뻔한 적이 있었는데 그만 실패하고 말았다. 약혼자 집에 이십 년 넘게 길러온 개 한 마리가 있었기 때문이다. H한테는 개 공포증이 있었다.

이제 우리 가족의 구성원은 다시 네 사람이 되었다. 내가 돌아온데다 출산을 앞둔 동생이 집으로 돌아왔기 때문이다. 어디서 선인장이나 화초가 생기면 그걸 들여다보느라 이틀을 내리 못 자고 파리도 모기도 잡는 시늉만 하는 아버지와 이제 더이상은 화살을 꽃으로 바꾸는 마음을 가지라는 말을 하지 못할 시름에 겨운 엄마와, 함께 살지만 함께 살고 있다고 말하기 어려운 동생. ……나는 가족들을 보고 있을 때면 이상하게 가슴이 두근거리고 식은땀이 나고 손발이 차가워지고 다리에 힘이 빠지고 배가 아프며 때로 토할 것 같은 느낌이 드는 것을 발견했다. 그건 공포증이 나타날 때의 신체적인 증상과 너무나도 흡사한 것이었다.

나는 아침이면 조용히 밥을 지어 가족들이 밥을 다 먹기를 기다렸다가 뒤늦게 혼자 후딱 밥을 먹어치우곤 점심에는 사 인분의 밀가루 음식을 만들고 오후에는 빨래를 개었다. 동생의 배는 점점 더 불러오고 집은 결국 채권단으로 넘어간다는 통보가 날아왔다. 가족들은 더욱 말이 없어졌다.

내 증상은 날로 심해졌다. 모서리 공포쯤은 이제 아무것도 아닌 게 돼버릴 정도였다. 아름다워 보이는 불꽃놀이도 내 머리 바로 위에서 하면 불안하고 두려워지듯 아마 이것도 비슷한 느낌일 거라고 힘겹게 날마다 스스로를 부축하지 않으면 안 되었다. 그러나 역시 가족들 중 누군가와 눈을 마주치고 이야기를 나눈다는 것은 불가능했다.

출산 예정일이 가까워지자 나는 모로 누워 있는 동생 등뒤에서 자주 배를 쓰다듬어주었다. 서로 눈을 마주치지 않아도 되었으므로 우리 자매는 그 S자 자세를 좋아했다. 태어날 아기가 사내아이라는 것을 알기 전부터 엄마는 동생의 물렁물렁한 배꼽을 보곤 아들일 거라고 짐작했고 결국 그 짐작이 맞았다. 엄마는, 모든 것을 다 알고 있다. 이 세상에서 우리에 관한 모든 것을 알고 있는 사람은 신이 아니라 바로 엄마다. 그 점이 나를 가장 두렵게도 한다. 생의 은밀한 쾌락과 비밀을 숨긴 듯 거무스름한 깊고 작은 구멍으로 옴폭하게 오므라든 동생의 배꼽을 처음으로 자세히 들여다보았을 때 동생의 몸 중에 가장 아름다운 곳이 바로 여기인 것 같다고 생각했다. 나는 한 번도 여자의 배꼽을 그렇게 유심히 들여다본 적은 없는 것 같다. 장난 삼아 손가락을 집어넣고 쿡쿡 찔러보다가 동생한테 손등을 되게 얻어맞기도 했다. 내가 만약 남자라면 나는 여자의 거기에다 하고 싶을 것 같다. 동생의 배는 급격하게 부풀어올랐고 이젠 배꼽도 톡 불거져나와 있었다. 어쩐지 자궁이 아니라 그 배꼽에서 아기가 튀어나올 것만 같았다.

요즘은 찜질방이라는 데도 많이 생겼다더라.

엄마는 동생의 배꼽을 볼 때마다 내 아랫배를 힐긋거리곤 말했다. 검은 흙 찜질은 아기를 갖기 위한 일종의 민간 주술 같은 행위다. 검은 진흙으로 배꼽을 찜질하면 아기를 못 갖는 여인이 잉태할 수 있는 힘을 부여받는다고 전해져왔던 걸 엄마는 말하고 싶은 것이다. 그러는 엄마도 정작 자신은 진흙으로 배꼽을 채워보지는 못했을 것이다. 이따금 꿈속에선 내 배꼽이 열리며 열세 명의 아이들이 걸어나온다. 네 살 때 보았던 죽은 막내동생도 있다.

9월 청명한 금요일 오후에 드디어 나의 첫 조카가 태어났다. 엄마가 내리 딸만 셋을 낳은 이후로 우리 집안에 사내아이가 생긴 건 처음이었다. 그래서 동생이 더욱 자랑스러웠다. 게다가 우리 가족은 제각각 너무나 지쳐 있었다. 그 아기가 우리 가족의 새로운 구심점이 되어줄 거였다.

그후로 보름이 지났다. 누구도 그애의 이름을 짓자는 말을 하지 않는다. 배꼽은 탯줄을 잘라낸 자국이며 입이나 코, 귀, 눈 같은 구멍들 중 하나일 뿐이다. 인간은 말할 것도 없고 소 말 사자 개 고래 물개 바다표범

바다코끼리 같은, 포유류라면 다 있는 배꼽. 그러나 막힌 구멍. 내가 배꼽에 관해 알고 있는 것은 그게 전부였었다.

인간은 태어날 때 세 개의 눈을 갖고 태어난다. 한 달 만에 닫혀버리는 눈, 아니 문. 배꼽이다. 아기의 배꼽은 약간 아래쪽을 향해 붙어 있었다.

눈물을 거둔 엄마는 아직 다 떨어지지 않아 간동간동거리는 탯줄을 만지작거리며 아기의 귀에 대고 고래 이야기를 들려주기 시작했다. 엄마가 오래 살았던 울산 앞바다에서 힘차게 헤엄을 치던 그 귀신고래 이야기를. 힘이 빠지는 다리를 가까스로 지탱하며 식은땀을 흘리면서도 나는 엄마와 아기 곁을 떠날 수가 없다. 잠시라도 한눈을 판다면 엄마가 훔쳐내듯 아기를 데리고 어디론가 홀연히 사라져버릴 것만 같기 때문이다. 뱃사람을 죽음으로 이끄는 사이렌의 노랫소리처럼 고래를 잡으러 가자는 엄마의 나직하지만 의지에 찬 목소리가 꼭 그러했다. 그러나 어떻게 해도 아기는 고래를 볼 수 없을 것이었다. 아기는 제 엄마도 할머니도 세상의 그 어떤 것도 볼 수가 없다. 손가락도 발가락도 각각 열 개 귀도 두 개 입술도 코도 하나였다. 그러나 아기에게 없는 게 딱 하나 있었다. 그건 엄마의 마술로도 결코 불가능한 일이었다.

그 새는 까마귀야.

간신히 생각해낸 이름을 소리내어 부르듯 나는 자꾸만 혼잣말을 한다.

공포증이 지속되는 원인 가운데 하나는 회피행동 때문이다. 회피란 이를테면 개 공포증이 있는 사람이 개라는 대상을 피하는 자연스럽고도 본능적인 대처방법이다. 회피에는 분명한 회피와 미묘한 회피가 있다. 예를 들어 거미 공포증이 있는 사람이 거미가 많은 야외에는 가지 않는 것은 분명한 회피이지만 두꺼운 양말이나 긴 장화를 신고 거미가 많은 야외로 나가는 것은 미묘한 회피다. 두려움을 감소시키기 위해서는 분명한 회피보다는 미묘한 회피가 훨씬 더 효과적이다. 거미가 있는 장소에 있어봐야 거미가 그렇게 질식할 만큼 무서운 대상이 아니라는 것을, 높은 곳에 올라가봐야 그곳에서 떨어져 죽을 경우가 매우 희박하다는 것을 배울 수 있는 법이니까 말이다.

나 또한 내 두려움의 대상들에게 미묘한 회피를 하고 있었다. 나에게는 극복하지 않으면 안 될 두려움의 대상이 있었고, 그것을 넘어서고 싶은 의지도 있다. 어느새 나는 서서히 무너져가는 가족들을 지켜보는 숨막히는 두려움보다 훨씬 더 두렵고 무서운 일들이 세상엔 가득하다는 것을 알아버렸는지도 모르겠다. 한시도 가족들에게서 떨어지지 않으려고 나는 기를 쓰고 있었다.

그러나 공포증이 지속되는 원인 가운데 또 한 가지는 바로 공포 상황이나 대상에 대해 갖고 있는 신념 때문이기도 하다. 공포의 대상과 관련된 위험감이나 위협, 무언가 곧 불행한 일이 일어날 것만 같은 두려움의 신념 말이다. 뱀에 대한 공포증이 있는 사람의 경우에는 뱀이 무방비상태인 자신을 곧 공격할 것이라는 신념을 가질 수도 있고 엘리베이터 공포증이 있는 사람은 자신이 엘리베이터를 타는 순간 공기가 부족해 질식해버릴 거라는 신념을 가질 수도 있다. 이러한 신념들로 인해 외부로부터 오는 일들이 더 위협적이며 실제보다 더욱 과장되게 불안을 느끼게 하는 것이다.

실제로 나는 내 두려움의 대상들에게 미묘한 회피를 유지하고 있긴 했지만 그건 의지였을 뿐 곧 가까운 어느 날엔가 반드시 나쁜 일이 일어날 것만 같은 신념만큼은 떨쳐버리지 못하고 있었다. 가족들과 함께 있을 때면 여전히 식은땀을 흘렸고 현기증을 느꼈으며 심지어 말까지 더듬기도 했다. 공포증에 대한 대부분의 신념은 결코 일어나서는 안 되는 것이었고 일어날 확률도 지극히 낮은 편이다. 그러나 나의 예감은 적중하고 말았다.

언젠가 엄마의 마술을 보러 간 적이 있었다. 엄마는 마술 보조 역할을 맡았을 뿐 자신이 마술사가 되어서 무대에 서본 적은 없다. 엄마는 손을 흔들고 한껏 웃으면서 키 높이보다 큰 검은 상자 안으로 들어갔다. 모자를 쓰고 연미복을 입은 마술사가 긴 칼로 엄마가 들어간 상자를 신중히 찔러대기 시작했다. 그대로 칼을 꽂아놓은 채 마술사는 상자를 네 등분해서 관객들에게 정면으로 보여주었다. 엄마의 얼굴 밑에 엄마의 다리가, 다리 밑에 엄마의 팔이 붙어 있는 형국이었다. 펼친 열 개의 손가락을 엄마가 까딱, 까딱, 거렸다. 박수가 터져나왔다. 시간이 아무리 많이 흘러도 변하지 않는 사실이 있듯 시간이 아무리 많이 흘러도 잊을 수 없는 슬픔 같은 것들이 있다. 사지가 절단난 엄마의 몸을 나는 차마 바라보지 못했다.

칼을 뽑아낸 마술사가 상자를 열었던 그 순간처럼 엄마는 표연히 사라져버리고 말았다.

엄마의 불행은 첫 손자가 눈 없이 태어난 것으로 종지부를 찍은 거라고 믿고 싶었다. 허나 엄마가 집을 아주 떠난 사실은 다른 남은 가족들에겐 고통을 배가시킬 것이었다. 그리고 어쩌면 엄마가 그랬듯 모두들 하나둘씩 사라져버릴지도 모를 일이다. 두려움에서 벗어난다는 것은 영영 불가능해 보였다.

……엄마.

엄마, 라고 나는 나지막이 불러본다.

엄마가 집을 나가기 며칠 전의 일이다. 동생이 아버지와 함께 아기를 데리고 병원에 간 틈이었다. 어둑한 안방에서 엄마는 손에 트럼프나 손수건이 아니라 긴 로프를 둘둘 말아쥐고 있었다. 나는 그 동안 힘겹게 붙들고 있던 미묘한 회피가 순식간에 사라져버리며 반사적으로 내가 아무리 애를 써도 버리지 못한 공포에 대한 신념이 확장되는 것을 느꼈다. 마치 금방이라도 스르르 기어올라 엄마의 목을 휘감아버릴 것만 같은 흰 뱀처럼 보이는 흰색의 로프. 나는 얼떨결에 소리쳤다.

어, 엄마, 뭐 하는 거예요!

로프를 올가미처럼 만들어 매듭을 죄고 있던 엄마는 무표정한 얼굴로 나를 돌아다봤다.

묶인 팔이 로프를 통과하는 걸 해볼 거야. 매듭이 사라지게 해볼 거야.

책의 제목을 읽듯 엄마는 더듬거리며 말했다. 그 눈이 이미 나를 보고 있지 않았다.

그거, 그걸로 뭘 하시게요.

나는 아직도 공포에 대한 신념을 버리지 못한 채 쥐어짜는 듯한 목소리로 물었다.

저놈한테 보여주려고.

……아이가 한 달을 넘길 수 있을 거라고 생각하지 못했다. 그러나 눈을 못 뜨는 것 외에 아기는 터무니없이 건강하고 젖도 잘 빨았다. 생명이 달린 문제를 앞에 두곤 누구도 가진 것을 먼저 염려하진 않는다. 안구 이식에 관해 문의했지만 귀를 씻어내버리고 싶을 만큼 간단하고 명료한 의

사의 설명이 가족들에게 더 큰 상처를 주고 말았다. 손가락의 일부를 만들어 손에 붙이는 수술은 할 수 있지만 손 전체를 만들 수 있는 방법은 없다고 했다. 안구를 이식한다는 건 수정체를 기증받아 이식한다는 말이지 안구 전체를 이식할 수는 없다는 말이었다.

눈을 뜰 수는 없으나 아기는 뜨고 싶은 본능으로 눈 주위의 근육에 힘을 주곤 한다. 그럴 때마다 눈꺼풀이 떨리고 움찔움찔거린다. 눈이 있어야 할 자리는 푹 꺼지고 오래 지나도 낫지 않는 멍처럼 거뭇거뭇하다. 그러나 아기는 특히 소리나 냄새에 민감한 반응을 보였다. 한 달이 채 안 됐는데도 소리나는 쪽으로 고개를 돌리고 집중한다. 모유를 먹이다 지친 동생이 부엌에서 분유를 타기 시작하면 이미 그게 모유의 냄새가 아니라는 것을 알아차리곤 서럽게 울음을 터뜨린다. 자신이 살아가야 할 방법을 생래적으로 알아차리기 시작한 것인지도 모른다. 눈의 감각은 아기의 후각이나 청각으로 재빠르게 전이되고 있었다. 이제 곧 그 작은 육체에도 새로운 균형이 깃들게 될 것이었다.

나의 까마귀는 칠만분의 일 확률 속에서 태어났다.

그 까마귀에게 노래를 불러주고 새로운 마술을 보여주고 싶어했던 엄마는 떠나는 쪽을 택했다. 하긴 집이란 건 누구도 다시 돌아오고 싶어하는 장소는 아닐 것이다. 집이란 건 처음부터 떠나기 위해 만들어진 장소가 아니었을까. 그러나 엄마가 간 곳이 울산일 거라는 짐작은 버릴 수가 없다. 집을 떠난 사람들이 마지막에 가는 곳이 바로 고향이란 데가 아닐까 하는 생각 때문이다. 가장 마지막 순간에 보고 싶은 사람이 마치 엄마이듯. 그곳이라면 예전의 어느 젊은 날처럼 백사장을 뛰어다니고 바닷바람에 몸을 내맡기기도 하고 큰 소리로 고함을 지르거나 남의 눈에 띄지 않게 파도 소리에 맞춰 울음을 터뜨릴 수도 있을 것이다. 그곳을 떠나기 전까지 하루에도 몇 번씩이나 보았다는 참고래 혹등고래 밍크고래들도 다시 찾을 수 있을지도 모른다. 모든 것은 불확실한 추측일 뿐이다. 그러나 엄마가 말하던 귀신처럼 신출귀몰한다는 귀신고래는 이제 사라지고 없는데.

더이상 엄마 걱정은 하지 않기로 했다. 떠난 사람보다는 남아 있는 사람들이 살길이 막막했고 떠난 엄마 걱정까지 할 여유가 없었다. 엄마가 거기에 있다고 믿어야 잠이 왔다. 엄마가 어디로 가버렸는지, 알고 싶지 않다. 그런데 나는 왜 돌아온 것일까.

꼬들꼬들 말라붙어 있던 탯줄이 마침내 떨어졌다. 동생은 하루에 한 번씩 배꼽을 소독했다. 동생이 자리를 비울 적이면 나는 배냇저고리를 살짝 들치곤 아기의 배꼽을 세로로 가로로 자꾸만 벌려보았다. 고름이 낀 채 아물지 않은 배꼽은 더 벌리면 뱃속의 내장들도 훤히 다 들여다보일 것만 같았다. 그 깊은 구멍을 종이처럼 찢어 벌려보고 싶은 충동을 억누르면서 손바닥으로 배꼽 주위를 꾹꾹 눌러주었다. 아마 엄마가 있었으면 배꼽 밖으로 장관(腸管)이 튀어나올 걸 염려해 그렇게 했을 테니까.

나는 아기와 단둘이 남겨지는 시간을 좋아했다. 유일하게 공포에서 벗어나는 순간이었다. 가족이긴 하지만 아기는 이제 나의 공포의 대상이 되지 못한다. 왜냐하면 아기에겐 어쩌면 내가 가장 큰 두려움의 대상일지도 모르기 때문이다. 모든 것은 내 의지에 달려 있다. 흑과 백으로만 만들어진 단조로운 책을 배꼽에다 대고 한 장 한 장 넘겨주었다. 나에게 아기를 맡겨놓은 채 동생은 목욕을 하고 있고 아버지는 초저녁부터 잠든 시늉을 하고 돌아누워 있다. 지금은 고요하다. 잠시 이 집 안에 평화가

깃든 것 같다. 욕실에서 물 떨어지는 소리가 불규칙적으로 들린다. 아기 눈 주변의 근육들이 움찔, 거린다. 무릎을 꺾는 심정으로 나는 그만 책장을 덮고 만다. 그 책, 눈의 초점을 맞추기 위한 책이다.

버스를 타고 나가 아버지는 한강에다 탯줄을 띄워 보냈다. 나는 빠진 이빨처럼 지붕 위로 던져버리자고 했고 동생은 밀폐해 보관하겠다고 했으나 어쩐 일인지 아버지가 고집을 세웠다. 탯줄을 버리고 돌아온 날 저녁 밥상 앞에서 아버지는 한강가에서 송사리를 잡던 일이며 강변의 뗏목을 구경하던 유년의 기억들을 들려주었다. 어디선가 사람들이 띄워 보낸 탯줄들이 모래톱에 걸려 있던 것도 그때 종종 발견하곤 했다고 한다. 아버지는 두 여동생과 나의 탯줄 또한 한강에 띄워 보냈을지도 모르겠다. 그렇지 않고서야 그 말을 이렇게 길게 하진 않을 테니까. 삼십여 년 전 버려진 우리들의 탯줄은 어디로 갔을까. 한강에서 터를 잡고 있는 흰 물새떼들이 한 입에 삼켜버렸을까. 모래톱에 걸려 흔적도 없이 까맣게 썩어버렸을까.
향수에 젖은 아버지의 검은 눈은 축축해져 있었다. 아버지는 내가 태어나던 해의 송추 주변 풍경에 대해서도 말했다. 그해 여름 아버지는 송추역에서 송추유원지를 순환하는 마차를 몰았다. 교련복 같은 알록달록한 바지를 입고 허름한 마차 위에 올라앉은 아버지 모습을 사진에서 본 적이 있다. 그게 벌써 삼십육 년 전의 일이다. 믿기지 않지만 아버지에게도 청년 시절이란 게 존재했던 것이다. 시간이 흘러 그 청년은 과거에 대해서만 이야기하는 힘없는 노인네가 되어 있었다. 그러나 이젠 어떻게 해도 그 시절로는 돌아갈 수가 없다. 다른 건 몰라도 그 사실만큼은 아버지도 분명하게 알고 있으리라. 아버지의 고독과 아버지의 소외에 대한 이해와 부채감으로 동생과 나는 묵묵히 밥 뜨는 시늉을 했다.

딱 한 번 아버지 품에 안겨 엉엉 울고 싶었던 때가 있었다. 그건 온 가족이 거리로 나앉게 생겼던 시절도 아니었고 다시 그 상황이 된 지금도 아니다. 사 년 전에 지금처럼 나는 한번 가방을 싸들고 집에 돌아온 적이 있다. 닷새가 지나도록 아무 말도 하지 않던 아버지가 어느 날 밥상 앞에서, 사자 새끼처럼 벼랑에서 내던져지더라도 상처투성이인 몸으로 어떻게든 기어올라와야 하는 게 사는 거라고 말했다. 그 목소리에 기운이 쑥 빠져 있었다. 해가 뜨길 기다렸다가 나는 도로 집을 나와 내가 살던 곳으로 말없이 돌아갔다. 돌아가면서 역경을 통해서만 자신의 인생을 새로 발견할 수 있는 사람이 있다면 어쩌면 그중의 한 사람이 나일 거라고 생각했다. 그렇게 떠밀 수 있었던 것은 간밤에 아버지가 들려준 말 때문이었다. 그러고 보니 나는 한 번도 아버지 품에 안겨 울어본 적은 없는 것 같다. 이제는 아버지도 알 것이다. 때로는 그냥 이 벼랑에서 스스로 뛰어내려버리고 싶을 때가 있다는 것을.

극단적인 생각은 좋지 않은 일이 일어났을 때 그 일이 얼마나 끔찍하고 나쁜지에 대해 과장하는 것이며 어떤 사건의 결과를 실제보다 더욱 부정적인 쪽으로 확대해서 생각하는 오류이다. 일어난 일에 대해 스스로 더는 견딜 수 없거나 파국적으로 느껴진다면 그건 이미 극단적인 생각에 몰두해 있다는 증거다. 공포증이 있는 사람들이 보이는 전형적인 극단적인 생각 또한 나는 그 상황을 더는 견딜 수 없을 거야, 최악의 고통일 거야, 라고 여기는 그것이다. 그 극단적인 생각을 타당하고 현실적인 생각으로 바꾸는 데는 만신창이인 몸으로 벼랑을 기어오를 때만큼의 의지가 필요한 법이다. 나는 체를 치는 듯한 신중함으로 나의 극단적인 생각을 타당한 생각으로 바꾸는 데 노력하고 싶었다. 나에게는 아직 해야 할 일들이 많았고 남은 사람들이 있었다. 극단적인 생각에 빠져 있다가 돌이킬 수 없는 곳으로 가버린 사람들을 알고 있다. 그 두려움이 극단적인 생각을 몰아내는 데 힘이 돼주기도 한다.

나는 스스로에게 질문을 던지기 시작했다. 지금 이 상황에서 일어날 수 있는 최악의 일은 무엇인가. 실제로 그 최악의 일이 일어난다면 지금 상상하는 것처럼 정말로 그렇게 끔찍하고 공포스러울까. 그 상황에서 내가 할 수 있는 일은 하나도 없을까…… 이러한 질문들이 내가 가진 극단적인 생각들을 좀더 타당한 생각으로 바꾸어주기를 간절히 바라고 있었다. 두려움이 아무리 거대한 것일지라도 한동안은 견뎌낼 수 있다. 그러나 극단적인 생각을 의지만으로 반박하기란 말처럼 쉬운 일은 아니었다. 이제 내가 할 수 있는 마지막 일은 직접 부딪쳐보는 것밖엔 없었다. 두려운 대상을 언제까지나 회피만 하게 되면 그 대상이 위험하지 않다는 걸 결코 배우지 못하게 될 테니까.

동생은 아기 여권을 만들기 위해 아버지와 출입국관리 사무소로 외출을 했다. 나와 아기만 남아 집을 지키고 있었다. 곤히 잠든 아기의 얼굴은 평화롭고 고통스러워 보인다. 신기하게도 그 두 개의 얼굴을 아기는 모두 갖고 있다. 나는 강보에 싸인 아기 몸 위에 이불 두 채를 둘둘 말아 감싸곤 풀어지지 않도록 올이 나간 스타킹을 이어 짚단처럼 묶어버렸다. 차려자세로 이불에 묶인 아기는 깨지도 않고 잘도 잔다. 그 위에 담요를 한 장 더 덮었다. 이 정도면 충분할까…… 안방 장롱에서 솜이불을 꺼내와 담요 위에 덮어준다.

막내동생이 태어난 지 한 달째 되는 날 엄마는 집을 비웠다. 먹고사는 일이 무엇보다 시급했던 시절이었다. 막내를 봐주기 위해 시골에서 상경한 아버지의 새어머니, 잉태 경험이 한 번도 없던 친할머니는 신생아의 몸을 다섯 겹의 이불로 덮어주고 꽁꽁 묶어버렸다. 깊이깊이 잠들 거라 우리 아기 착한 아기. 아기가 깨는 게 두려웠던 할머니는 자장가를 부르다 아기보다 먼저 잠이 들어버렸다. 엄마가 돌아왔을 때 막내의 몸은 겹겹의 이불 속에서 이미 차갑게 식어 있었다. 질식사였다.

입술을 벙긋 벌린 채 아기가 간헐적으로 숨을 몰아쉰다. 나는 아기의 몸을 무겁게 짓누르고 있던 솜이불과 담요와 이불 두 채를 차례차례 벗겨냈다. 배냇저고리 속의 배꼽을 엄지와 검지로 빠꼼히 벌리곤 거기다 내 눈을 대고 속삭인다. 말해봐, 우리 엄마가 지금 어딨는지, 그럼 널 살려줄게.

친할머니는 다섯 겹의 이불 위에다 집에서 가장 크고 무거운 책 한 권을 더 올려놓았었다.

전화도 우편물도 받지 않았다. 이따금 누군가 세차게 대문을 걷어차고 돌아가는 소리가 들리기도 했다. 대문을 걷어차는 소리가 들리면 내 무릎이 걷어차이는 것처럼 마음이 쩍쩍 갈라진다. 나는 안방 화장대에 앉아 엄마의 브러시를 만지작거렸다. 거기엔 아직도 엄마의 흰 머리카락이 엉켜붙어 있었다. 머리카락은 브러시에서 집요하게 떨어지지 않았다. 한강에 다녀온 다음날 아버지는 집을 나갔다. 아기는 어느 때보다 큰 소리로 울었고 동생은 갑자기 젖이 한 방울도 나오지 않는다며 자몽만큼 부풀어오른 양쪽 젖가슴을 움켜쥐곤 흐느끼기 시작했다. 보고 배웠는지 동네 꼬마아이들이 우리집 대문을 발로 쾅쾅 차고 지나가며 낄낄거리는 것을 나는 어느 정령이 내게 창 밖으로 얼굴을 내밀지 마라, 라고 속삭이는 것처럼 커튼 뒤에 가만히 숨어서 지켜보았다.

나는 안방에 자리를 깔고 앉아 트럼프를 꺼내 흔들고 섞고 세우고 펼치고 감추고 내보였다. 트럼프 한 장으로 십원짜리 동전을 덮었다. 카드의 중앙을 살짝 누르면서 수리수리! 기합을 넣곤 오 초쯤 기다렸다가 카드를 들춰보았다.

아무리 불가능해 보이는 일들도 막상 일어나고 보면 짐작했던 것만큼 그게 그렇게 불가능한 일만은 아니었다는 걸 알게 된다. 가족이란 따로 떨어져 있어도 같은 사막에 뿌리내린 선인장들처럼 늘 함께 있는 존재이고 어디에 있든 영영 헤어지는 건 불가능하다고 생각해왔었다. 그러나 너무나도 간단한 일이었고 순식간에 벌어진 일들이었다. 아버지가 집을 나간 후에야 나는 이제 우리 가족들이 바닥에 떨어진 수은처럼 다섯 개의 조각으로 제각각 흩어져버렸다는 것을 깨닫고 있었다.

아기 배꼽은 완전히 아물어버렸다. 동생은 배꼽이 이쁘고 깨끗하게 아물어들었다며 좋아했지만 나는 기묘한 상실감을 느꼈다. 이제 그 문은 다시는 열리지 않을 테니까. 배꼽이 아문 후에 아기는 하루가 다르게 부쩍 크는 느낌이 들었다. 생후 한 달이 조금 지났지만 아기는 제 엄마와 나를 뚜렷하게 구분하는 것 같았다. 아마 냄새 때문일 것이다. 어두워져도 동생이 불을 잘 켜지 않던 이유를 그들이 떠나기 얼마 전에야 알았다. 어두운 곳에 함께 있으면 아기는 향기롭고 완벽한 한 생명처럼 보였다.

가진 것을 다 털어 동생과 제부는 아기를 데리고 장애인들에게 편견이 없다는 나라로 떠나기로 했다. 제부의 남동생이 거기서 요리사로 일하고 있다고 했으니 제부도 새로운 일자리를 얻게 될지도 몰랐다. 떠날 때가 되어서야 나는 나 또한 아기를 포기하고 있지 않았다는 사실을 발견했다. 그래서 눈물 한 방울 흘리지 않고서 헤어질 수 있었다.

이제 나 혼자 남았다. 엄마는 집을 떠났고 아버지는 거리에서 자고 거리에서 밥을 먹는 사람이 되었으며 동생과 아기는 이 나라가 아닌 곳으로 가버렸다. 나는 그들이 집에서 다 모여 살았던 때보다 행복해졌을 거라고는 생각하지 않는다. 그러나 더 불행해지지도 않았을 것이다. 언제쯤 내가 이 집을 떠나게 될까 상상해보았다. 그리 먼 미래는 아닐 것이다. 우리집은 이제 더이상 우리집이 아니게 되어버렸으니까. 누군가 대문을 발로 차기 전에 내가 먼저 문을 열어줄 것이다. 예전에도 한번 우리 가족은 이런 경험을 겪은 적이 있었다. 그때는 가족들 모두 어떻게든 집을 지키기 위해서 필사적으로 노력했다. 이번에는 모두들 왜 이렇게 두 손 놓고 체념해버렸는지 나는 궁금하다. 함께 사는 데 지쳤던 것일까. 아니면 우리 가족을 한데 묶어줄 만한 구심점을 잃어버렸기 때문일까. 어쩌면 그때 우린 헤어졌어야 했는지도 모른다. 적어도 그때는 모두들 지금보다는 젊었으니까. 이제 곧 혹독한 겨울이 들이닥칠 텐데. 나는 장롱에 들어 있는 담요 세 장을 모두 꺼내 골목에다 주단처럼 깔아놓았다. 기온이 한꺼번에 십 도는 더 떨어진 날이었다.

집을 떠나기 전에 마지막으로 해야 할 일이 남아 있었다.

나는 H에게 전화를 해 B의 연락처를 알아냈다. 오랜만에 듣는 B의 목소리는 크고 활달하게 들렸다. 나는 그에게 어떻게 그걸 극복했느냐고 물어보았다.

……그거, 라뇨?

수화기를 한 손으로 가리는 것처럼 B 주변의 소음이 갑자기 차단되었다.

잊으셨어요? 거미 말이에요, 거미.

나도 수화기를 가리며 말했다.

수화기 저편에서 B가 잠시 숨을 몰아쉬는 게 느껴졌다. 나는 전화를 끊어야 하지 않을까 잠시 망설였다. B는 상당 기간 치료 경험이 있는 사람이긴 했지만 내가 '거미'라고 말한 순간 그가 거미에 대한 두려움의 후퇴를 시작하는 건 아닌가 염려가 되었기 때문이다. 두려움에 대한 직면을 통해 그 상황으로부터 벗어났다고 해도 일시적일 수가 있었다. 그래서 공포를 가진 많은 사람들이 오랜 시간에 걸쳐 직면과 후퇴와 회복을 되풀이하는 것이다. 그러나 B가 곧 안정된 목소리를 내기 시작했으므로 나는 안도하였다. 그는 정말로 오랫동안 거미라는 단어를, 그것에 대한 두려움을 잊고 있었던 모양이다.

우선 가능한 한 작게 나와 있는 거미의 사진을 들여다보는 겁니다. 그게 익숙해지면 이젠 거미가 크게 확대되어 있는 사진을 들여다보는 거죠. 그 다음 세번째, 움직이는 거미가 나오는 영화나 다큐멘터리를 보십시오. 거기까지만 익숙해져도 대단히 성공한 겁니다. 자, 그 다음엔 살아 있는 거미가 담긴 그릇으로부터 일 미터쯤 밖에 서 있어보세요. 그 다음엔 거미가 담긴 그릇으로부터 조금 더 가까이, 한 오십 센티미터쯤 밖에 서 있어보는 겁니다. 차츰 그 간격을 좁히세요. 그리고 더 용기가 생긴다면 살아 있는 거미가 담긴 그릇 안에 손을 넣어보는 겁니다. 자신에게 끊임없이 나는 할 수 있다, 저걸 극복할 수 있다는 주문을 외우고 스스로를 칭찬해줘야 합니다. 이 점 잊지 마세요. ……이젠 거의 다 됐습니다. 물 컵 같은 걸 이용해서 그릇 속의 거미를 생포해버리는 겁니다. 그리고 그걸 손바닥 위에 올려놓고 기어다니도록 놔두세요. 마지막 열번째는 팔에 거미가 기어다니도록 놔두는 거죠. 자, 이게 끝입니다. 이렇게 말로 하고 보니 참 간단하고 아무것도 아닌 것처럼 느껴지는군요. 그런데 저 이걸 반복하는 데 몇 년이나 걸린 줄 아십니까……

이것이 바로 B가 나에게 말해준 공포에서 벗어나기 위한 열 가지 단계의 목록이었다. 그리고 끝으로 B는 이렇게 물었다.

그런데 참, 대상이 뭡니까?

내 대답 대신 먼 데서 바람 소리가 들려왔다.

나의 가족은 이제 거미가 되었다. 작게 나와 있는 가족사진을 들여다보았다. 더 크게 확대된 가족사진을 들여다보니 이상하게 아무도 웃고 있지 않았다. 나는 내 왼팔에 아버지를 올려두고 동생은 오른팔에 조카는 어깨 위에 죽은 막내동생은 내 가슴 위에 올려두고 그리고 엄마는 내 머리 위에 올려두었다. 그들이 내 몸 위를 걸어다니고 나를 만지고 핥고 내 눈물을 닦아주었다.

공포는 완전히 사라지진 않았으나 나는 후퇴하지 않도록 끊임없이 반복하곤 했다. 그렇게 겨울이 시작되고 있었다.

동생으로부터 편지가 왔다. 백일 사진이 동봉되어 있었다. 단정하고 빳빳하게 목을 가눈, 볼이 통통한 아기가 활짝 웃고 있었다. 잎이 꽃으로 변하는 순간처럼 고통에 가까운 환희가 느껴졌다. 배꼽이 약간 아래쪽에 붙어 있으면 반드시 먼 미래를 생각하는 사람이라고 했으니 애야 너,

왕처럼 당당하게 살아라.

나는 잊지 않고 축복의 말을 해주었다.

그날 밤 아기의 백일 사진을 안방 거울에다 붙여놓고 그 방에서 잠이

들었다. 엄마는 커다란 고래 등에 단단히 발을 붙이고 서 있었다. 그 모습을 보자 쿡쿡 웃음이 나왔다. 예전에 엄마가 모자 속에서 비둘기 토끼 다람쥐 염소를 꺼내 우리 가족을 즐겁게 만들어주던 때가 생각났기 때문이다. 그 지나간 시절처럼 엄마는 무척이나 아름다워 보였다. 아마 그게 우리에게 주는 마지막 선물일 테지. 엄마는 그대로 선 채 치마 속에서 한 꽃송이를 꺼내 내가 있는 쪽을 향해 던졌다. 그러고는 우리가 동아줄처럼 평생 쥐고 안 놓아주던 크고 두꺼운 손을 손수건처럼 흔들어대며 고래를 타고 먼 바다 쪽으로 실수하기 시작했다. ……이제 그 손은 편히 쉬게 될까.

잘 자요, 엄마.

나는 엄마에게 작별인사를 하였다.

다음날, 내가 이 집에 다시 돌아올 때 들고 왔던 가방을 뒤집어 탈탈 먼지를 털었다. 나는 오랜만에 현관 밖에 서 있었고 거긴 보일러실과 현관문 사이의 모서리였으며 내 집의 일부였다. 살아 있는 동안 우리는 앞으로 얼마나 더 많은 공포를 경험하게 될까. 하긴 그것도 끝까지 한번 살아봐야 알게 되겠지. 불안은 영원히 계속되지는 않을 것이다. 어떤 두려움이 다시 또 온다면 두 눈 크게 뜨고 그것을 오래 직면할 것이다. 혹여 그물에 걸린다면 거세게 저항도 한번 해보고 싶을 것 같다. 나는 벽을 밀고 있는 나의 손을 바라본다. 그 손. 그러고 보니 어디선가 많이 본 듯한 손이다. 밤하늘 저편의 수많은 별들 중 어느 것도 나의 운명을 지배하지는 못할 것이다. 밤마다 검은 흙을 배꼽에 문지르고 잘 것이다. 그게 떠난 사람을 기다리는 의식이 될 수 있다면 말이다.

예전에 알고 지내던 사람 중에서 자기 부인을 남들 앞에서 꼭 '가족이라고 호칭하던 이가 있었다. 누군가를 다시 만나게 되면 나도 그 단 한 사람을 가족이라고 부르고 싶다. 하지만 나는 혼자 있어도 이미 가족이다. 가고 없어도 모든 것은 이미 내 안에 있기 때문이다.

100마일 걷기

살면서 나쁜 것 중 하나는 바로 몽상가인 어머니를 두는 것입니다

그것보다 더 나쁜 것은 마침내 그 어머니마저 세상을 떠나 이 세상에 혼자 남겨지는 것입니다

거의 모든 사람들이 어떤 시점에서 사람은 혼자 살게 되어 있다는 말로

나를 위로했지만 그중에 혼자 사는 사람은 아무도 없었습니다

걷기 시작한 건 그때부터입니다. 그 한참 후에 뭇밭에 도나는 백화점색 가는 것을 좋아하는 사람이 되어 있었습니다

살면서 나쁜 것 중 하나는 바로 몽상가인 어머니를 두는 것입니다. 그
것보다 더 나쁜 것은 마침내 그 어머니마저 세상을 떠나 이 세상에 혼자
남겨지는 것입니다. 거의 모든 사람들이 어떤 시점에서 사람은 혼자 살
게 되어 있다는 말로 나를 위로했지만 그중에 혼자 사는 사람은 아무도
없었습니다. 웃고 있지 않으면 화난 것처럼 보이는 사람들이 있습니다.
그런데 웃고 있어도 화가 난 것처럼 보이는 건 정말로 이상한 일 아닙니
까. 그 무렵의 나는 늘 웃고 있었는데도 말입니다. 걷기 시작한 건 그때
부터입니다. 그 한참 후에 뜻밖에도 나는 백화점에 가는 것을 좋아하는
사람이 되어 있었습니다.
　처음에 아무런 작정도 없이 걷기 시작한 것은 어머니의 죽음 이후 찾
아온 극도의 무력감 같은 것이었을 겁니다. 나는 그 동안 내가 보호해왔
던 사람을 잃은 게 아니라 나를 보호해주던 사람을 잃었다는 사실을 깨
달았습니다. 게다가 그 동안 내가 그토록 사력을 다해 지켜온 것이 어머

니인지 아니면 냉장고인지 분간이 안 될 정도로 균형을 잃고 있었습니다. 집을 나와 내가 할 수 있는 일이란 걷고 또 걷는 일이었습니다. 걷는 일은 그저 팔과 다리를 쓰는 단순한 육체적 노동이 아니라 비록 몸은 정착했으나 마음은 항시 떠돌고 있는 집시들의 운명처럼 불가항력적인 내 마음의 움직임이었던 것입니다. 집을 중심으로 월요일은 남쪽으로 화요일엔 동쪽으로 그리고 주말에는 남동쪽과 서북쪽으로 걷기 시작했습니다. 한 걸음도 더는 뗄 수 없을 만큼 지친 몸으로 더 멀리, 걸어서는 도저히 갈 수 없을 것 같은 아주 먼 곳까지 걷다가 되돌아올 때마다 누군가 잡아주거나 몸을 받쳐주지 않으면 쉽게 오를 수 없는, 작은 무게에도 심하게 흔들리는 그물 하나를 간신히 넘어온 느낌을 받았습니다. 이제 걷지 않고 산다는 건 생각할 수도 없는 일이 되어버렸습니다. 이따금 혹시 어머니가 나를 거리로 내몰기 위해서 스스로 죽음을 선택한 것은 아닐까 하는 의심을 품기도 했습니다. 그럴밖에, 어머니가 투병을 하는 동안 나는 거의 문 밖에 나가보질 못했으니까 말입니다.

걷는 것은 더이상 외롭고 힘에 부친 일은 아니었습니다. 가까운 거리에서 보면 전혀 알 수 없지만 멀리서 바라보면 분명하게 그 형상을 알 수 있는 점묘화처럼 나는 지금까지의 나에 관한 모든 것을 볼 수 있기를 차츰 바랐던 것입니다. 제목이 없으면 그 속에서 무슨 일이 일어나고 있는지 알기 어려운 그림처럼 어쩌면 내 삶에 관한 하나의 제목을 찾고 싶었던 것인지도 모릅니다. 그건 혹시 불가능한 일입니까. 직면한 한 가지 문제에 관해 망원경으로 전체를 조망하거나 세부를 들여다볼 수 없다면 사람들은 그때 무엇을 합니까. 그러나 이러한 변명에도 불구하고 나는 여전히 자꾸만 뒷걸음질치고 억눌려 지내고 있는 셈이었습니다.

처음에 불쑥 S백화점에 들어가게 된 건 걷다가 너무나 목이 말랐기 때문입니다.

지금은 백화점 지하매장부터 십층 식당가까지 어떤 종류의 물품들을 팔고 있는지 훤히 꿸 지경이지만 그때까지만 해도 백화점에서 음료수를 사마시려면 몇층에 가야 하는지 몰랐습니다. 백화점에 가면 일단 에스컬레이터부터 타고 보는 줄로만 알았던 나는 주춤주춤 망설이는 사이에 구층까지 올라가고 말았습니다. 음료수를 파는 지하매장으로부터 아주 멀어지고 만 셈인데 이상한 일은 목이 타들어갈 것만 같던 그 지독한 갈증이 구층에 도착했을 땐 어느새 사라지고 말았다는 겁니다. 아니 갈증이 사라졌다는 걸 느끼기 전에 먼저 그 악어를 보고 말았던 것인지도 모릅니다.

내 팔 길이쯤 되는 커다란 북아프리카 산 악어 한 마리가 구층 에스컬레이터 앞에 납작하게 엎드려 있었습니다. 백화점에 웬 악어라니. 그 앞에는 고객을 위한 푹신한 소파까지 죽 놓여 있었습니다. 그 악어를 보기 위해 모인 사람은 나뿐만이 아니었지만 그렇다고 거기 앉아 있는 모든 사람들이 다 악어를 구경하고 있는 것은 아닌 것 같았습니다. 나는 소파에 앉아 바로 내 옆에 앉아 있는, 흰 블라우스에 검은색 조끼와 검은색 바지를 입은 한 여자를 쳐다보았습니다. 그때 내가 받은 느낌으로는 그녀의 것인 악어가 그녀가 원치 않는 어떤 사정으로 인해서 거기 놓여 있게 되어 있는지도 모른다는 것이었습니다. 그녀나 악어나 잘못 놓여진 정물들처럼 보였기 때문입니다. 역시 흰 블라우스에 까만색 조끼와 바지를 입고 무전기를 든 한 여자가 그녀에게 다가올 때까지 그녀는 무연히 악어를 쳐다보고 있었습니다. 높지도 않으면서 긴 코 때문인지 그녀의 옆얼굴은 다소 중성적으로 보였습니다. 상실을 경험한 자의 표정이 저럴지도 모른다는 생각이 문득 스쳤습니다. 그러나 그게 그녀의 첫인상은 아니었습니다.

누군가를 만났을 때 만약 특별한 통증이 느껴진다면 내 말을 떠올리고 눈을 한번 꾹 감아보십시오. 잊고 있던 감각이 깨어나는 순간을 느껴보십시오. 그리고 한 가지, 지금까지는 보고도 지나쳐왔을 그런 한 빛깔을 발견하실 수 있을 것입니다.

구층에 도착했을 때 내가 맨 처음에 본 것은 악어가 아니라 악어를 보고 있던 그녀였을지도 모릅니다. 나는 내 망막을 스치고 지나가는 엷고 긴, 산란하는 한줄기 가는 빛을 느꼈습니다. 그것은 검정색에 가까운 푸른빛이었고 그 푸른빛은 마치 검정색에 얇은 망사를 두른 듯한 빛이었습니다. 파랑은 항상 어둠을 지니고 다닌다고 내게 말해준 사람은 어머니였습니다. 그 검정을, 아니 희미한 푸른빛을 생전 처음 와보는 백화점의 구층에서 느꼈던 것입니다. ……사방을 휘둘러보았습니다. 모든 사람에게서 빛이 나온다는 말은 거짓이 아닐 것입니다. 색이란 건 모든 사물에서 쏟아져나오는 불꽃 같은 거니까요. 푸른빛. 그 빛은 그녀에게서 쏟아져나오고 있었습니다. 이윽고 나는 나를 둘러싸고 있는 변덕스러우며 위협적인, 광적인, 두려워서 살려달라는 동물들의 비명소리가 들리는 듯한 노랑의 느낌, 그 노란빛을 툭툭 털어내며 휘청이듯 그녀에게 다가갔던 것입니다. 그것이 내가 기억하는 그녀의 첫인상입니다.

무전기를 든 여자가 그녀에게 귓속말을 하는 것과 동시에 그녀는 벌떡 일어나 쫓기듯 에스컬레이터를 타고 내려가버리고 말았습니다. 내려가는 동안 그녀는 뒤를 한 번 돌아다봤습니다. 그 눈빛은 마치 기다려요,

알았죠? 라고 말하는 듯했습니다. 너를? 하고 나는 악어를 가리키며 물었습니다.

폐점 무렵의 백화점 지하매장은 그야말로 혼이 쑥 빠져나갈 만큼 정신이 하나도 없었습니다. 생수 한 병을 사려고 이곳 저곳 기웃거리다가 거기서 유니폼인 듯한 예의 그 검은 조끼와 바지를 입고 있는 그녀를 다시 볼 수 있었습니다. 그녀는 지하매장 식품부에서 토마토홀이나 바질, 후추 같은 것들을 팔고 있었던 것입니다. 그날 집에 돌아와서 지도를 펼쳐놓고 내가 사는 곳으로부터 서쪽으로 십오 센티미터쯤 떨어져 있는 그 백화점에 동그랗게 표시를 해놓았습니다. 이제부터는 걸어도 목적지를 정해놓고 걸을 참이란 말입니다.

오후에는 여느때와 마찬가지로 한 곳을 바라보며 걷다가 해가 기울 무렵부터는 방향을 바꾸어 백화점 쪽을 향해 걷기 시작했습니다. 얼마 전에 어느 백화점 식당가에선가 재스민과 제라늄 같은 갖가지 꽃들을 심어놓곤 고객들에게 전원 분위기를 만들어주고 있다는 이야기를 들은 적이 있지만 꽃과 악어는 좀 다른 데가 있습니다. 꽃보다는 차라리 악어에게 더 관심이 끌리는 내 개인적인 취향일 수도 있겠습니다만 야생의 악어가 사는 데라면 거긴 사람 또한 살 만한 장소가 아니겠습니까.

폐점시간 전까지 나는 악어를 쳐다보았고 폐점시간 이후엔 이제 그녀를 지켜보게 되었습니다. 갈증이 나면 언제든지 지하매장에 내려가서 음료수나 아이스크림을 사먹고, 양말에 구멍이 나 있으면 육층 신사매장에서 새것으로 사신을 수 있었습니다. 그러고 보니 원하는 것은 무엇이든지 구할 수 있는 데가 바로 거기인 것 같았습니다. 혹시 누가 잘못 떨어뜨리고 간 15번째 염색체는 없을까 주의 깊게 살펴보기도 했습니다. 폐

점심간이 이십여 분 지난 후쯤 그녀는 백화점 뒷문을 통해 어깨를 잔뜩 옹송그린 채 밖으로 나왔습니다. 어느 날은 동료인 듯한 남자와 함께 어둠 속으로 사라지기도 했고 어느 날엔가는 제법 냉랭한 얼굴로 정문 앞에서 누군가를 기다리는 듯하더니 그녀보다 훨씬 더 나이가 들어 보이는 남자를 만나 재빨리 그곳을 벗어나기도 했습니다. 그녀가 혼자일 때를 기다리는 것은 영원히 불가능해 보였습니다. 근무시간중에 빠져나와 악어를 보러 구층에 잠시 머물 때만 제외하고는 말입니다. 그녀는 누가 버린 개처럼 날마다 아무 남자나 따리기는 것처럼 보였습니다.

우수가 지나자 걸음을 옮길 때마다 보도블록 밑에서 마늘싹이 쑥쑥 돋아나는 소리가 들리는 것 같았습니다. 이수교에서부터 걷기 시작해 도착한 서초역 사거리에서 팔백육십오 년 된 향나무를 세척하는 작업을 물끄러미 바라보다가 이제 계절이 완연히 바뀌었다는 사실을 깨달았습니다. 궁지에 몰린 심정으로 나는 삼십사 년 동안 단둘이 살아온 어머니를 얼마 전에 잃었다고 그녀에게 털어놓았습니다. 그녀 또한 단둘이 오래 살던, 일 년 전에 잃은 어머니에 대해 말했습니다. 상실감에 대해 이야기를 할 때 두 사람 사이가 더욱 친밀해진다는 것을 그때까진 전혀 알지 못했습니다. 다행히 그녀는 누군가와 함께 산다는 것이 때론 열 손가락에 반지를 낀 채 깍지를 꽉 끼고 있는 느낌이라는 걸 이미 아는 사람이었습니다. 나는 그녀에게 적게 주고 적게 기대하는 관계에 대해서도 슬쩍 말을 꺼내보았습니다. 그녀는 내 말 뜻을 이해하지 못하는 눈치였습니다. 매번 다 주고 큰 것을 기대하는 관계를 원했던 그녀는 말입니다. 그리고 결국 나는 그녀의 죽은 거북이 이야기를 듣게 되었던 것입니다.

우리는 주로 그녀가 퇴근한 저녁 무렵에 만나 함께 걷기 시작했습니다. 그녀는 나를 만나기 이전부터 그랬던 것처럼 밤늦도록 지치지도 않고 먼 거리를 걷곤 했습니다. 언젠가 어머니가 들려주었던 어느 걷는 화가에 관한 이야기가 떠올랐습니다. 인적이 드문 황무지를 오랫동안 걸어다닌 한 사람의 이야기를 나는 이제 그녀에게 들려주고 있었습니다.

그는 지구를 가로지르듯 걷고 또 걸었습니다. 고되고 긴 그의 여행은 일종의 의식 같은 것이었을지도 모릅니다. 외지고 고립된 장소에서 그는 자신의 존재에 대한 표시를 남기고 싶어했습니다. 그것이 그가 그 길을 걸었다는 하나의 증거가 될 수도 있을 테니까 말입니다. 그는 자신이 걸어온 길에 돌멩이나 꽃 같은 것을 늘어놓기도 했습니다. 그리고 거기에 작품의 이름을 붙였습니다. 그 작품은 바람이나 눈, 비, 혹은 태풍 같은 자연의 힘에 의해 언제든지 사라져버릴 수 있는 비영구적이며 익명적일 수밖에 없는데도 말입니다. 어머니는 아마 그 화가가 오랜 시간 동안 혼자 묵묵히 이 땅을 걸어다녔다는 사실에 대해서, 동시에 누구도 소유할 수 없는 작품을 만들어낸 것에 대해서 나에게 말해주고 싶었을 테지만 나는 그 화가의 자연에 대한 낭만적인 태도에 더 마음이 끌렸습니다. 아마 그게 그거일지도 모르지만 말입니다.

내 이야기를 어떻게 받아들였는지 그녀는 여기를 좀 보세요, 하고 발밑을 가리켰습니다. 봄비가 내린 직후인지 군데군데 보호색으로 위장한 것처럼 자세히 들여다보지 않으면 그냥 지나쳐버릴 정도로 보도블록과 비슷한 붉은 빛깔을 한 굵은 지렁이들이 꿈틀거리고 있었습니다. 꽤 오랫동안 이 도시를 걸어다녔지만 지렁이를 보는 것은 처음인 것 같았습니다.

눈에 보이지는 않지만 여기 어딘가에 진드기도 있을 거고 톡토기 같은 것도 있을 거예요. 지렁이랑 이것들이 열심히 움직여서 흙에 구멍을 내는 거예요. 그래서 흙에 공기를 넣어주는 역할을 하는 거구요. 그래야 식물들도 살 수가 있잖아요.

그걸 그녀는 순환이라고 말했습니다. 순환이라. 알 것도 같고 모를 것도 같은 내 표정을 훔쳐봤는지 그녀가 덧붙였습니다.

여기를 잘 봐요. 이 작은 것들이 지켜내는 땅을 말이에요.

무언가 대지에서 나를 쑥 잡아당기는 듯한 느낌이 든 것은 바로 그때였습니다. 언젠가 다시 여자를 만나게 된다면 내가 울 때 침을 닦아줄 수 있는 사람을 만나고 싶었습니다. 그러면 비 오는 날 활짝 펴면 음산한 박쥐처럼 생긴 검정 우산을 편 채 더이상 그 안에서 혼자 눈물을 흘리지 않아도 될 테니까 말입니다. 갑자기 서럽게 엉엉 울고 싶어지는 마음을 감춘 채 나는 무턱대고 고개를 끄덕이고 있었습니다. 그녀와 내가 지금 서로 같은 대화를 나누고 있는지 혹은 서로 다른 말들을 하고 있는 것인지 잘 분간하기 어려웠지만 한 가지 분명한 건 작은 것들이 지켜내는 땅에 관해 이야기하던 순간의, 후광처럼 희미한 푸른빛으로 빛나던 그녀의 이마를 나는 오랫동안 잊지 못할 거라는 사실입니다. 그것은 나에게 그녀의 죽은 거북이에 관해 물어볼 용기를 주었습니다. 어쩌면 그녀와는 적게 주고 적게 기대하는 관계를 기대할 수 없을지도 모른다는 체념과 불안감을 안고도 말입니다.

이야기는 아주 간단해 보였습니다. 십일 년 동안 키운 그녀의 거북이가 죽었습니다. 자, 이제 이 죽은 정든 거북이를 어디에다 묻을 것인가. 그게 그녀의 가장 큰 문제였던 것입니다.

하마터면 나는 피식 웃음이 나올 뻔했습니다. 그러나 입을 다물고 만 것은 우리가 상실감에 관한 이야기를 나눌 때 그녀는 자신의 어머니를 잃은 것에 대해서가 아니라 거북이를 잃은 것에 대해 이야기한 것일지도 모른다는 느낌 때문이었고 곧 확신하지 않을 수 없었습니다. 내가 그녀를 처음 만났을 때도 그녀는 악어가 아니라 다른 것, 자신의 죽은 거북이를 보고 있었던 것일지도 모릅니다.

집 아무 데나 묻어버리면 되잖습니까.

나는 되는대로 말해버렸습니다.

……믿기 어렵겠지만 그럴 만한 데가 아무 데도 없었어요. 너무 먼 데다가는 차마 묻을 수가 없고요. 난 정원도 없고 텃밭도 없는 집에서 살고 있거든요.

정원도 없고 텃밭도 없는 데서 살고 있는 건 나도 마찬가지였습니다.

그리고 하다못해 화분 같은 것도 하나 없어요.

그녀는 거의 기어들어가는 듯한 목소리로 말했습니다. 나는 그녀와 내가 이미 서로의 사적인 영역들을 침범하고 침범당하고 있다는 걸 느꼈습니다. 조금씩 그녀가 불편해지고 있었으니까 말입니다.

여봐요, 사람이 왜 그렇게 앞뒤가 꽉꽉 막혔어요? 직장이 있잖아요. 거기 백화점 근처에 아무 데나 묻어버리면 되잖습니까.

나는 짜증을 내고 있었습니다. 내가 죽은 어머니에 대해 말하고 있던 순간에도 그녀는 거북이 따위에 관해서 생각하고 있었을 테니 말입니다.

실은 거기도 곧 그만둬야 할 형편이거든요. 그리고 거기도 그런 데는 없어요……

결국 거북이가 죽은 지 삼 개월이 지난 지금까지도 묻을 데를 찾지 못하고 있다는 말이었습니다. 혹시 그녀는 거북이를 묻을 만한 데를 찾지 못한 것이 아니라 찾고 싶어하지 않는 것은 아닐까 하는 의구심이 치밀어올랐습니다. 왜, 죽어서도 헤어지고 싶지 않은 상대가 있지 않습니까. 나는 가장 뾰족한 바늘 하나를 골라 그녀를 찔러보았습니다.

십일 년 전에, 그 거북이를 준 사람이 대체 누굽니까?

……

남겨주고 간 게 그것밖에 없는 놈이라면 이제 그만 잊어버리는 게 상책 아닙니까?

아무것도 모르면서.

이거 왜 이래요, 나도 알 건 다 아는 놈입니다.

나는 버럭 소리를 지르려다 말았습니다. 하긴 나는 무얼 십일 년간을 길러본 적은 없는 사람이니까 말입니다. 그런데 여자가 모를 거라고 말한 건 그게 아닌 것 같았습니다. 이번에는 거북이가 아니라 거북이를 준 사람에 대해서 말하고 있는 것 같은 느낌이 들었으니까요.

그거 병입니다, 병. 어디가 아픈 사람들을 보면 난 이제 넌덜머리가 난다구요.

다른 방도가 없어서 나는 지하철역을 향해 걷기 시작했습니다. 여자가 줄레줄레 따라왔습니다.

내 말 좀 한번 들어봐요, 그날을 잊을 수가 없어요. 그날 난 무척이나 바빴거든요. 출근은 해야 하는데 거북이는 또 씻겨줘야 하고, 그래서 그놈 얼굴도 안 보고 그냥 돌처럼 함부로 집어선 빡빡 문지르고 팽개치듯 내버려두고 나왔어요. 오랫동안 관절을 앓고 있어서 다리가 뻣뻣한 그놈을 말예요. 통증이 심해지면 그냥 멀거니 내 얼굴만 바라보고 있던 그놈을 말예요. 그런데 그날 저녁에 돌아와보니 이미 죽어 있었어요. 눈이 푹 꺼진 채 말예요. ……나는 그 거북이를 좋은 데다 잘 묻어주고 싶단 말예요. 그런데 그럴 데가 아무 데도 없다는 게 나도 정말 믿기 힘들어요. 아무리 찾아봐도 양지바른 그런 장소가 없어요.

그녀는 내게 그럴 만한 장소를 찾아달라는 듯 안타까움과 기대가 섞인 눈빛으로 내 얼굴을 물끄러미 올려다보는 것이었습니다. 그러고 싶은 마음이 전혀 없다는 걸 나는 그만 이렇게 묻고 말았습니다.

그래서 지금 그걸, 그러니까 거북이 시체를 어디다 두고 있습니까?

고개를 푹 수그린 채 그녀가 말했습니다.

……냉장고요.

어머니가 혓바닥으로 내 얼굴과 목덜미를 핥기 시작했을 때 나는 어머니의 병세가 악화되었다는 것을 그리고 그 병에서 우리가 함께 벗어날 수 없다는 사실을 깨달았습니다. 어머니의 눈에는 내 얼굴과 목덜미가 두껍고 달디단 추파춥스나 움직이는 거대한 빵처럼 보였을지도 모릅니다. 눈에 보이는 모든 사물들을 어머니는 구순기의 아이처럼 입으로 가져갔고 실제로 씹어 삼켰습니다. 잠자는 시간을 제외하곤 어머니는 늘 굶주림과 싸우지 않으면 안 되었습니다. 그리고 나는 그 어머니를 세상의 모든 음식으로부터 지켜내지 않으면 안 되었던 것입니다. 어머니의 포만중추는 눈치채지 못할 정도로 서서히, 처참하고 완벽하게 망가지기 시작했습니다. 인간의 위엄과 긍지를 잃어버린 어머니는 누군가 지켜보지 않으면 굶주린 작고 늙은 짐승처럼 으르렁거리며 벽지와 문짝을 입으로 뜯곤 했습니다. 나는 한시도 어머니 곁을 떠난 적이 없습니다. 내가 포기했던 모든 것을 후회하지도 않습니다. 그러나 갈비뼈가 다 드러난 몰골로 채워도 채워질 수 없는 허기와 싸우는 어머니를 위해 내가 할 수 있는 일은 아무것도 없었습니다. 어머니의 15번째 염색체를 나는 한 번도 본 적이 없습니다. 아무리 먹어도 포만감을 느끼지 못하게 한, 끝내 나의 어머니를 죽음으로 몰고 간 그 염색체 말입니다. 어머니가 잠든 사이에 잠깐 화장실에 다녀왔을 때였습니다. 어머니는 까맣고 허술한 실뭉치 같은 것을 입에 넣고 우물거리고 있다가 나와 눈이 마주치자 픕, 하고 멋쩍은 듯 웃음을 터뜨렸습니다. ……슬프다는 감정은 어떤 느낌입니까. 단칼에 가슴을 베이는 느낌입니까, 목 아래 몸뚱어리가 순식간에 사라져버리는 것 같은 두려움입니까, 그 체념 같은 것입니까. 나는 아직도 그 감정을 잘 모르겠습니다. 그러나 그것은 패배감이나 결락감과 비슷한 데가 있었습니다. 내 손아귀를 빠져나간, 그 동안 내가 간신히 붙잡고 있던 나를 지탱해주던 유일한 힘 하나가 허공을 움켜쥔 듯 잠시 멈추더니 이윽고 보란 듯 곤두박질치는 것을 나는 두 눈을 부릅뜬 채 지켜볼 수밖에 없었습니다. 어머니는 당신의 머리카락을 뜯어 그걸 오물오물 씹어먹고 있던 중이었습니다.

너무나 달라서 가까이 할 수 없고 너무나 비슷해서 서로 밀쳐낼 수 없다면 그땐 어떻게 해야 합니까. 그녀가 가진 문제는 나에겐 시시하기 짝이 없는 종류의 것이었습니다. 거북이를 묻어야 하는 그 문제가 나에게까지 해결하지 않으면 안 될 절실한 문제가 될 거라고는 정말 생각지도 못했습니다. 그런데 냉장고라니. 나는 마음이 조급해지는 걸 느꼈습니다. 죽은 거북이를 그녀가 안심할 수 있는 장소에 빨리 묻어버려야 할 이유들이 나에게도 생겼던 것입니다. 피할 수 없다면 극복해야 하며 맞서

싸우기도 해야 합니까. 그러자면 우선은 냉장고부터 열어야 합니다. 냉동실에 꽝꽝 얼려놓은 거북이를 꺼내야 합니다. 십일 년 전에 그 거북이를 그녀에게 준 사람이 누구인지, 그게 그녀에게 어떤 의미였는지 이제 그런 것 따위는 궁금하지도 않습니다. 다만 그걸 묻어버리지 않는다면 누구와도 다시 새로 시작할 수가 없을 것입니다. 십일 년 전에 자신의 모든 것을 다 내주고 큰 것을 바랐던 그 반푼수 같은 사람 말입니다. 실패의 고통스러운 필연적인 사건들이 때로 사랑의 한 부분이기도 한 것을, 그것이 언제나 실패로만은 끝나지 않는다는 것을 나는 그녀에게 그녀는 나에게 가르쳐줄 수 있을지도 모릅니다. 나에게 냉장고는 절대로 열어서는 안 되는 문이었습니다. 어머니가 잠든 때를 제외하고는 늘 등으로 밀고 서서 지켜야 하는 단단한 문이었던 것입니다. 그러나 그녀의 냉장고, 그것은 이제 내가 열지 않으면 안 되는 필연적인 문이 된 것입니다.

친구 아버지가 그의 노모가 죽은 뒤에도 땅에 묻지 못하고 골분을 항아리에 넣어 보관하고 있다는 말을 듣고 나는 한 번 그 집에 가본 적이 있습니다. 항아리는 평화로워 보이는 벽난로 위에 놓여 있었습니다. 그 집을 나서는데 문득 죽어서도 차마 묻을 수도 화장해버릴 수도 없는 그런 사람이 생에 하나쯤은 있어야 하는 것은 아닐까 하는 생각마저 들기도 했습니다.

고마워요.

그녀는 말했습니다. 친구 집의 벽난로 이야기를 그녀는 내가 자신의 우산 속으로 들어간다는 말로 이해한 것 같았습니다. 그녀가 사는 반지하방 근처엔 눈 씻고 찾아봐도 어느 한 군데 손바닥만한 땅을 찾을 수 없었습니다. 직장도 곧 그만둘 것이고 내가 사는 곳 또한 그녀가 사는 데와 별반 다를 게 없었습니다. 나는 그녀를 단 한 번 내 집에 데려갔을 뿐입니다. 혹시나 어디 거북이를 묻을 땅이 있을까 싶어 나를 따라온 것은 아닐까, 그 꿈이 애저녁에 글러먹었다는 걸 깨닫곤 실망하지나 않을까 하는 염려 때문이었습니다. 그러나 그보다 더욱 두려웠던 것은 그것 때문에 결국 그녀를 잃게 되지는 않을까 싶었기 때문입니다. 어머니에게는 아무것도 해줄 수 없었지만 그녀에게만큼은 그러고 싶지 않았습니다. 내가 할 수 있는 모든 가능한 방법들을 찾아야 합니다. 들고양이 때문에 동네에는 묻지 못한다는 그녀를 설득하는 데 약간 애를 먹긴 했습니다. 그래도 그녀는 그 방법이 거북이를 한강에다 떠내려보내 붉은귀거북이나 더 크고 힘센 놈들의 먹이가 되게 하는 것보단 낫다는 데 마지못해 동의를 한 것입니다. 냉장고를 열어 까만 비닐봉지 안에 든 얼린 생선같이 딱딱해진 거북이를 꺼내 한밤중에 골목 모퉁이 시멘트가 떨어져나간 좁은 땅에다 봉지째 묻는 일까지, 그 모든 일을 혼자서 다 해치워버렸습니다. 이렇게 아무것도 아닌 문제로 삼 개월이나 시간을 끈 그녀를 이해할 수 없을 정도로 일은 삽시간에 끝났습니다. 안심할 수 있는 곳은 아니지만 그녀가 사는 곳에서 멀리 떨어진 곳도 아니고 또 그녀가 원하던 대로 땅에 묻었으니 이제 이 밤이 지나고 나면 그녀는 서서히 그 기억을 잊어갈 것입니다. 그날 밤에 나는 문틈으로 그녀가 몸을 씻는 것을 지켜보았습니다. 물이 아주 귀한 사막에서 살다 온 사람처럼 그녀는 단 한 바가지의 물로 찍어바르듯 아껴 얼굴과 귀와 겨드랑이를 씻고 있었습니다. 나는 그게 그녀가 죽은 거북이를, 이제는 들고양이들의 위험에도 불구하고 땅에 묻어버리고 만 거북이를 애도하는 방식이라는 것을 알아차렸습니다. 끝까지 다는 지켜볼 도리가 없었습니다.

눈과 늑대의 위협으로부터 영원히 피할 수 있는 안전한 장소가 이 세상에 있습니까. 잠을 이룰 수가 없었습니다. 팽팽히 잡아당긴 천을 있는 힘껏 찢어대는 듯한 들고양이떼의 울음소리가 들려오기 시작했습니다. 두어 차례 헛발질을 하던 그녀가 잠에서 깨어난 것은 새벽 세시가 넘은 때였습니다.

……나를 낳았을 때부터 어머니는 건강하지 못했어요. 꽤 오랫동안 동냥젖을 얻어먹으러 다녀야 했는데 이따금 꿈에 그 늙은 여자들이 나타나요. 나한테 젖을 준 모든 여자들이 서로 다 자기가 내 엄마라고, 내가 니 엄마다 내가 니 엄마다 니 엄마는 바로 나다 이년아, 그렇게 우겨대는 거예요. 그런데, 지금 내가 왜 잠에서 깨어난 걸까요.

……나한테는 턱 밖으로 삐죽 솟아나온 송곳니가 하나 있는데 이 송곳니는 아마 수컷 멧돼지처럼 평생을 두고 계속해서 자랄 것 같습니다. 이게 보입니까?

내 말을 듣고 있었을까요. 그녀는 빛 대신 어둠을 보는 작은 박쥐처럼 어둠 속에서 숨죽이고 앉아 있었습니다. 그러나 나는 이제 우리가 같은 것을 보고 같은 말을 하고 있다는 사실을 깨닫고 있었습니다. 그녀가 다시 잠들기를 기다렸다가 모종삽을 들고 밖으로 나갔습니다. 믿을 수는 없지만 둘만의 언어로 심지어 대화까지도 가능했던 그녀와 십일 년을 함께 살았던 거북이를 하루아침에 들고양이 밥으로 만들 수는 없는 노릇이니까 말입니다. 그런데 이상한 일입니다. 그 거북이를 묻어버리는 게 아니라 이젠 지켜내는 것이 내가 할 수 있는 일이 되고 말았으니. 골목을 내려가면서 나는 그토록 먼 길을 걸어다녔으나 그녀의 거북이를 묻을 수 있을 만한 내 소유의, 내 생각과 내 의지대로 할 수 있는 한 뼘의 땅조차 갖지 못했다는 걸 알아차렸습니다. 어쩌면 이번에도 내가 할 수 있는 일은 아무것도 없을지도 모릅니다.

거미줄이 모든 거미들의 유일한 생존 수단은 아닌 것처럼, 나는 위장을 한 채 참을성 있게 때를 기다리기로 작정했습니다.

한식을 하루 앞둔 일요일 오전에 그녀를 배웅하기 위해 고속버스 터미널로 갔습니다. 약속시간보다 한 시간이나 일렀지만 먼저 나가 그녀를 기다리고 싶었습니다. 기다리는 일이 매번 무위로만 돌아가지는 않는다는 것을 정말로 확인하고 싶었으니까 말입니다. 그러나 잠시 시무룩해지지 않을 수 없었습니다. 그녀가 어디 먼 데를 갔다가 다시 나에게 돌아오는 것이 아니기 때문입니다. 지금은 떠나기 위해서라도 틀림없이 이곳으로 올 거란 말입니다. 하늘거리는 연둣빛 봄 정장을 입은 그녀가 저쪽에서부터 보이기 시작했습니다. 나는 떠나기 위해 내 쪽으로 한 걸음씩 점점 더 가까이 다가오고 있는, 한 손에 종이가방을 든 그녀를 애상한 눈으로 쳐다보고 있었습니다. 새 옷이 익숙하지 않은 듯 자꾸만 손바닥으로 치마를 쓸어내리고 있었습니다. 꽉 움켜쥐고 있던 것 중 한 가지를 포기하고 나자 생각지도 않은 가능성들이 열리기 시작했습니다. 그녀는 고심 끝에 한식에 맞춰 고향인 사강으로 내려가겠다고 했습니다. 물론 거북이를 들고 말입니다. 살아 계셨을 때 어머니도 그 거북이를 좋아하셨어요, 우리 그렇게 셋이서 살았거든요. 그녀는 자신의 결정에 대해 지지와 찬사를 바라는 투로 말했습니다. 나는 다만 그녀에게 철 지난 모직 스커트를 벗기고 새 옷을 사주는 그런 일밖에 할 수가 없었습니다. 차창 밖으로 그녀는 손을 흔들어 보였습니다. 기다려요, 알았죠? 버스가 사라지는 것을 보면서 나는 그녀가 이번엔 틀림없이 내게 그렇게 말했다고 생각했습니다. 수액이 줄기 위로 올라오는 것처럼 뜨거운 피가 발바닥부터 정수리께로 한꺼번에 몰려드는 느낌이었습니다.

내일은 한식입니다. 식목일과 겹친 월요일입니다. 그 월요일 아침에 그녀는 어머니의 무덤 옆에 새 나무 한 그루를 심듯 거북이를 묻을 것입니다. 그리고 무결한 얼굴로 내게 다시 돌아올 것입니다.

그녀를 기다리는 동안 나는 또다시 걷기 시작했습니다. 길은 좁고 걸어다닐 수 있는 길들 또한 점점 줄어들고 있는 형편이지만 지금은 그런 것을 문제 삼고 싶은 기분은 아닙니다. 나에게는 뭔가 해야 할 일이 필요합니다. 그게 무엇인지 걷는 동안 생각할 요량이었던 겁니다. 걷다가 자주 흠칫흠칫 뒤돌아보는 내 자신을 발견했습니다. 어머니를 간병하는 동안, 그리고 어머니의 죽음 이후 나의 미래에 대해 한 번도 생각해본 적이 없다는 사실을 깨달았던 것입니다. 언젠가 어머니는 내게 말의 전설에 관해 들려준 적이 있습니다. 옛날 옛날 어떤 마을에 젊고 가난한 한 청년이 살고 있었습니다. 어느 날 청년은 참 이상한 꿈을 다 꾸었습니다. 지금까지 한 번도 보지 못했던 커다란 짐승 하나가 인간의 사냥과 여행을 도와주고 있는 것이었습니다. 꿈에서 깨어난 청년은 그의 할머니에게 꿈 이야기를 했습니다. 그러자 할머니는 청년에게 젊은이의 몸에 하얗게 센 머리를 갖고 있는 노인에게 가보라고 말해주었습니다. 결국 청년은 그 이상한 짐승의 이름이 말이라는 것을 알게 되었고 말은 먼 우주로부터 그렇게 청년에게 처음 온 것입니다. 청년은 그 말을 타고 힘껏 달리기 시작했습니다. 그가 진정 원하는 것을 찾기 위해서 말입니다.

종로2가에서 광화문 쪽을 향해 걸어가고 있을 때 내 왼팔 어깨쯤에 딱

정벌레 한 마리가 달라붙어 있는 것을 발견했습니다. 그 눈에 띄지도 않을 만큼 작은 벌레 한 마리를 말입니다. 이제 곧 거북이를 묻고 그녀가 돌아올 것입니다. 지금은 한창 봄입니다. 나는 어깨를 으쓱거리며 성큼성큼 앞으로 걸어갔습니다. 내 어깨에 달라붙어 있는 딱정벌레가 무슨 훈장처럼 느껴졌던 것입니다. 게다가 이놈의 화려한 딱지날개를 좀 보십시오.

사강에서 올라온 그녀를 마중 나갔다가 우리는 함께 내 집으로 왔습니다. 거북이 이야기를 하지 않기 위해서 할 수 없이 나는 그녀에게 돌아올 이번 여름에 관해 이야기를 했습니다. 그녀는 한 번도 바캉스를 가본 적이 없다고 말했습니다. 내 이야기가 미래에 관한 것인지도 모르고 말입니다. 연둣빛 투피스에 스카프를 맵시 있게 두른, 빈손의 그녀는 정말로 근사해 보였습니다. 나는 방문도 잠그고 불도 껐습니다. 그녀의 길고 가는 목을 한 손으로 덥석 쥐고 있다가 엉겁결에 스카프를 말아줬습니다. 단단히 힘을 주곤 그녀의 목을 조르기 시작했습니다.

딱 숨이 넘어가지 않을 만큼만 할게요, 제발요.

나는 그녀에게 간절히 애원했습니다.

하아하아, 그녀는 가쁜 숨을 내쉬었습니다.

아프면 아프다고 말해요.

겨, 겨우 이거예요?

그렇게 참지만 말고 꼭 말을 하란 말입니다.

나, 난 괜찮아요.

이젠, 정말 다 ㄲ 끝난 겁니까?

허리를 활처럼 휘며 그녀가 연신 고개를 ㄲ덕거렸습니다. 그녀의 목을 조르던 스카프를 탁 놓아버리자 그녀는 뒤로 벌렁 자빠져버렸습니다.

진짜 병신들 같아요.

누가 먼저랄 것도 없이 우리는 서로 마주 보며 킬킬거리고 웃기 시작했습니다.

잠들기 전에 그녀는 추억을 더듬듯 우리가 처음 만났을 때 본 악어 이야기를 꺼냈습니다.

악어가 왜 갑자기 사라진 거냐고 나한테 물어봤던 거 생각나요? 사실은 그때 구층 특별전시장에서 가방이랑 구두 같은 피혁제품들을 판매하고 있었거든요. 그중에 악어나 가오리로 만든 비싼 특피 제품들을 만들어 파는 브랜드가 있었어요. 거기 사장님이 고객들 눈길도 끌고 매출도 올릴 겸해서 직접 기르고 있는 악어를 특별히 거기다 갖다놓은 거였어요.

그럼 지금 악어는 어디 있습니까?

사장님 집이라니까, 거긴 아마 안전할 거예요.

아무튼 한때 거기서 악어가 살았었잖아요.

그녀는 고른 숨소리를 내며 먼저 잠들었습니다. 날이 밝으면 그녀를 등에 업고 산책을 나갈 생각입니다. 자꾸만 아래로 처지려는 그녀의 궁둥이를 깍지 긴 손으로 바짝 내 등뼈 한가운데로 밀어올리며 그녀에게 보여주고 싶습니다. 느끼게 해주고 싶습니다. 인간이 최초로 말의 등에 올라선 순간 지금껏 보지 못했던 훨씬 더 넓은 지평선을 얻게 된 그 무한한 신비의 느낌을 말입니다. 그녀를 통해, 이상한 짐승을 꿈에 본 내가 느낀 바로 그 감정을 말입니다.

나는 그녀에게 내가 그린 그림 한 장을 보여주었습니다. 그녀는 그 그림을 딱지만큼 작게 접어 지갑에 넣었습니다. 사냥감과 물을 따라 이동하는 산족의 집처럼 작고 간소한 우리의 집을 말입니다. 그러나 그런 기대도 기쁨도 오래 가지 못했습니다. 그녀는 다시 사강으로 내려가야만 했습니다. 어머니의 무덤을 이장하지 않으면 안 된다는 동생의 전화를 받은 며칠 후의 일이었습니다. 공동묘지가 곧 시민체육관으로 바뀔 예정이기 때문이라고 했습니다. 나는 누군가 내가 그린 그림을 훼손하고 있는 것을, 그리고 그 불안이 그녀를 굴복시키고 말지도 모른다는 느낌에 휩싸였습니다. 그녀는 전에 냉동실 문을 열어 죽은 거북이를 꺼내본 적이 있다고 했습니다. 그 뒤엣말이 궁금했지만 그녀는 끝내 하지 않았습니다. 이제 그녀는 냉장고가 아니라 아예 도로 흙을 파내 묻었던 거북이를 꺼내야만 합니다. 나는 그녀를 똑바로 쳐다볼 수가 없을 것만 같습니다. 이번엔 그녀를 배웅 나가지도 않았고 그녀 또한 아마 내가 사준 새 옷을 입지도 않았을 테고 속으로라도 기다려요, 알았죠? 라고 말하지 않았을지도 모릅니다. 한 손에 모종삽을 든 채 그녀는 새벽 기차를 타곤 혼자 여길 떠나버렸습니다.

웬일인지 어머니는 밥 달라는 말도 하지 않은 채 하루 종일 창 밖을 내다보고 있었습니다. 삭발을 당한 맨머리가 햇살에 희게 빛나고 있었습니다. 나는 어머니의 조붓한 어깨를 붙잡곤 어머니가 내다보고 있는 쪽을 함께 바라다보았습니다. 병원 뒤뜰에 누군가 눈사람을 만들어놓고는 얼굴 한가운데 홍당무 하나를 쿡 꽂아두었습니다. 어머니 뭘 봐요? 저걸 본다. 눈사람을 보는 거예요? 아니다. 그럼 뭘 보고 계시는데요? 저걸 본다니까. 저기에 눈사람 말고 또 뭐가 있어요? 어머니는 이상하다는 듯 고개를 돌려 내 얼굴을 쳐다보곤 이렇게 말했습니다. 배가 고프냐? 아

뇨. 나는 고개를 저었습니다. 쯧쯔, 그렇게 배가 고프면 내 젖을 좀 먹으
련. 말릴 틈도 없이 어머니는 웃옷을 훌러덩 걷어올렸습니다. 나는 눈을
부벼대었습니다. 그 작은 몸에 어떻게 그토록 크고 흰 젖가슴을 숨기고
있었던 것입니까. 출렁거리는 그 살덩어리는 내가 젖꼭지에 걸터앉아도
될 만큼 무지무지하게 컸습니다. 백년을 더 산다고 해도 나는 아마 그것
보다 더 크고 단단한 젖가슴은 보지 못할 것입니다. 젖은 병실 바닥을 다
채우고도 남을 만큼 분수처럼 솟구치고 있었습니다. 언제나 무릎을 꿇고
제 어미의 젖을 빠는 새끼 양처럼 나는 땀과 눈물로 젖은 몸을 접곤 순하
게 어머니 젖을 빨아먹기 시작했습니다. 너무 서러워하지 말아라, 내 새
끼. 어머니가 내 뒤통수를 쓰다듬으며 말했습니다. 그날 창 밖으로 어머
니가 내다보고 있던 것은 무엇이었을까요. 어머니가 말에 관한 전설을
들려준 것은 바로 그날 밤이었습니다. 나는 그것이 어머니가 나에게 들
려주는 마지막 이야기라는 것을 직감했습니다. 새벽 내내 어머니 숨이
거칠어졌다 천천히 가늘어져 마침내는 완전히 멈춰버리는 것을 나는 누
구도 부르지 않은 채 혼자 어둠 속에서 지켜보았습니다.

　어머니의 죽음 이후 가장 당황했던 것은 혼자라는 사실이 생각했던 것
만큼이나 고통스럽지는 않다는 것이었습니다. 그것은 정말 뜻밖이었습
니다. 그녀가 떠난 후 나는 다시 혼자가 되었습니다. 제법 서러운 마음이
들 때도 있으나 마냥 궁지에 몰린 심정은 아닙니다. 그러나 젖은 모래를
딛고 서 있다는 느낌을 좀처럼 지울 수가 없습니다. 그녀가 떠난 지 일
주일째 되던 날 저녁에 어머니의 죽음이 내 인생에서 일어날 수 있는 가
장 크고 불행한 일이 아닐지도 모른다는 사실을 그만 깨닫고 만 것입니
다. 허나 금방 도로 풀이 죽고 말았습니다. 그녀는 기다리라는 말도 하지

않았고 나는 단 한 평의 땅도 없고 아무것도 가진 것이 없는 사내이기 때문입니다. 그녀에게서는 연락이 없습니다. 어머니의 무덤을 이장하는 것보다 우리에게 더 큰 문제는 거북이를 파내 그걸 다시 안전하게 묻어줄 수 있는 방법을 찾는 것입니다. 한 뼘의 양지바른 땅을 찾아내는 것입니다. 나는 내가 할 수 있는 일을 찾기 위해 노력했습니다. 그리고 그녀가 다시 돌아온다면 내가 찾아낸 방법에 대해 이야기해줄 것입니다.

나는 걷는 것을 멈추지 않았습니다.

마치 자연과 인간을 하나로 연결이라도 하려는 듯 지도 위에 표시한 좌표를 따라 화가는 황무지에 자국이 생길 때까지 걷고 또 걸었습니다. 그건 하나의 '걸어서 생긴 선'이 되었고 시간이 흐른 후 그는 자신이 걸어온 길이 드디어 완전한 하나의 원이 되었다는 사실을 깨달았습니다. 그는 자신의 존재의 증거인 그 흔적들을 한두 줄의 문장으로 기록을 남겼습니다. 그가 걸었던 길은 세상 사람들에게 화가를 널리 알리게 한 세상에 단 하나밖에 없는 작품이 되었습니다. 그러나 화가는 다시 걷기 시작했습니다. 오로지 걷고 또 걷는 일밖에 할 수 없는 사람들이 세상에는 있다는 것을 나는 알게 되었습니다. 걷다가 나는 이미 내 앞을 걸어간 사람들의 발자국을 그리고 내 뒤를 따라오는 발자국을 발견했습니다. 그것은 원시생활을 하던 시절의, 땅을 박차고 나간 말발굽 같은 모양을 하고 있었습니다. 나는 그 동안 어머니가 나에게 들려준 이야기들이 세상에 없는 이야기를 지어서 만든 게 아니라는 것을 알게 되었습니다. 그리고 어머니의 그 말들을 떠올리며 사는 것이 어머니를 잊지 않는 하나의 방법이라는 사실 또한 말입니다. 만약 살아 있었더라면 어머니는 어떤 그림을 그렸을까 무척이나 궁금합니다. 오랫동안 병을 앓다가 체력과 균형

감각을 향상시켜야 하는 환자처럼 나는 느린 동작으로 아침 공기를 가르며 걷고 또 걷고 있습니다.

　어느 날엔가 나에게도 걸어서 생긴 선이 생길 것이고 그것은 언젠가는 완전한 하나의 원이 될 것입니다. 이 세상에 나라는 사람이 있었다는 것, 그리고 지금 내가 여기 살아 있다는 것을 틀림없이 증명할 수 있을 것입니다. 지금껏 내가 걸어온 길은 선의 자국이 만들어지는 과정일지도 모릅니다. 완전한 하나의 원 속에서 나는 다시 그녀와 만날 수 있을지도 모릅니다. 나는 스스로 움직여서 다른 것을 움직이게 하는 물처럼 그녀에게 고요히 스며들 수 있을지도 모릅니다. 나의 불안한 노랑이 그녀의 푸른빛에 서서히 섞여들어갈 것입니다. 그 새 빛은 나를 이끄는 힘이 될 것입니다. 사랑하는 사람들을 위해서 해줄 수 있는 일이 아무것도 없을 땐 어떻게 해야 하는 겁니까. 예전에 어머니가 아팠을 때 내가 할 수 있는 일이란 오로지 어머니가 배고프지 않게 해달라고 간절히 기도하고 또 기도하는 일밖엔 없었습니다. 그녀가 돌아올 거라는 기대를 버릴 수가 없습니다. 지금 내가 하는 기도는 바로 그것입니다. 저 거대한 태양의 눈에 나는, 우리는 어떻게 비칠까요. 지구라는 이 작은 정원 속의 우리는 말입니다.

입술

어쩌면 여자도 여름은 거리 저쪽을 걷고 있을런지도 모른다. 여자는 동쪽에 살고 그는 서쪽에 산다

방향을 틀어 동쪽으로 걷기 시작한다

그날, 헤어지기 전에 여자는 손을 내밀어 악수를 청한다 대신 주머니에서 열쇠고리 하나를 꺼냈다

가방을 확인했어야죠. 단체예요. 미니 쿠션 모양에 알록달록 도톰한 입술이 수놓아져 있는 흔한 열쇠고리였다.

그는 열쇠고리를 접시에 기우뚱 빙빙 돌렸다. 그때 여자가 웃듯이 말했다. 난도 입술이 두껍답니다

그는 세상에서 가장 말을 잘하는 사람이 되고 싶었다. 때로 거짓말을 해야 할 경우가 생기면 스스로도 믿지 못할 큰 거짓말을 했다. 사람들은 큰 거짓말일수록 상대를 믿는 경향이 있다. 말의 목적은 행동하게 만드는 것이다. 그는 여자에게 전화를 걸기 전에 그렇게 주문을 외웠다. 여자에게 바라는 것이 있다면 여자가 말이 많은 사람이기를 바라는 것이었다. 그가 가장 견딜 수 없는 건 침묵을 지키는 사람들이다. 침묵은 때로 혼란을 초래하기 때문이다. 여자가 침묵하는 건 말하는 방법을 몰라서가 아니라 일종의 습관처럼 보였다. 입술을 열 때마다 벌레들이 튀어나올까 봐 주눅든 소녀처럼 여자는 좀처럼 입을 열지 않았다. 그는 여자를 만나기 전에 치밀하게 작전을 세웠다. 가장 이상적인 대화의 방법에 관해 골몰했다. 그건 어렵지만 불가능한 것은 아니었다. 그는 예기치 못한 용기가 생기는 걸 느꼈다.

여자는 가방을 파출소에 갖다놔달라고 부탁했다. 나중에 자신이 찾아갈 것이라고 했다. 여자는 한밤에 가방을 날치기당했다. 그는 파출소에 가지 않았다. 며칠 후 다시 여자에게 전화를 걸었다. 여자가 싫다고 말하기도 전에 그는 이렇게 말했다. 오늘 오후 다섯시에 만날까요, 아니면 여덟시에 만날까요? 그는 여자에게 만날까 말까 즉 어떻게 할까, 가 아니라 어느 것이냐, 선택하도록 유도했다. 그건 순간적으로 여자의 판단을 흐리게 만들었을 것이다. 어떻게, 라고 말했으면 여자는 또 도망갈 궁리를 했을 테니까. 그는 여자가 긍정도 부정도 할 수 없는 질문을 던진 것이다. 그건 그가 생각하기에 상대가 거절할 수 있는 여지를 최소한으로 줄인 질문의 방법이었다. 뜸을 들이던 여자는 열시에 퇴근한다고 말했다. 그럼 열시 오분에 만나면 되겠군요, 제가 그쪽으로 가겠습니다. 여자는 할말을 찾지 못했다.

그는 혼자 저녁을 먹고 오랫동안 이를 닦았다. 혓바닥에 낀 설태도 칫솔로 박박 문질렀다. 사진 속에서 본 여자의 입술은 양쪽 콧방울보다 약간 더 옆으로 긴 얇다란 선홍빛이었다. 구구구구. 그는 입술을 오므린 채 비둘기 울음소리를 흉내내보았다. 거리로 나갔다. 익숙하고 친밀한 밤공기가 그를 부드럽게 흔들어대는 느낌이었다. 그러나 긴장을 잃진 않았다. 낯선 신발에 발을 집어넣을 때는 언제나 신중해야 하는 법이다. 눈을 감고도 지나갈 수 있는 거리를 유독 천천히 걸어갔다. 약속장소가 가까워오는 동안 여자에게 해야 할 말들을 머릿속으로 일목요연하게 떠올리고 있었다.

여자가 왔다.

그는 장마성 집중 호우가 쏟아졌던 대낮의 날씨 변화에 대해서 이야기를 꺼냈다. 여자는 별다른 반응을 보이지 않았다. 그 다음은 어떤 화제였더라? 여자의 입을 열게 하기 위해서 잠시 허둥거렸다. 여자의 취미에 관해 물었다. 어쩔 수 없이 다음엔 신문이나 잡지에서 본 화제들에 관한 이야기를 꺼냈다. 이제 남아 있는 카드는 몇 장 되지 않았다. 여행이나 유명인에 관한 스캔들, 건강, 직업에 관한 것, 의식주에 관한 것, 그리고 섹스. 그러나 뒤로 갈수록 어느 정도 친밀감이 있는 관계에서만 가능한 화제였다. 특히 섹스에 대한 것은. 그는 여자에게 가방을 건네주었다.

현금만 사라지고 아마 다 그대로 있을 겁니다.

여자가 그를 처음으로 맞바라보았다. 반사작용을 습득하지 못한 갓 태어난 아기처럼 눈 한 번 깜박거리지 않고 찻잔만 응시하고 있던 여자였다.

아, 가방을 뒤져본 건 아닙니다.

여자는 테이블 위로 가방을 거꾸로 들고 흔들었다. 며칠 동안 그가 손에 쥐고 있었던 여자의 사물들이 테이블 위로 쏟아졌다. 그는 여자가 또 수첩을 흔들어댈까봐 얼른 말을 이었다. 암기한 순서대로 화제를 꺼냈다.

상대가 침묵을 지키고 있을 때면 단단하게 잠긴 문이 떠오른다. 그건 그를 유독 긴장시키는 일이다. 섣불리 상대하다간 그 문은 영원히 닫힌 채로 끝날 수도 있다. 그는 여자가 자리를 뜨지 않는 게 다행이라고 여기면서 처음으로 되돌아가 날씨에 관한 화제부터 다시 시작했다. 더이상 꺼낼 말이 없자 저녁식사는 하셨습니까? 라고 대답하기 쉬운 질문부터 던졌다. 호기심과 경계심이 뒤섞인 첫 만남에서 대화를 이끌어나가기 쉬운 방법 중 하나는 긴장을 풀 수 있는 이런 격의 없는 질문이다. 그 쉬운 질문에도 여자는 대답하지 않았다. 그는 빨아들일 수 있는 최대한의 심호흡을 재빨리 하면서 불안감이 사라지기를 기다렸다. 상냥한 말로 상대를 정복할 수 없다면 가혹한 말로도 정복할 수 없기 때문에 그는 더욱 상냥한 어투로 여자에게 질문을 던졌다. 그러나 그는 말하는 쪽의 목적과 듣는 쪽의 목적을 조절하는 방법에 관해서는 아는 게 없었다. 그래서 일순 침묵을 지키지 않을 수 없었다. 대화중의 침묵은 간혹 그에게 도움이 될 때가 있었다. 상대의 관심을 자신에게 집중시키는 효과가 있기 때문이다. 마치 흐르던 음악이 갑자기 끊어질 때 나타나는 반응처럼.

……그건, 너무나 순식간에 일어난 일이었어요.

힘겹게 여자가 입을 열었다. 하마터면 그는 찻잔을 떨어뜨릴 뻔했다.

생각해보면 모든 일이 그렇게 다 순식간에 일어나는 것 같지 않습니까? 그러니까 내 말은, 그런 늦은 시간에 골목을 걸어갈 땐, 특히 여자들은 조심해야 한단 겁니다.

여자는 편의점에서 햇반과 통조림 깻잎을 사고 나와 집으로 가던 참이었다. 들고양이처럼 빠른 남자가 여자의 가방을 채갔다. 새벽 두시였다.

무척이나 말이 많은 분이군요.

그는 여자가 연이어 말을 하고 있다는 사실에 놀라 여자가 하는 말을 제대로 알아듣지 못했다.

뭐라고 했어요?

왜 그렇게 말을 많이 하시냐구요.

여자는 대수롭지 않게 말했다. 그는 선뜻 대답하지 못했다. 한 번도 그런 생각을 해본 적이 없었다. 여자의 질문은 여자가 줄곧 고수하고 있던 침묵에 관한 것이라고 그는 바꿔 생각했다.

그러니까, 말을 하면,

……?

……

그는 말을 하는 게 삶에서 일어나는 나쁜 일들을 덜어내는 하나의 방법이라고 말하고 싶었다.

왜, 죽을 사람도 미리 말을 하긴 한다고 하잖습니까, 그걸 못 알아차려서 그렇지.

무슨 소린지 하나도 모르겠네요.

이마의 땀을 훔치는 것을 지켜보던 여자가 살풋 웃었다. 여자의 입술이 한눈에 들어온다. 여자의 입술은 빛에 눈부시지 않도록 세로로 얇고 길게 만들어진 최초의 인간의 눈, 그 눈이 익숙한 어둠을 만났을 때 경계 없이 벌어지는 것처럼 동그랗게 변했다. 변화무쌍한 입술의 잔주름들, 언젠가는 비둘기처럼 구구구거리게 될 입술. 그는 여자와 헤어지는 순간 여자가 손을 내밀지 않길 바랐다. 그는 주춤거릴 것이다. 그러다가 여자의 손을 탐욕스럽고 노련하게, 그리고 비틀거리며 덥석 물게 될까봐 두려워졌다. 자정이 가까워오고 있었다. 가르마를 바꿔타고 거리로 뛰쳐나가고 싶었다.

여자는 자신이 방금 무슨 말을 했는지 잊어버린 양 심상하게 차를 마셨다. 긴장이 풀린 여자의 어깨가 약간 넓어졌다. 그는 대화를 어디서 끝내야 할지 판단하지 못했다. 그래서 그는 여자의 말을 다시 떠올리고 나서 자신이 말이 많아지고 있는 이유에 대해 생각하기 시작했다.

*

사람들이 우르르 몰려와 시멘트를 몽땅 걷어냈다. 상수도나 하수구 공사일 것이었다. 길이 뜯겼다 덮이는 건 새로울 것도 없는 일이다. 소음 때문에 그는 그날 이른 시간부터 거리로 나갔다. 돌아왔을 땐 골목 초입부터 큰길이 닿는 골목 끝까지 새로 바른 시멘트 위로 비닐이 덮여 있었다. 대문 앞까지 가기 위해서 까치발을 한 채 남의 대문과 대문 사이를 건너뛰다시피 했다. 취객이었을까. 아니면 누구였을까. 채 굳지 않은 시멘트 위를 누군가 열 걸음쯤 밟고 지나갔다. 어찌나 세게 밟고 지나갔는지 십 센티미터도 넘게 푹푹 패어 있었다. 발자국은 중간에 뚝 끊겼다. 시멘트 위를 걷던 사람이 갑자기 허공으로 붕 떠버린 것처럼. 집으로 돌아올 때마다 그는 발자국에 구두를 꿰어보며 골목을 올라오는 버릇이 생겼다. 발자국이 끝난 곳은 그의 집 대문 근처다. 이젠 화석처럼 단단하게 굳은 발자국엔 익숙해지긴 했지만 그건 하얀 눈 위에 찍힌 구두 발자국과 같은 것은 아니었다. 개들은 거기다 똥을 누었고 들고양이들은 먹다버린 쥐를 던져두었다. 감나무 이파리는 거기로 먼저 떨어져 쌓였고 담배꽁초가 쌓였고 눈이 오면 거기로 먼저 떨어졌다. 비가 오면 가장 먼저 빗물이 고이는 곳도 바로 거기다.

그는 아쿠아리움의 단단한 유리벽에 두 팔을 짚은 채 상어와 곰치를 오래 들여다보았다. 곰치는 눈도 작고 시력도 나빠서 냄새로 먹이를 구분한다. 산소를 공급받기 위해서 입을 크게 벌리고 물을 자주 들이켜는 모습이 필사적인 데가 있었다. 턱이 강하고 이빨 또한 면도칼처럼 날카로운 놈이다. 한번 물었던 먹이는 놓치는 일이 거의 없다. 그는 상어의

172

이빨을 기대했으나 거대한 몸집이나 큰 입에 비해 보잘것없어 보인다. 상어의 이빨은 그를 실망시켰다. 그는 튼튼한 이빨을 갖고 싶었다.

병원에서는 이상이 없다고 했다. 그는 이비인후과를 옮겨다니며 오른쪽 귀가 잘 들리지 않는다고, 고비사막 위에 떠 있는 것처럼 귀가 먹먹하고 통증이 있다고 하소연했으나 의사들은 그럴 리가 없다고 했다. 그럴 리가 없다니요, 난 하루 종일 아무 데서나 병신처럼 턱을 딱딱 벌리게 되었다구요, 안 나오는 하품도 억지로 해서 귀를 뚫구요. 그는 같은 말을 되풀이했다. 의사들은 컴컴한 S자 모양의 긴 터널 같은 귓구멍 안쪽으로 빛을 쏘아댔다. 눈과 코 사이를 잇는 비루관에 염증이 생겼지만 기압 이상과는 상관없다고 했다. 약을 먹고 치료가 끝나도 오른쪽 귀는 잘 들리지 않았다. 귀도 멀고 눈도 안 보이고 혀까지 뻣뻣하게 굳을까봐 두려웠다. 병원엔 가지 않았다. 아침마다 턱을 딱딱 벌려 귓속의 관을 뚫어 기압이 평형으로 유지되도록 했고 혼잣말을 하기 시작했다. 혼잣말을 혼자 듣는 데 익숙해졌다. 타인을 설득할 때처럼 혓바닥을 빠르게 놀렸다. 튼튼한 이빨을 갖고 싶은 욕망은 더 커져갔다. 얼굴 전체의 모든 기관들이 한통속으로 얽혀 있다는 것이 그를 더욱 불안하게 만들었다.

상어는 너무 시시하군. 그는 혼잣말을 했다. 생전 처음 본 곰치처럼 혹돔이란 놈도 마음에 들었다. 새우나 게, 소라 같은 단단한 것들을 튼튼한 이빨로 깨뜨려서 쪼아먹는 혹돔. 그러나 여자에게는 상어와 혹돔 이야기는 하지 않을 것이다. 그는 여자를 만나기 전에 먼저 이곳에 와 둘러본다. 그래야 여자가 뭘 물어보더라도 주저하지 않고 대답할 수 있을 것이다. 그는 약속장소엔 꼭 먼저 가본다. 언젠가 약속장소가 될 공원이나 지하철역, 대학 캠퍼스, 시장, 동물원도. 누군가와 함께 갈 장소를 찾아다

니는 그는 그러나 그것 때문에 혼자 있는 시간이 더 많다는 것을 깨닫곤
마치 처음 안 사실이라는 듯 깜짝 놀란다.

내일 여자를 다시 만난다.

해저터널 천장에 손바닥을 대본다. 이 미터도 넘어 보이는 상어 한 마
리가 유백색 배를 드러낸 채 유유히 터널 천장을 지나갔다. 여자도 아마
사교적인 돌고래보다는 상어를 더 좋아할 것이다. 상어처럼 입을 크게
벌려보았다. 여자에게 들려줄 말들, 그리고 여자와 함께 갈 장소들을 순
서대로 정리해본다. 여자의 입술. 그는 그게 여자를 꼭 다시 만나야 하는
이유의 전부처럼 느껴질까봐 여자의 입술에 관해서 생각하지 않으려고
애썼다. 걸음이 더욱 빨라진다.

네온사인이 들어오기 시작한 거리 한가운데서 크게 심호흡을 했다. 열
대야가 이어지고 있었지만 아랑곳하지 않고 목도리를 친친 동여맸다. 그
건 낯선 물체에 대해서 공포를 습득하기 전의 어떤 각인 같은 것이었다.
어떻게 해도 결코 잊을 수는 없는 그런 것. 시간이 많이 흘렀다는 것도
그에겐 도움이 되지 않았다. 그 목도리를 두를 때마다 고환을 제거당한
수컷 실험쥐처럼 성욕이 감퇴하는 것을 느낀다. 그런다고 죄책감이 사라
지는 것은 아니지만.

밤은 날개 달린 새처럼 그를 먼 곳으로 이끈다. 달은 태양의 빛을 반사
하며 환하게 빛나기 시작한다. 새벽녘까지 걷고 또 걷는다. 가방을 줍는
것도 밤의 거리에서다. 새로운 낯선 상대를 만나게 된다. 그런 일은 흔치
않지만 이젠 마음만 먹으면 얼마든지 가능한 일이 되었다. 그녀를 만난
것도 밤의 거리에서였다. 그는 걷는다. 녹색 신호를 기다리는 동안 가로
등에 부착된 불법광고금지판의 도도록한 고무판에 손바닥을 대고 꾹꾹

174

누른다. 손바닥이 뜨겁게 달아오른다. 조각파이나 불규칙한 별 모양으로 깨진 광고판을 유심히 들여다본다. 부황을 뜬 자국처럼 거리 곳곳에 나 있는 상수도나 하수, 도시가스의 동그랗거나 사각형의 맨홀 뚜껑들. 새벽이 오면 아이들은 맨홀 뚜껑을 열고 추락한 젊은 독수리들처럼 그곳으로 기어들어간다. 그들은 맨홀을 탱크라 부른다. 어둠을 두려워하지도 않는다. 밤의 거리는 아무리 닦고 쓸어도 흉터투성이다. 그것은 덧붙일 것이 없는 인간의 모습을 보는 것처럼 그에겐 흥미로운 일이다. 밤은 천 개의 깎은 면을 보이는 커다랗고 신비로운 금강석과도 같다. 어떤 쪽에서 보든 그것의 전체를 보았다고는 말할 수 없을 것이다.

어쩌면 여자도 어두운 거리 저쪽을 걷고 있을지 모른다. 여자는 동쪽에 살고 그는 서쪽에 산다. 방향을 틀어 동쪽으로 걷기 시작한다. 그날, 헤어지기 전에 여자는 손을 내밀어 악수를 청하는 대신 주머니에서 열쇠고리 하나를 꺼냈다. 가방을 찾아주셨잖아요, 답례예요. 미니 쿠션 모양에 앞뒤로 도톰한 입술이 수놓아져 있는 흔한 열쇠고리였다. 그는 열쇠고리를 검지에 끼우곤 빙빙 돌렸다. 그때 여자가 농담처럼 말했다.

나도 입술이 두 개랍니다.

*

약속장소를 중심으로 반경 십 킬로미터를 걸어다녔다. 목적지도 없이 혼자 걸어다니는 사람들은 대낮에도 많았다. 그것이 그의 걸음을 멈추지 못하게 했다. 막상 약속장소에 갔을 때 그는 십오 분이나 늦었다. 여자는 긴 머리가 바닥에 끌리는 것도 모른 채 의자에 앉아 졸고 있었다. 여자를 보는 순간 그도 예기치 못한 피로감이 몰려오는 것을 느꼈다. 여자에게 해야 할 말들이 뒤죽박죽 섞이기 시작했다. 여자의 손을 잡아끌고 싶었다. 어디든 사람들 속에 섞여 무작정 걷자고 말하고 싶었다. 그러다가 밤이 오면 여자가 모르는 밤거리에 대해 말해주고 싶었다. 여자는 굽이 높은 구두를 신고 있었다. 그는 맥이 풀린 채 여자 옆에 가만히 앉았다.

오늘만 날이 아니잖아요. 여자는 처음에 고집을 부렸다. 그럼 미천골 계곡으로 드라이브나 가시겠습니까. 그는 말했다. 양양은 먼 거리다. 가방을 찾아준 대가로 요구하기엔 무리한 부탁이라는 걸 잘 안다. 그러나 상대방이 도저히 들어줄 수 없는 큰 부탁을 먼저 한 뒤엔 실제로 원하는 보다 작은 부탁을 말할 수 있다. 그는 물고기들을 보러 가자고 말했다. 여자는 그것까진 거절하지 못했다. 그는 드디어 여자의 문간에 발을 들여놓았다고 생각했다. 완강하게 버틴 보람이 있었다. 그는 여자를 깨웠다.

여자는 상어나 혹돔 따위엔 관심이 없었다. 만난 지 삼십 분도 지나지 않아 여자는 주의력이 산만해지기 시작했다. 그는 여자의 잠긴 문을 열기 위해서 진땀을 흘렸다. 준비한 화제는 모두 동이 난 상태였다. 그는 끝내 자신이 입을 다물게 될까봐 조바심을 쳤다.

그렇게 손끝으로 낙서하는 걸 좋아하시는 모양이에요.

고개를 숙인 채 테이블 위를 손끝으로 문지르고 있던 여자가 고개를 들었다. 사람은 자기가 무의식적으로 취한 행동을 지적받게 되면 순간적으로 당황하기도 하지만 관심을 가져준 것에 대해 호감을 갖기도 한다. 그는 여자의 주의를 끄는 데 일단 성공했다고 여겼다. 여자가 이건 그냥 버릇이에요, 라고 입을 열었기 때문이다. 여자가 말할 때 그는 여자의 입

176

김을 후룩 들이마셨다. 여자의 이빨 냄새도 맡았다. 여자의 혓바닥을 쓸고 더듬고 싶어졌다. 그는 여자가 더 많은 말들을 하길 바랐다.

난, 같이 사는 사람이 있어요. 자꾸 이러시면 곤란해요.

혓바닥 밑에 침이 괴었는지 여자가 말을 하다 말고 꼴깍 침을 삼켰다. 여자는 그걸 침이라고 생각할 것이다. 그에겐 젖과 꿀이다. 그는 여자를 따라 침을 삼켰다. 여자의 다문 두 입술이 꼭 맞닿아 있었다. 붉은 경계의 표시처럼 보이기도 했지만 그는 그걸 믿지 않았다. 여자의 입술 속으로 들어가고 싶은 욕망이 더욱 커졌다. 입술. 그건 영혼이 빨려들어가는 통로라고 믿고 싶을 뿐이었다. 여자는 결혼한 건 아니라고 덧붙였다. 다행이네요, 이런 제기랄.

지금 뭐라고 하셨어요?

긴장을 풀기 위해서 그는 여자가 듣지 못하도록 자꾸만 혼잣말을 했다. 여자가 뭐라고요? 뭐라고 했어요? 라고 마치 그녀처럼 되풀이해서 물었다. 그렇게 연신 물어서 끝내 그의 입을 열게 만드는. 여자는 가방에서 아스피린을 꺼내 삼켰다. 여자의 목뼈가 힘차게 움직였다.

그 남잔 담배를 아주 많이 피우는 사람이죠.

여자도 미리 할말을 생각했던 것일까. 한번 말문을 열기 시작한 여자는 내처 말을 이었다.

그런데 담배꽁초를 아무 데나 버려요. 길바닥에 버리는 건 예사고, 우유를 먹고 나면 우유곽이 꽉 찰 때까지 거기다 꽁초를 빽빽하게 꽂아둬요. 보도블록 틈에다 비벼끄기도 하구요. 심지어는,

그런 사람들, 많아요.

그는 말했다. 가로수 나뭇가지 틈에다 담배꽁초를 꽂아놓는 사람도 있

고 벤치의 벌어진 틈에다 끼워놓는 사람도 있다. 자기 영역을 표시하는 들고양이의 오줌처럼 맨홀의 동전만한 구멍에다가도 수직으로 꽂아놓은 걸 본 적도 있다. 거리의 쓰레기통이나 지하철 구내, 상가 앞에 내놓은 배달 음식 그릇에 수십 개의 빽빽이 꽂힌 담배의 누런 필터들, 썩은 나무 둥치에다 쑤셔박아놓은 꽁초들에 대해 그는 설명했다. 도저히 더는 들어갈 수 없는 틈으로도 사람들은 겹겹이 꽁초를 끼워넣었다. 불을 댕기면 거리는 하나의 거대한 담배로 활활 타오를 것만 같다. 그는 자신은 담배를 피우지 않는다고 말했다. 여자는 담배를 싫어하는 건 아니라고 했다. 다만 같이 산다는 남자가 아무 데나 담배꽁초를 비벼끄는 걸 참기 힘든 것처럼 보였다. 그는 담배꽁초를 현수막으로 날려 기어이 불을 낸 행인의 이야기를 들려주었다. 그때 거리가 얼마나 환해졌는지, 한쪽만 바라보고 걷던 사람들이 일제히 걸음을 멈추고 그걸 마냥 구경하더란 이야기도 들려주었다.

지독한 사람들이에요.

여자는 정면으로 그를 쳐다보았다. 또 한 알의 아스피린을 삼켰다. 여자의 입술이 살짝 벌어졌다. 여자의 첫번째 입술이다.

처음에 그는 입술은 하나면 충분한 것 아닌가 생각했었다. 그건 아니었다. 입술이 하나 더 있을 수 있다는 가능성에 대해선 한 번도 생각해본 적이 없기 때문이다. 유방이 세 개 달린 여자 이야기는 들어봤지만 입술이 두 개라는 여자는 처음이었다. 그는 잠시 난감해졌다. 차라리 유방이 세 개라면 하나는 한 손으로 주무르고 두 개는 번갈아가며 입술로 빨 수 있을 텐데. 하긴 입술이 두 개라면 그것도 하나는 입을 맞추고 다른 하나의 입술이 아래쪽에 있다면 거기엔 성기를 밀어넣을 수도 있겠다.

그것도 해파리처럼 유연하게 벌어졌다 오므라들었다 할까. 아무튼 그건 색다른 느낌일 것이다. 그날, 헤어지기 전에 그는 여자에게 물었다. 당신, 혹시 마술삽니까? 여자는 아니라고 했다. 성기를 말하는 것 아니냐는 질문에도 역시 아니라고 했다. 그는 아주 차가운 금속을 만졌을 때처럼 온몸이 여자의 살갗에 찰싹 달라붙는 것을 느꼈다. 여자가 그의 열기를 통째로 빨아들이고 있었다.

여자는 오늘도 발목까지 내려오는 긴 치마를 입고 있었다. 여자의 다른 입술 하나는 왼쪽 무릎 뒤에 달려 있다고 했다. 그는 여자가 말을 할 때마다 무릎 뒤의 두번째 입술은 어떤 생김새를 하고 있는지 궁금해졌다. 입술이 두 개라면 말도 더 많이 할 수 있을 텐데.

헤어지지 못해서 살고 있는 건 아녜요.

여자는 못을 박듯 말했다. 그는 남자가 담배꽁초를 아무 데나 끼워놓는 게 문제가 아니라 누구도 헤어지자는 말을 하지 않는 게 문제일 거라고 단정했다. 그 말은 하지 않았다. 여자에게 그런 말은 때리면 때릴수록 더 깊이 박히는 못이 될 테니까. 그는 잠시 머물러 있어도 많은 것을 보고 가는 손님처럼 여자의 많은 것을 보았다고 느꼈다.

버스 정거장 앞에서 여자는 그에게 손을 내밀었다. 여자에게 입맞추고 싶었다. 둥근 모양의 근육, 여닫을 수 있는 한 쌍의 주름살, 기쁨을 빨아마실 수 있는 빨간 구멍. 손을 잡는 대신 그는 여자와 마주 보았다. 키스는 상대의 육체를 정면으로 마주 보는 자세에서 시작된 행위다. 여자에게 더 가까이 다가갔다. 빈틈을 채우고 싶었다. 키스를 할 때의 그 고독과 친밀감을 동시에 여자에게 느끼고 싶은 갈망으로 몸이 뜨거워졌다. 여자가 입술을 벌려 말했다.

말을 한다고 해서 그게 다 자신의 이야기를 하고 있는 건 아니잖아요.
그런데 그쪽은 특히 더 그런 거 같아요. 다음엔 그쪽 얘길 듣고 싶어요.

난, 나는 내내 내 얘기만 한 것 같은데.

무슨 이야길 했죠?

……!

말이 많은 건 나쁘다곤 할 수 없지만,

포도즙보다 달콤하고 실 여자의 침. 그는 여자의 침을 생각했다.

말이 많아지고 있는 이유에 대해 생각하고 있는 중이에요.

……어쩌면 그건 내 말이 상대방에게 전달되지 못했을 거라고 생각하기 때문이 아닐까요.

여자는 그가 한 번도 생각하지 못한 이야기만 한다.

말은 그쪽이 건너는 다리라고 생각하세요. 단단한 다리가 아니면 그쪽은 건너지 않을 테니까요. ……난, 내가 하는 말들이 모두 나쁜 씨가 될까봐 겁이 나요. 좀 비켜줘요, 버스가 왔어요.

여자의 말이 귀에 웅웅 울렸다. 여자의 입술 두 개가 한꺼번에 말을 시작했기 때문일지도 몰랐다. 그는 한 걸음 물러섰다. 버스가 출발할 때 창가에 앉은 여자가 가볍게 손을 흔들었다. 그는 그게 여자가 보내는 손의 키스라고 생각했다. 닿을 수 없는 것을 닿을 수 있는 것으로 만드는. 몸 어딘가에 볼트를 끼워넣는 느낌 때문에 그는 부르르 몸을 떨었다.

남자는 오후 두시가 넘어서 대문을 밀고 나왔다. 여자가 사는 반지하방 계단에서 남자가 올라오는 것을 봤을 때 그는 당황했다. 처음부터 미행을 하려던 것은 아니었다. 그는 맞은편 슈퍼 앞 간이의자에 앉아 있다가 벌떡 일어났다. 남자가 그의 앞을 지나 슈퍼 안으로 들어갔다. 횡단보도 앞엔 녹색 신호를 기다리는 사람들이 서 있었다. 요구르트를 한 입에 다 털어넣은 그는 길을 건너야겠다고 생각했다. 남자는 밤에도 외출을 할 것이고 남자를 만날 수 있는 방법은 많을 것이다. 꼭히 여기가 아니라도 가능하다. 이젠 남자의 얼굴을 아니까. 여자 집으로 들어가는 골목은 한낮인데도 쓰레기 악취가 코를 찔렀다. 여자 집과 슈퍼 앞으로 이어져 있는 긴 스티로폼에서 자라는 호박 넝쿨들이 전신주를 휘감고 올라가고 있었다. 여자의 허리 높이쯤 돼 보였다.

슈퍼에서 나온 남자는 새 담뱃갑을 뜯어 불을 댕겼다. 남자가 그의 얼굴을 흘깃 돌아봤다. 그는 빈 요구르트 병을 플라스틱 테이블에 내려놓고 자리에서 일어났다. 일어나면서 그는 너무 늦었다고 생각했다. 남자의 시선이 그의 이마께에서 떠나질 않고 있었다. 그는 자리에 도로 주저앉았다. 키가 껑충한 남자를 올려다봤다. 사람을 쏘려면 먼저 그 사람이 탄 말부터 쏘라고 했다. 그는 밤이 찾아오기만을 기다리고 있었다. 남자는 횡단보도 쪽으로 걸음을 옮겼다. 뒷머리께가 약간 벗어지기 시작하는 남자의 뒷모습을 마음놓고 쳐다보았다. 남자가 획 뒤를 돌아다봤다. 사선으로 비긴 그와 남자의 눈이 전신주와 우체통 틈에서 부딪쳤다. 땡볕을 뚫고 남자가 성큼 파라솔 쪽으로 걸어왔다.

여자와 남자가 닮았다는 생각이 든 건 채 오 분도 지나지 않아서였다. 이목구비가 닮은 생김새 때문이 아니었다. 남자도 여자처럼 말이 없는 편에 속했다. 그는 남자들과 대화하는 건 익숙지 않았다. 남자들의 가방을 손에 넣어본 적도 없다. 그는 목도리를 풀어 주머니에 구겨넣었다. 여자가 말이 없는 건 남자 때문일지도 모른다. 말은 혼자 하는 게 아니니까. 함께 사는 남자가 말을 하지 않는다면 집에 있는 동안 여자는 남자가 키우는 물고기들이나 새들하고 말을 나눌 수밖에 없을 것이다. 침묵은 때로 무지에서 오기도 한다. 그는 남자를 한껏 비웃고 싶은 기분이 들었다. 남자는 그래 이번엔 얼마요? 라고 물어왔다.

당신, 향애가 보내서 온 사람 아뇨?

······!

향애. 그게 여자의 이름이었나. 그는 무턱대고 고개를 끄덕였다.

이런 넨장맞을, 다 끝난 줄 알았더니.

남자는 인상을 쓰더니 담배를 구둣발로 비벼껐다. 그는 빈 요구르트 병을 남자 쪽으로 밀어주었다. 남자가 담배 한 대를 내밀었다. 그는 기민하게 남자를 주시했다. 남자를 알게 되면 여자에 관해 더욱 많은 것들을 알 수 있을 것이다.

남자는 여자와는 달랐다. 남자는 말을 빙빙 돌려서 하는 버릇을 갖고 있었다. 남자는 짧은 몇 마디 말을 하는 동안에도 물론, 하지만, 그럼에도 불구하고 등의 수식어를 지나치게 많이 사용했다. 그건 자신의 감정을 회피하고 있다는 증거다. 남자가 하는 말들은 자신에 관한 것이었지만 자신의 것이 아닌 양 들렸으며 또 앞에 앉은 그에게 하는 말이 아닌 것처럼 막연하게 들렸다. 남자는 마치 제가 키우는 새나 물고기들에게 말을 건네고 있는 것처럼 보였다. 그는 답답해졌다. 할 수 있다면 남자에게 수식어들을 다 빼고 말하게 만들고 싶었다. 말은 강렬한 접촉 수단의 하나이다. 남자가 모르는 것은 너무나도 많았다. 서로 접촉이 이루어지지 않고 있는데도 그것을 못 알아차린 채 계속 이야기를 나누는 것은 결국 대화의 단절을 가져오는 원인이 된다. 그는 입을 다물고 말았다. 남자는 향애라는 여자에 관해 이야기하고 있었지만 그것조차 그 여자에 관한 것인지 아니면 남자도 그도 전혀 모르는 여자의 이야기를 하는 것인지 분간이 서질 않았다. 그는 남자와 여자가 하루 종일 한마디도 하지 않는 날들이 많을 거라고 짐작했다. 그래서 누구도 먼저 헤어지자는 말조차 하지 않는 거라고. 그는 슈퍼로 들어가 우유 두 팩을 사왔다.

향애.

대부분의 사람들의 것처럼 여자 수첩에도 정작 자신의 이름은 씌어 있지 않았다. 단 한 번도 이름을 부르지 않고도 그녀를 두 번씩이나 만나다니. 벌컥 우유를 들이켰다. 남자는 여자가 말한 것처럼 담배꽁초를 빈 요구르트 병이나 우유곽에 버리지 않았다. 발밑에 떨어뜨려 구두 뒤축으로 약간 세게 비빌 뿐이었다. 남자의 말만 듣곤 여자에 관해 알 수 있는 게 거의 없었다. 향애라는 여자가 무슨 일을 했는진 모른다. 향애라는 여자 때문에 남자는 자주 낯선 사람들의 방문을 받는다. 돈 때문이다. 그건 향애라는 여자 이야기다. 남자는 화가 나 있었다. 하지만 처음 있는 일도 아니다. 황소를 성나게 하는 건 붉은색 천이 아니라 그 펄럭거리는 움직임 때문이다. 남자가 화가 난 건 향애라는 여자 때문에 돈을 받으러 온 사람이나, 일을 그렇게 만든 향애라는 여자도 아닌 다른 무엇일 거라고 그는 짐작했다. 펄럭거리는 움직임. 남자한텐 그게 무엇일까. 그는 남자한테서 느껴지는 돌연한 친밀감 때문에 몹시 불안해지기 시작했다. 그가 침묵을 지키고 있자 남자의 기세는 누그러졌다.

곧 태풍이 몰려올 거라고 합니다.

남자는 말을 돌렸다. 그가 말을 안 하는 이유가 이번엔 액수가 제법 크기 때문이라고 생각하는 것 같았다. 그래서 그는 더욱더 입을 열 수가 없었다. 태풍은 대한해협으로 비켜갈 수도 있고 세기가 약해져 소멸돼버릴 수도 있다고 말하고 싶은데, 하고 싶은 말도 입에서 나오지 않았다. 여자도 그럴까. 슈퍼 주인여자가 나와 대야에 담긴 물을 입구 쪽에 쫙쫙 뿌렸다. 물은 가운데 정점을 향해서 맹렬히 타들어가는 불꽃처럼 순식간에 마르기 시작했다.

그는 자리에서 일어났다. 남자도 따라 일어섰다. 횡단보도 앞에서 신호를 기다렸다. 남자는 그에게 또 언제쯤 찾아올 거냐고 물었다. 시간을 달라고도 했다. 그는 횡단보도를 다 건넌 후에 인도로 슬쩍 뛰듯이 올라섰다. 자주색의 국화형 보도블록이 촘촘히 깔려 있었다. 그는 남자에게 향애라는 여자의 돈이 아니라 보도블록에 관해 이야기해주고 싶었다. 그는 발끝을 보고 걷는다. 자세히 들여다보면 보도블록들도 지역마다 동네마다 다 다르다. 기본형인 직사각형 잿빛 보도블록은 이제 찾아보기 힘들다. 기본 블록을 응용한 녹색이나 적색의 이형 블록들, 호박돌무늬 블록들이 사방에 깔려 있다. 장애인을 위한 도도록한 점자형과 유도형 블록도 늘고 있다. 장애인들도 밤에는 거리로 나온다. 그는 여자의 집 주변에 밋밋한 잿빛 민무늬 보도블록이 아니라 육각형의 국화형 보도블록이 깔려 있다는 사실에 우쭐한 느낌이 들었다.

그거 압니까?

그는 남자에게 윽박지르듯 물었다.

뭘 말요?

남자가 그를 쳐다봤다.

여긴 들고양이가 가장 많은 동네라는 걸요.

그는 곧장 집으로 돌아왔다. 남과 비교해서 느껴지는 우월감, 그 기쁨과 만족은 생각보다 컸다. 향애. 그는 여자의 이름을 크게 부르면서 아랫배에 힘을 주었다. 몸 밖으로 알 하나를 밀어내는 느낌이었다. 쾌변이었다.

*

그는 그녀에게 우산을 총이라고 우기는 아이에 관해 물었다. 노란 아이들의 집으로 그는 사내아이를 찾아갔다. 그는 가슴에 품은 총 한 자루를 슬쩍 꺼내 사내아이에게 내밀어 보였다. 그리고 물었다. 얘야, 이게 뭐니? 사내아이가 피식 웃었다. 이 아저씨 정말 웃기네. 그는 딸깍 소리를 내며 총을 장전했다. 그리고 또 얘야, 이게 뭐처럼 보이니? 물었다. 사내아이가 큰 소리로 그녀를 불렀다. 선생님, 이 아저씨가 자꾸만 저를 놀려요. 그는 품안에서 우산을 꺼내들고 물었다. 사내아이가 울음을 터뜨렸다. 아이는 아직도 우산을 총이라고 우기고 있을까. 어쩌면 우산은 정말 총이 아닐까. 그는 혼란스러워지는 것을 느꼈다. 그녀는 화상당해 버림받은 아이에 관한 이야기를 새로 들려주었다. 씻길 때마다 아이는 그녀를 붙잡고 이제 지워져? 조금 지워졌어? 비누칠 좀 세게 해주세요, 없어지게 해주세요, 흐느낀다고 하였다. 아이는 하루 종일 물 속에서 비누

거품을 뒤집어쓴 채 지낸다고 했다. 그녀는 한숨을 내쉬었다. 낮에는 노란 아이들의 집에서 일하고 밤이면 스며들듯 거리로 나오는 여자다. 그는 그녀에게 묻고 싶었다. 혹시 정말 우산은 총이 아닐까. 그러나 그는 사내아이처럼 버림받을까봐 누구에게도 그 말은 하지 않았다.

이상한 여자를 만났어.

그녀는 귀가 어두운 사람처럼 뭐라고? 뭐라고? 되묻고 있었다. 어느 순간부터인가 그는 그게 자신의 입을 열게 하기 위한 하나의 방법이라는 것을 알아차렸다. 뭐라고? 뭐라고 했어? 라고 물으면 다시 대답하지 않기는 힘들다. 그것도 단둘이 있을 때는. 그는 그것이 그녀와 헤어지지 못하는 이유는 아닐까 생각한 적이 있었다. 오랜만에 그녀의 얼굴을 똑바로 바라보았다. 그녀를 만나던 밤이 떠오른다. 그녀는 마치 자살을 시도할 사람처럼 몹시 신중한 태도로 욕조를 고르고 있었다. 그녀와는 밤의 거리에 대해서 이야기를 나눌 수 있다. 오늘은 꼭 그녀에게 헤어지자는 말을 해야겠다고 한 다짐이 흔들릴까봐 얼른 시선을 돌렸다. 단단한 끈이라도 붙잡듯 여자를 생각했다.

그 여자와 남자. 그들은 침묵을 공유할 수 있는 관계다. 그건 사랑보다는 우정에 더 가깝다. 그는 여자와 남자의 관계를 이해하려고 애썼다. 현재의 관계가 만족스럽지는 않지만 더 나은 대안이 없기 때문에 그 관계를 지속할 뿐이라고. 그녀와 그의 관계처럼. 헤어지자는 말은 쉽게 나오지 않았다. 헤어질 만한 충분한 이유도 찾지 못했다. 그는 여자를 생각했다. 그녀가 없는 시간을 상상했다. 그녀와 헤어지는 것은 불가능한 일인지도 모른다. 그러나 여자를 만난 이후 그는 일곱 개의 산을 사이에 두고 있는 것처럼 그녀에게서 멀리 떨어져 있는 자신을 발견했다.

무슨 말을 한 거야? 누굴 만났다고?

그녀가 되물었다. 그는 돌아누웠다. 그녀가 그의 한쪽 팔을 끌어당겨 베고 누웠다. 욕조에 너무 오래 몸을 담그고 있었기 때문일까. 그녀에게서 축축하고 습한 냄새가 풍겼다. 그 여자를 만났을 때처럼 특별한 자장이 느껴지는 사람들이 있다. 그녀를 만났을 때도 그런 느낌을 받았다. 그녀는 욕조를 그의 집으로 옮겨왔다.

그때 내가 말한 언니 기억나?

그는 고개를 끄덕였다. 그녀와 사촌이라는 여자.

며칠 전에 그 언닐 만났어. 그새 얼굴이 못쓰게 됐더라구. 입술도 새파랗게 질려갖곤.

졸음이 쏟아지기 시작했다. 어느 땐 그녀가 말을 멈추고 그냥 욕조 속에 틀어박혀 있었으면 좋겠다는 생각이 들 때가 있다. 그는 자신이 언제부터인가 상대의 호의를 거절하지 못한다는 것을 깨달았다.

졸업한 게 언젠데, 글쎄 고등학교 교정을 다시 찾아갔다는 거야.

그럴 수도 있지, 뭐 그게 대단한 일이라고.

아니 그게 아니라. 수위한테는 조카가 다니는 학교라고, 그애 담임을 만나러 왔다고 거짓말을 하곤 학교로 들어갔대. 교실도 둘러보고, 교정에 오래오래 서 있었다는군. 아무도 아는 사람이 없어서 그게 견딜 수 없었다는 거야. 자기는 그때 일을 다 기억하고 있는데.

그때 무슨 일이 있었는지, 우선 그것부터 물어봤어야지.

말을 안 하잖아, 꼭 당신처럼.

……거길 왜 갔대는데?

글쎄, 나도 그 언닐 이해하기 힘들어. 그때 거기다 뭘 두고 왔다는 거야, 그걸 찾고 싶대.

뭘 두고 왔는데?

그걸 내가 어떻게 알아. 언니도 그게 뭔지 잘 모르는 거 같던데.

혹시 돈 같은 거 아냐?

이이는 정말. ······그냥, 꼭 다시 찾아야만 하는 거라고 했어. 근데 그 표정이 정말 슬펐어. 금방이라도 눈물을 뚝뚝 떨어뜨릴 거 같더라니까. 내가 다 마음이 아프더라.

그 여자 미친 거 아냐?

벌써 아주 오래 전 일인데, 언니는 왜 아직도 그 근처를 서성거리고 있는지 모르겠어. 나 다음엔 교복을 사입고 갈까? 라고 말할 땐 귀신처럼 무섭더라니까.

거봐, 미친 게 틀림없다니까 그래.

그 언니 옛날에 합창반이었거든. 그 학곤 일 주일에 한 번씩 노천극장에 다 모여서 예배를 보곤 했었대. 언닌 그때마다 하얀 세라복을 입고 합창단들 속에 섞여서 노래를 부르곤 했었어. 시간이 이렇게나 많이 지났는데, 대체 거기다 뭘 두고 왔다는 걸까.

이봐.

그는 그녀의 입을 막았다.

······어렸을 때 말야. 담임선생한테 매일 일기장을 검사받아야 했어. 난 일기에 매일매일 담임선생님 이야기를 썼어. 오늘은 선생님이 나한테 무슨무슨 칭찬을 해줘서 정말 기뻤다, 친구랑 싸웠는데 내 편을 들어줘서 눈물이 쏟아지게 고마웠다, 나는 세상에 태어나서 우리 선생님처럼 이쁜 여잔 본 적이 없다, 선생님이 우리 엄마였으면 좋겠다······ 그래, 물

188

론 칭찬 일색이었지. 난 영악한 놈이었어. 선생님은 기뻐하는 거 같았어. 아이들 앞에서 칭찬도 받았지, 일기를 잘 쓴다고 말이야. 근데 어느 날 선생님이 날 부르는 거야. 선생이 일기장을 내 얼굴에 대고 던졌어. 넌 지겹지도 않냐? 이제부턴 제발 니 얘길 좀 써라, 일기는 바로 니 얘기를 쓰는 거야, 이 바보 같은 새끼야! 그때 선생의 표정을 잊을 수가 없어. 거 짓말 좀 그만 해. 그것도 선생이 한 얘기야. 내가 거짓말하는 걸 어떻게 알았는지 난 그게 어리둥절할 뿐이었어. 그건 지금도 마찬가지긴 하지만 말야. ……노란 아이들의 집 애들이나 사촌 얘기 말고 이제부턴 당신도 당신 자신의 얘길 좀 해봐.

어머!

그녀가 손뼉을 딱 쳤다.

당신, 이렇게 길게 말할 줄도 아네.

그는 충동적으로 그녀를 돌아다봤다. 그녀의 눈은 감탄으로 빛나고 있었다. 그러나 그는 주춤했다. 그를 향해 정지된 게 아니라 먼 곳을 향해 타박타박 걷고 있는 눈이었다. 그는 그녀가 그녀의 사촌이라는 여자처럼 그때 두고 온 뭔가를 찾으러 나간다고 할까봐 두려워졌다. 지금 같이 나 갈까? 그녀에게 속삭였다. 새로운 빛이 거리를 가득 채우고 있는 시간이 다. 그녀는 지금은 싫다고 했다. 깊은 안도를 느끼며 그녀를 끌어당겼다. 그리고 지금이 섹스를 해야 할 순간이라는 것을 알아차렸다. 그는 손발 이 쪼그라드는 느낌을 떨쳐내며 간신히 몸을 일으켜세웠다. 그녀의 입술 을 더듬었다. 한 번도 닿아보지 못한 그 여자의 입술을 떠올렸다. 그리고 여자의 또하나의 입술을. 여자의 혓바닥의 도도록한 맛봉오리들을 쓰다 듬고 핥고 싶었다. 사정을 하기 전에 그는 그녀의 얼굴을 밀어냈다. 그녀가 허리를 바르르 떨면서 그의 입술을 찾았다. 그는 한사코 얼굴을 피했다. 절정의 직전에 하는 키스를 그는 피했다. 그때의 입술은 입의 부드러운 통로가 아니라 질의 날카로운 이빨로 돌변한다. 여자들의 이빨은 상어처럼 돌변해 그를 물어뜯을 것이다. 그 순간 그는 절정을 느끼는 것이 아니라 남근기의 소년처럼 성기를 잃어버릴지도 모른다는 불안감에 사로잡히곤 했다. 그는 자신의 입술이 너덜너덜 뜯겨나가 피투성이가 된 모습을 상상했다. 그녀가 그의 어깻죽지를 잡고 마구 흔들어댔다. 그는 무른 지반 위에 세운 집처럼 자신이 문득 기우뚱거리는 것을 느낀다.

*

여자는 침울해 보였다. 그는 처음 만났을 때 여자가 침묵을 지키던 순간을 떠올렸다. 지금도 그 순간처럼 곤혹스럽기는 마찬가지였다. 여자의 문간에 발을 들여놓았다는 건 착각일지도 몰랐다. 무슨 말을 해야 할지 몰라 그는 입을 다물고 있었다. 여자는 그래도 말이 없었다. 그의 침묵은 아무런 효과가 없었다. 혹시 남자를 찾아간 사실을 여자가 알게 된 건 아닐까 생각했다. 여자는 그 일에 관해서는 모르는 눈치였다. 남자는 생각보다 썩 괜찮은 사람인지도 모른다. 그는 초조해졌다.

심심하죠? 내가 노래 한 곡 불러줄까요?

여자의 닫힌 문을 열 수 있는 방법은 아무 데도 없는 것 같았다.

노래요?

여자가 그를 쳐다봤다.

네, 노래요. 노래 좋아해요?

그러믄요.

여자 눈빛에 생기가 돌았다. 난감해진 그는 자포자기의 심정으로 이렇게 노래를 불렀다.

강낭콩 옆 빈 콩깍지는 완두콩 깐 빈 콩깍지이고 완두콩 옆 빈 콩깍지는 강낭콩 깐 빈 콩깍지이다. 신인 샹송 가수의 신춘 샹송 쇼, 멍멍이네 꿀꿀이는 멍멍해도 꿀꿀하고 꿀꿀이네 멍멍이는 꿀꿀해도 멍멍하다. 앞집 팥죽은 붉은팥 풋팥죽이고 뒷집 콩죽은 햇콩죽이고 우리집 깨죽은 검은깨 깨죽인데 사람들은 풋팥죽 콩죽 깨죽 먹기를 싫어하더라…… 재미있어요?

무슨 그런 노래가 다 있어요?

또 있어요.

내가 그린 구름 그림은 새털구름 그린 그림이고 네가 그린 구름 그림은 뭉게구름 그린 그림이다.

……그런 건, 노래가 아니에요.

여자가 차분하게 말했다.

난 사실 노랜 부를 줄 몰라요. 이건 그냥 내가 발음 연습할 때 해보는 겁니다. 말을 잘하기 위해선 이런 연습도 필요할 것 같아서. 혼자 오랫동안 입을 꾹 다물고 있으면 정말 심심하거든요…… 재미없었나보군요.

……

내가 진짜 재밌는 얘기 해줄까요?

이렇게 그냥 가만히 있는 것도 좋아요.

향애씨, 혹시 멀미할 때 붙이는 약이 뭔지 알아요?

……귀밑에, 요?

빙고! 그럼 요즘 새로 나온 피임약은 뭔지 알아요?

몰라요.

그 밑에요. 그럼 치질약은 뭘까요?

그만 하세요.

맨 밑에요. 하하, 재미있죠?

그만 하시라니까요.

여자의 목소리가 너무도 가라앉아서 그는 벌어진 입을 채 다물지도 못했다. 오늘은 어떤 말로도 여자의 입을 열게 할 수 있을 것 같지 않았다. 그는 낙담했다. 여자의 마음을 사로잡기 위해서 그는 할 수 없이 비장의 카드를 꺼냈다.

향애씬 어깨가 참 섹시해요.

자주 써먹는 건 아니지만 그가 아는 한 성적인 감각을 자극하는 말은 여성의 마음을 쉽게 사로잡을 수 있는 세 가지 방법 중 하나였다. 이 말로도 통하지 않으면 나머지 두 가지 방법을 실행해볼 참이었다. 그런데 여자가,

그만 하라고 했잖아요, 제발 제발 그만 하세요!

고함을 질렀다. 그는 두 팔을 축 늘어뜨리고 말았다. 여자는 금방이라도 울음을 터뜨릴 것만 같았다. 고개를 푹 꺾고 있었다. 여자의 어깨는 전혀 성적인 흥분을 불러일으키지 못했다. 그는 차라리 어깨가 아니라 입술이 섹시하다고 말할걸 그랬다고 후회했다. 그러나 여자의 입술은 오늘 따라 푸른빛이 감돌았다. 그럴 땐 무릎 뒤쪽의 붉은 입술과 맞바꿔도 좋을 텐데. 여자가 또 소리를 질러댈까봐 그 말은 하지 못했다.

저기요, 향애씨.

그는 나무의자에서 벌떡 일어나 땅바닥에 수직으로 세 개의 선을 그었다. 이것 좀 보세요. 첫번째부터 이건 A막대기이고 두번째 건 B, 그리고 이 세번째 막대기는 C라고 붙일게요. 이 첫번째 막대기 밑에서부터 차례대로 커다란…… 그래요 수박, 수박이 좋겠어요. 수박이 꽂혀 있구요, 수박 위엔 작은 멜론요, 그리고 멜론 위에는 그것보다 작은 토마토가 꽂혀 있다고 상상해보세요. 그러니까 크기가 가장 큰 과일이 맨 밑에 있는 겁니다. 이 과일들을 한 번에 하나씩, 크기가 작은 것 위에 큰 게 놓이면 안 되구요, 이것들을 그대로 C막대로 한번 옮겨보세요. 어떻게 할 수 있을까요, 향애씨?

여자가 눈물을 훔쳤다.

한번 해봐요, 향애씬 할 수 있어요.

……먼저 토마토를 B막대에 옮겨놓구요, 그 다음엔 멜론을 C막대에 놓고, 그리곤 수박을, 수박을. 그런데 C막대에 옮겨놓으라고 했나요? 근데 거긴 벌써 멜론이 있네요. 어떻게 해야 하죠? 이걸 정말 그대로 C막대에 옮겨놓을 수 있단 말예요?

자, 보세요. 우선 맨 위에 있는 토마토를 C막대로 옮겨놓습니다, 그 다음엔 멜론을 B막대로 옮겨놓구요, 그 다음엔 C막대에 꽂힌 토마토를 B막대로 옮겨놓는 거예요. 그럼 B막대엔 크기대로 멜론과 토마토가 있는 겁니다. 그리곤 아직 A막대에 있는 수박을 비어 있는 C막대로 옮겨놓으세요. 다음엔 B막대에 있는 토마토를 빈 A막대로 옮겨놓구요, 이젠 B막대에 있는 멜론을 C막대, 수박 위에다 놓구요, 거의 다 옮겼네요. 그럼 C막대엔 맨 밑에 수박이 있고 그 위에 멜론이 있잖아요. 이제 한 번만 더 옮기면 되죠. A막대에 있는 토마토를 C막대로 옮겨서 이렇게 푹 꽂으면, 자 이제 됐네요. 수박과 멜론과 토마토가 처음에 A막대에 있었던 것처럼 그대로 C막대 쪽으로 옮겨졌잖아요.

……정말 그러네요.

보세요, 우린 해냈잖아요. 우린 먼저 옮겨야겠다는 큰 목표를 세웠구요, 작은 것부터 하나씩 하나씩 시작하니까 풀어나갈 수 있잖아요.

……

향애씨. 무슨 일인진 모르겠지만, 문제가 있으면 같이 한번 풀어봐요. 우선 작은 문제부터 곰곰이 짚어보는 게 순서가 아닐까요. 난 향애씨가 그것도 두 개나 있는데 말을 안,

그거, 라뇨?

아, 입술 말입니다.

……네에. 근데 그냥 그거, 라고 하니까 좀 이상하게 들려요.

미안해요, 난 그저.

아니에요, 아니에요, 그렇지 않아요. 제가 제 기분만 생각해서…… 인생이 과일을 옮기는 일만 같다면 얼마나 좋겠어요. 바람이 왜 이렇게 차죠? 비가 올 건가봐요.

그는 비가 오면 가장 먼저 빗물이 고이는 곳은 때로 그 시멘트 발자국이 아니라는 말을 해주고 싶었다. 여자의 입술이 어, 하고 벌어졌다.

어……, 같이 사는 사람이 있다고 내가 말했었죠? 그 사람이 며칠째 집에 안 들어오네요. 오늘 그쪽이 만나자고 해서 반가웠어요. 실은 나도 며칠 동안 아무 말도 안 하고 지냈거든요. 그치만 그 사람이 있다고 해서 우리가 말을 하고 지내는 건 아녜요. 그 사람은 정말 과묵하거든요. 말이

란 건 꼭 사람하고만 하는 게 아니라고 생각하는 거 같아요. 물고기랑 새랑은 찌찌찌찌, 하면서 무슨 신호 같은 걸 주고받는 것 같거든요. 하지만 같이 있으면 밥 먹어라, 씻어라, 텔레비전 좀 꺼라, 하는 말들은 주고받을 수 있잖아요, 아니 그것도 주고받는 건 아니네요. 어떤 땐 너무나 사소해서 말을 안 하는 경우도 있고 또 어떤 땐 자존심이 상해서 안 하는 때도 있어요. 그러다보니까 할말이 없어져요. 아마 그 사람도 그럴 거예요. 그 사람하고 같이 사는 게 나쁘지만은 않아요. 왜 누구든 함께 살 사람이 필요한 때가 있잖아요. 우린 아무 문제 없어요. 저기…… 음, 아주 친한 친구가 있어요. 이건 그 친구 이야긴데, 그애가 정말 좋아한 사람이 있었어요. 벌써 오래 전 일이에요. 친구가 어떻게 애를 써서 기어이 그 사람을 만나게 됐대요. 친구는 매일 약속날짜를 손꼽고 있었어요. 둘이서 공연을 보러 가기로 했거든요. 무슨 음악회였던 거 같은데, 저도 하도 오래 전에 들은 얘기라서 생각이 잘 안 나네요. 약속한 날이 왔는데, 친구가, 그러니까 제 친구가 그만 늦고 만 거예요. ……이유요? 글쎄, 그건 저도 잘 모르겠어요. 아무튼 허겁지겁 도착했는데 공연시간 오 분 전이었고 약속시간은 무려 사십 분이나 늦었더래요. 그 남잔 막 공연장 입구로 걸어가고 있었구요. 제 친구는, 그 사람 뒷모습을 봤대요. 바로 몇 발짝 뒤에서요. 그런데, 그런데 차마 그 사람 이름을 부를 수가 없었다는 거예요. 화가 난 건지, 기다리다 지친 건지 그 사람 등허리가, 옆얼굴이 그렇게 차가워 보일 수가 없었다는 거였어요. 친구는 더 가까이 가지 못했어요. 한겨울이었는데도 등줄기로 땀이 흘러내렸어요. 그 사람은 공연장으로 혼자 들어가버렸어요. 친구는 망연히 거기 서 있다가 집으로 돌아오고 말았어요. 그땐 그것 말고는 할 수 있는 게 없었대요. 너무 마음이 상하거나 아플 땐 먼저 집에 가고 싶잖아요. 친구는 오랫동안 집에만 있었어요. 얼마나 좋아한 사람이었는데, 얼마나 어렵게 만든 약속이었는데. ……전화요? 아뇨, 친구는 그렇게 못 했어요. 그 사람은 친구보다 좀 나이가 많았고 그리고…… 그 사람은 아마 친구가 자신을 놀린 거라고 생각했을지도 몰라요. 어쩌면 그 사람은 약속장소로 나오는 순간부터 그건 잘못된 거라고 생각했을지도 모르거든요. 시간이 많이 흘렀어요. 딱 삼 년이 지났을 때, 그땐 친구가 많이 아팠을 땐데, 전화를 했어요. 전화를 해서는 내가 누구예요, 했대요. 그랬더니 그 사람이 나는 너를 모른다, 그러더래요. 친구는 그때 일을 변명하고 싶었던 거예요. 그럴 기회는 영영 오지 않았어요. 얼마 전에 들은 이야긴데, 그 사람은 여길 떠났다는군요. 친구는 더 아파요. 그렇게나 시간이 많이 지난 일인데. 이젠 만나고 싶어도 만날 수가 없게 됐어요. 가끔 먼발치서 그를 보곤 했었는데. ……그럼요, 위로 같은 거, 많이 해줬죠, 난 친구니까. 그래도 위로가 안 되는 일이 있잖아요. 잊을 수 없는 일이 있잖아요. 그때 이름을 부르기만 했었더라도, 타다닥 달려가서 어깨를 한 번 치기만 했었더라도 어떻게 됐을지 모를 일인데. 정말 사람 일은 모르는 거잖아요. 친구는 그 사람이 간 나라를 빨갛게 표시해놓곤 지도만 들여다보고 있어요. 곧 거기로 떠날 거래요. 이건 정말 제 친구 이야기거든요? 그러니까 아무한테도 말하면 안 돼요. ……제 얘기요? 제 얘긴 별로 할 게 없어요. ……실은 난 그 남자가 돌아오지 않았으면 좋겠다고 생각한 적이 있어요. 나 되게 나쁜 여자죠? 집 안은 새똥 냄새로 가득 차 있어요. 어항 물도 갈아주지 않았어요. 난 그 남자가 그 뜨거운 담배꽁초를 내 입술에다가, 아니 거기에까지 집어넣을까봐 정말 겁이 나거든요.

여자의 입술이 일자로 다물어졌다. 그는 눈을 부볐다. 입술들이 다 어디로 사라졌을까. 여자가 말을 하고 있는 동안 여자의 두 개의 입술, 그 것들이 허공으로 날아올라 수없이 많은 말들을 쏟아냈었는데. 그는 눈을 부비고 또 부볐다. 가로등 불빛으로 먼지 입자들이 활활 날아오르고 있었다. 그새 여자의 입술은 감쪽같이 제자리로 돌아가 있었다. 그는 손뼉을 쳐대는 심정으로 여자에게 말했다.

그, 그거 봐요, 향애씨. 그렇게 말을 많이 할 줄도 알잖아요.

난, 죽고 싶어요.

여자의 입술에 다시 푸른빛이 감돌았다. 그는 그때처럼 같은 실수를 되풀이하지 않기 위해서 호기롭게 얼른 말을 받아쳤다.

에이, 그럼 난 벌써 열 번도 더 죽었게요? 향애씨, 난 벌써 유서도 써봤다구요! 정말이라니깐요!

그는 그것으로 여자보다 한 단수 위인 말을 했다고 생각했다. 그래서 여자의 기를 아주 꺾어놓았다고. 더 빨리 말을 이었다.

카드 칠 땐 서로 주머니가 없는 옷을 입고 치잖아요. 말을 할 땐 바로 그렇게 해야 하는 거라구요, 서로 말예요. 지금 우리가 꼭 그런 거 같아요, 기분이 좋은걸요. 향애씨 얘길, 아니 향애씨 친구 얘길 듣게 돼서.

여자는 입을 다물고 있었다. 바닥엔 아까 그린 막대기와 수박과 멜론과 토마토가 한데 뒤엉겨 있었다. 여자가 가장 크고 무거운 수박 밑동을 한쪽 발로 쓱쓱 문질렀다. 바람이 차다. 그는 목에 두르고 있던 목도리를 풀어 여자 목에 감아주었다. 어둠 때문일까. 여자의 입술은 보이지 않았다.

비가 오면, 추울 거예요. 이게 필요할지도 몰라요. 친구 거였는데, 난 괜찮습니다.

그리고 그는 말했다.

향애씬, 정말 입술이 섹시해요.

*

여자는 자동차를 타고 싶다고 했다. 그는 구형 소나타를 레트했다. 밑창이 튼튼한 운동화를 벗고 오랜만에 구두를 신었다. 차를 타고 싶다던 여자는 구두를 벗고 흰 운동화를 신고 나왔다. 햇살이 뜨거웠다. 여자는 낮에 만나자고 했다. 한낮에 여자의 입술을 보는 건 처음이다. 여자의 입술도 뒤집으면 안과 밖이 똑같이 붉은색일까. 그는 아직도 여자의 두번째 입술을 보지 못했다는 사실을 떠올렸다. 천호대교에서부터 시작해 성산대교까지 열일곱 개의 다리를 건넜다. 여자는 목적지를 말하지 않았다. 다시 한번 W 모양의 한강을 가로질렀다. 휘어진 긴 물줄기가 끝도 없이 이어져 있었다. 그는 여자와 자신이 물의 도시에 살고 있다고 생각했다. 서북부 쪽을 향해 내처 달리다가 차를 돌렸다. 동작대교를 지날 때쯤 여자가 한 곳을 손가락으로 가리키며 물었다.

저기가 어디죠?

그건 아마 중지도라는 섬일 겁니다.

중지도. 처음 들어보는 섬이에요. 거기, 가보셨어요?

그는 고개를 저었다. 그토록 많이 걸어다녔는데 아직 한 번도 안 가본 장소가 있다는 게 뜻밖이었다. 그는 부끄러움을 느꼈다. 여자는 어렸을 적에 밤섬엔 가본 적이 있다고 말했다. 서강대교와 마포대교 사이에 있는 섬. 거기도 가본 적이 없다. 여자와 헤어지고 나면 중지도와 밤섬에 꼭 가봐야겠다고 작정했다. 거기가 사람이 오고 갈 수 있는 섬인지는 알수 없었다. 사람이 갈 수 없는 섬은 어디에고 너무 많았다. 공원 이정표가 보였다. 자동차를 아무 데나 버려두고 뚜벅뚜벅 걷고 싶었다.

여자는 축포처럼 치솟는 분수를 넋을 잃고 쳐다보았다. 길이 이십 미터도 넘는 분수다. 유채꽃과 메밀꽃 무리 사이로 나비떼들이 날아다녔다. 제비나비 한 마리가 여자 무릎 위에 앉았다. 인라인스케이트를 탄 사람들이 휙휙 내달리고 있었다. 처음 와보는 장소다. 그는 여자를 자신이 잘 아는 장소로 데려오지 못한 게 마음에 걸렸다. 시간은 더뎠다. 그는 구두와 양말을 벗었다. 맨발로 바닥을 밟았다. 여자는 가만히 앉아 고개만 돌리면서, 저건요 제비꽃이구요 저 보라색 꽃은 패랭이꽃이구요 저 연노란색은 달맞이꽃이구요 저건 낭아초예요, 했다. 저것들은 모두 나비의 먹이들이에요, 라고도 했다. 그래서 그는 여자에게 가자는 말을 하지못했다. 꽃들과 나비들의 빛깔 때문에 눈앞이 캄캄해지는 느낌이었다. 그런데 여자는 공원에 온 게 사뭇 기쁘다는 얼굴이다. 시계를 들여다봤다. 해는 다섯시에는 지지 않을 것이다. 햇빛 속에서 먼지들이 뿌옇게 날아올랐다. 그는 먼지, 라고 중얼거렸다. 여자는 그게 우리가 살고 있는 이 세계의 파편 같은 거라고 혼잣말처럼 했다. 그는 여자가 자신의 주의를 끌기 위해서 혼잣말을 하는지도 모른다고 생각했다. 그는 뭐라고 그랬어요? 라고 물었다. 공원의 절반이 그늘 속에 묻혔다. 뭐라고 말했어요, 향애씨?

이렇게 낮에 나오니까 좋잖아요. 햇살이 참 따뜻해요. 잠이 올 것만 같아요.

그는 따뜻한 게 아니라 뜨거운 거라고 말하고 싶었지만 참았다.

저것 좀 봐요, 먼지를 뒤집어써도 나뭇잎이 저렇게 초록인 것은 햇빛 때문일 거예요.

그는 아무 말도 하지 않았다. 가까이서만 본다면 어둠 속에서도 나뭇잎은 초록으로 빛난다. 여자에게 그걸 보여줘야 할 텐데.

치솟아 있던 분수는 밤 열시가 지나자 물줄기가 약해지더니 급기야 사르르 죽어버렸다. 여자는 물줄기가 아주 보이지 않을 때까지 쳐다보고 있었다. 분수는 축제의 끝을 알리는 것처럼 미련을 남긴 채 갑자기 사라졌다. 분수가 사라진 자리에는 크고 검은 구멍이 보였다. 물 속에 떠 있는 구멍이었다.

서강대교를 건널 때쯤 그는 여자의 목적지는 처음부터 그의 방이 아니었을까 생각했다. 그는 자신의 집 앞에 차를 세웠다. 아무 말 없이 여자가 차에서 따라 내렸다. 여자의 목적지를 찾은 것에 깊이 안도했다. 걷고 싶다는 생각은 사라졌다.

햇빛.

그는 여자가 말한 햇빛을 생각했다.

여자의 아랫배를 베고 누웠다. 여자의 봉긋한 아랫배는 수없이 많은 비밀을 감추고 있을 것만 같았다. 그는 아래쪽에 있는 다른 입술 하나를 만져보고 싶었다. 왼쪽 다리를 찾아 더듬었다. 여자가 그의 손을 밀어내면서 내가 노래 한 곡 불러줄까요? 했다.

여자의 입술은 어떤 모양일까. 갈망을 숨기느라 붉게 달아오른 입술, 말을 하기 위해 벌어진 입술, 다른 입술을 삼키기 위해 반쯤 벌어진 입술, 신 살구 냄새가 나는 입술, 한 쌍의 비둘기처럼 부리를 맞댈 입술, 내 입술 속으로 들어올 입술, 여자의 입술, 그의 입술, 그래서 네 개의 입술, 두 개의 입, 하나의 영혼…… 그는 상상했다.

내 노래 듣고 싶지 않아요?

여자의 아랫배를 만지던 손을 멈췄다. 몸은 뜨거워지지 않았다. 어쩌면 여자의 입술, 그것도 두 개나 되는 입술, 하나의 성기, 그 모든 것들을 하나도 만족시켜줄 수 없을지도 모른다는 불안감이 들었다. 여자의 구멍구멍들이 급하게 화닥화닥 벌어지면 어쩌나, 그 속의 수천 명의 여자들이 게다를 신고 한꺼번에 타닥타닥 달려오면 어쩌나, 그는 초조해졌다. 얼른 주의를 돌리고 싶었다. 여자에게 무슨 말이든 해야 했다. 그러나 이젠 정말이지 더이상 할말이 없었다. 그는 벌떡 일어나 말했다.

오늘은 아스피린 안 먹어요?

……아, 아스피린요?

그래요, 내가 갖다줄까요?

어둠 속에서 여자가 가만히 고개를 끄덕이는 것 같았다. 아스피린과 물을 찾아왔다. 여자가 아스피린을 삼켰다. 물을 넘기는 여자의 입술이 벙긋 벌어졌다. 여자가 노래를 부르기 시작했다. '우리는 나무들 한 그루 나무들 내가 목마르다 해도 너의 뿌리론 물 먹지 못해 내가 어둠 속에 있어도 너의 등불로 내 마음 밝힐 수는 없는 것 내가 서는 땅에 뿌리내리며 푸른 하늘 높이 가지 뻗으며 스스로 자라야 할 한 그루 나무.' ……노랫소리가 너무나 작았기 때문에 그는 졸음이 쏟아지는 것을 느꼈다.

향애씨, 정말 노래 잘 부르는군요.

난 옛날에 합창반이었거든요.

네에.

좋아한 사람이 있었어요. 그 사람이 가르쳐준 노래예요. 난 햇빛이 쏟아지는 월요일 아침에 노래를 부르곤 했어요. 잔디밭 위로 떨어지던 햇살은 무척 아름다웠어요. 난 뭐든지 할 수 있을 것 같았어요. 뭐든지 될 수 있을 것 같았어요. 난 열아홉 살이었어요. ……노래 한 곡 더 불러줄까요?

그녀는 목소리를 새처럼 높여 말했다. 큼큼, 목청을 돋우었다.

내가 그린 구름 그림은 새털구름 그린 그림이고 네가 그린 구름 그림은 뭉게구름 그린 그림,

에이, 장난하지 말아요, 향애씨.

그가 웃었다. 여자가 따라 웃었다. 웃음소리가 그쳤다. 침묵이 흘렀다. 손가락으로 귓속을 후벼파며 그는 말했다.

아까 그 노래 한번 더 불러볼래요?

싫어요.

여자는 즉각 대답했다.

……!

……

여자가 그의 뺨에 입을 맞췄다. 그는 눈을 감았다. 스치듯 속눈썹과 속눈썹이 닿았다. ……그는 여자의 키스가 단순한 어깨의 기울임이라는 것을 깨달았다. 여자의 입술엔 뜨거운 입김도 차가운 이빨의 감촉도 없었다. 여자는 입술이 영혼에 닿을 수 있는 입김의 통로라는 걸 모르는 것 같았다. 그는 그걸 여자에게 가르쳐줄 의욕이 사라지는 것을 느꼈다. 여자의 입술을 마시고 싶다는 욕구도 사라졌다. 여자의 키스 때문이다. 헌

신을 나타내는 뺨의 입맞춤. 키스는 섹스의 정류장이다. 지나칠 수도 있고 예견돼 있던 것처럼 합일을 이룰 수도 있는. 여자는 멈추는 것을 택했다. 아니 그녀는 지나치고 있었다. 그는 여자의 키스를 헛되게 해서는 안된다고 생각했다. 여자의 아랫배를 쓰다듬던 손을 슬그머니 치웠다. 그는 여자의 왼쪽 손바닥을 펼쳐 안쪽 오목한 곳에 입을 맞췄다. 어둠 속에서도 뚜렷하게 보이는 세 개의 손금을 혀로 핥았다. 여자가 그 손으로 그의 머리칼을 쓰다듬기 시작했다. 그는 오늘 처음으로 평화를 느꼈다. 자꾸만 졸음이 쏟아졌다. 이 행복은 끝나지 말아야 한다고, 선잠 속에서 그는 연신 헛발질을 하고 있었다.

*

아이는 달을 달이라고 부른다고 했다. 아이는 공도 달이라고 부른다고 했다. 수박도 달이라고 부르고 축구공도 달이라고 부르고 사탕도 동전도 인형의 눈도 달이라고 부른다고 했다. 모두 둥글기 때문이다. 그녀는 달을 달이라고 부르는 노란 아이들의 집 아이 이야기를 들려주었다. 아이가 느닷없이 그녀의 젖가슴을 세게 꼬집었다. 그러곤 선생님한테 왜 달이 두 개나 달려 있어? 물었다. 그녀는 아픈 젖가슴을 감싸쥐곤 이건 달이 아니야, 했다. 아이는 고집스럽게 도리질을 쳐댔다. 달이 두 개 있는 건 다 도망을 가. 아이는 자신을 버리고 간 엄마를 부르면서 울었다. 그녀는 아이를 달랠 수 없었다. 노란 아이들의 집을 그만두고 싶다고 말했다. 그래, 거긴 버려진 아이들이 너무나 많다. 아이들은 다시 한번 그녀에게서 버려질 것이다. 하지만 달을 달이라고 부르는 건 얼마나 다행한 일인가.

달은 달이야, 태양도 달이고 호수도 달이고 사과도 달이고 하늘도 엉덩이도 입술도 모두 달이야.

그는 중얼거렸다.

그녀가 어이가 없다는 얼굴로 대체 당신까지 왜 그러는 거야? 한숨을 쏟아냈다.

그것들은 모두 둥글기 때문이지.

첫 단어를 발화하고 나서 육 개월 정도가 지나면 아기의 어휘는 폭발적으로 증가한다. 노란 아이들의 집을 벗어난 아이들은 밤의 거리로 쏟아져나올지도 모른다. 길을 걷다가 우산을 든 아이가 두두두, 총을 쏘아댈지도 모르고 오른쪽 뇌가 손상된 아이가 꽃의 오른쪽 절반만 땅바닥에 그려대고 있을지도 모른다. 그녀가 아무리 애를 써도 그건 이미 생득적으로 결정된 것일지도 모른다. 태어날 때부터 눈이 먼 소년도 당황했을 때 손으로 제 얼굴을 가리는 것처럼.

아이들 얘긴 좀 그만 하라고 했잖아.

왜 이렇게 나쁜 일들이 많이 일어나는지 모르겠어.

그녀가 고개를 푹 떨구었다.

나쁜 게 아니라 당연한 일이지.

그는 정정했다. 그녀는 왜 욕실에 들어가지 않는 걸까. 오늘은 꼭 그녀에게 헤어지자는 말을 해야겠다고 작정하고 있었다. 그녀가 고개를 떨구고 있기 때문에 지금은 그 말을 할 수 없다. 여자와는 금요일에 다시 만나기로 했다. 금요일은 사흘 남았다. 사흘 안엔 꼭 그녀와 헤어질 것이다.

애들 얘기 말고, 그럼 다른 사람 얘긴 해도 돼?

그녀가 눈물이 그렁그렁한 채 물었다.

······그래, 사촌언니 얘기만 빼고.

밤은 길다. 그녀가 욕조에서 나오면 그때 말을 꺼내도 늦진 않을 것이다. 나에게 새 여자가 생겼어. 그녀가 어떤 걸 물어도 침묵을 지키진 않을 것이다.

······ 같이 사는 남자가 조사를 받긴 했지만 혐의가 없었어. 난 처음부터 그 남자가 언니를 죽인 거라곤 생각하지 않았지만, 그건, 사람이 꼭 칼로 찌르고 총을 쏘고 그래야만 죽일 수 있는 건 아니잖아.

그녀는 또 사촌 이야기를 하고 있는 모양이었다.

가장 가까이 있는 사람이 가장 무서운 거잖아. ······언니가 죽었어.

대체 무슨 얘길 하고 있는 거야?

그는 짜증을 숨기며 물었다.

내 사촌언니 얘길 하고 있는 거야.

그 미친 여자 말야?

그렇게 말하지 마. 이젠 더이상 이 세상 사람도 아닌데. 나흘 전에 죽었어.

미친 여잔, 결국 죽게 돼 있어. 너무 슬퍼하지 마라.

그는 그녀를 위로했다.

죽어서, 언니는 그걸 찾았을까?

지금은 그녀가 죽은 사람 이야기를 하고 있기 때문에 헤어지자는 말을 할 수가 없다. 그는 그녀가 밤새도록 죽은 사람의 이야기만 하고 있을까 봐 다급해지고 있었다. 같이 욕조에 들어가자고 말할까. 아니, 거긴 그 말을 하기엔 좋은 장소가 아니다. 훌쩍거리는 소리가 들렸다.

……불쌍한 향애 언니.

……!

지금, 뭐라고 했어?

내 사촌언니 얘길 하고 있잖아.

누 누구라고?

향애 언니……

……그 그러니까 지 지금, 그 이 입술이 두 두 개 있는 여자 얘길 하는 거니?

그는 두 손으로 제 얼굴을 가린 채 말했다.

대체 사람이 왜 그래? 내 말이 듣기 싫어서 그러는 거야? 그럼 이젠 당신이 말해볼래? 응? 응? 그게 무슨 미친 소리야? 세상에 입술이 두 개 있는 사람이 어딨다고!

그녀가 손톱으로 그의 어깨를 할퀴곤 기어이 울음을 터뜨리고 말았다.

그는 뭘 모르면 가만히나 있으라고 그녀에게 소리지르고 싶었다. 왜 빨리 욕실로 들어가지 않는 거냐고, 제발 혼자 있게 내버려달라고 말하고 싶었다. 난 너와 헤어지고 말 거라고, 새 여자가 생겼다고 말하고 싶었다. 하고 싶은 말들은 하나도 나오지 않았다.

그 그러니까.

당신은 진짜 나쁜 사람이야.

이불 위에 엎드린 채 그녀는 흐느꼈다.

내 내가 그 여잘 주 죽인 건 아니야.

자꾸만 헛말이 나왔다.

나흘 전, 여자와 밤을 보낸 다음날이다. 아침에 일어났을 때 여자는 사라지고 없었다. 그는 여자에게 전화를 했다. 여느때와 똑같은 목소리로 여자는 전화를 받았다. 그는 여자에게 말했다. 우리 금요일에 만날까요 토요일에 만날까요? 여자가 웃었다. 그리고 말했다. 금요일에 만나요. 금요일, 금요일은 이제 겨우 사흘 남았는데.

그는 혼자 욕실로 들어갔다. 세게 물을 틀어 욕조 가득 뜨거운 물을 받았다. 그는 물을 받는 데 이렇게 시간이 오래 걸린다는 사실에 새삼 놀랐다. 욕조에 물을 받을 때 사람들은 무슨 생각을 할까. 물을 틀어놓고 담배를 피울까 음악을 들을까 아니면 전화를 할까. 그는 가만히 서 있었다. 수증기가 가득 피어올랐다. 옷을 벗었다. 욕조로 들어가 누웠다. 향애 언니. 그는 중얼거렸다. 눈을 감았다. 그녀는 신중하게 욕조를 고르고 있었다. 쇼윈도 밖에 서 있던 그와 눈이 마주쳤다. 처음 만난 순간은 늘 잊혀지지 않는다. 그게 누구라도. ……그녀의 사촌언니라는 여자는 왜 죽은 걸까. 물이 턱밑까지 차올랐다. 이빨을 악다물었다. 턱이 덜덜 흔들렸다. 그녀가 왜 욕조를 샀는지 이해할 것 같았다.

벌어진 입술 틈으로 여자의 목소리가 웅웅 새어나왔다. 그는 진동을 느낄 수 있었다. 물고기는 듣지 못한다. 물고기는 귀가 없다. 그는 물고기가 되었다.

보도블록 맨 가장자리에 있는 점자형의 보도블록을 따라 걸었다. 점자형 보도블록 옆에는 유도형 보도블록이 깔려 있다. 그는 유도형 보도블록을 밟고 걸었다. 그 길의 끝에는 무엇이 있을까. 발끝이 보도블록에 채었다. 휘청거리지 않기 위해서 눈을 꾹 감았다. 행인들이 그를 피해 가는 것 같았다. 행인들이 한꺼번에 우르르 몰려 그가 모르는 곳을 향해 갔다. 그의 팔꿈치를 치고 지나갔다. 눈을 떴다. 유도형의 보도블록은 끝나 있었다. 거기가 길이 끝나는 곳이라고 생각했다. 사거리가 여덟 개의 길로 보이고 한 사람이 두 사람으로 보이고 한 나무가 네 그루 나무로 번졌다. 불이라도 질러볼까. 그는 혼자 중얼거렸다. 사람들은 불을 보면 그곳으로 모인다. 한 곳으로 모인다. 멀리서도 온다. 앞에 가는 사람들. 무방비 상태로 들고 있는 가방들은 마치 막 무슨 말을 하려는 입술처럼 벌어져 있는 듯 보였다. 그는 앞으로 달려나갔다. 잽싸게 가방을 낚아챘다. 여자가 소리를 질렀다. 사람들은 흩어졌다. 길은 더 넓어졌다. 그것 봐, 불을 질러야 한다니까. 그는 여자에게 소리쳤다. 그는 뛰었다.

*

내가 당신을 찾아온 건,
남자는 말을 끊고 담배를 꺼내물었다.
향애가 왜 죽었는지, 어쩌면 거긴 알고 있을지도 모른다고 생각했어요.
담배연기가 그의 얼굴로 훅 날아왔다.
난 모 모릅니다. 향애씨랑, 같이 산 사람은 바로 당 당신이었잖습니까.
향애 가방에서 아스피린만 발견되지 않았다면 난 살인자로 몰렸을 거요.
……난 나는 향애씨에 대해선 아 아무것도 모릅니다.
거기한테 따지러 온 게 아뇨. 난 당신하고 대화할 필요가 있다고 생각했어요.

208

차라리 미애를 만나보시죠.

그 사람이 누구요?

노란 아이들의 집에서 일하는 여잡니다.

난 그 사람을 몰라요. 향애 주변에 내가 아는 사람이라곤 당신밖에 없소. 혹시 이유를 알고 있다면 말해줬으면 좋겠소.

내가 그 여자를 만난 건 기 기껏해야,

그는 입을 다물었다.

향애랑 난 아무 문제가 없었소.

남자는 담뱃갑을 만지작거렸다. 손끝이 떨리고 있었다.

그래서 난 이런 게 행복이란 거구나, 어리석지만 그렇게 생각했습니다. 우린 말할 필요를 못 느낄 만큼 가까웠소. 상대방에게 내 이야기를 하는 건 상대의 이야기를 듣고 싶어서가 아닙니까. 그러나 나는 향애에 관한 거라면 뭐든지 알고 있다고 생각했소. 향애한테 더 들어야 할 말도 없다고 말요. 그래서 더더욱 말을 안 하게 됐는지도 모릅니다. 이만하면 우린 꽤 괜찮은 관계 아닙니까. 나는 말을 하는 게 정말 싫습니다. 짜증이 나요. 말이란 걸 죄다 꼬챙이에 꿰서 불에 구워버리고 싶을 때가 있습니다. 사람은 말 때문에 망한다고 하질 않소. 당신은 사람들이 말을 왜 한다고 생각합니까? 뜻대로 되지 않으니까 자꾸만 말을 하는 거 아니겠습니까? 그러니까 말을 안 하고 살 수 있는 게 행복한 거라고 생각했죠. 당신, 어디 말 좀 해보쇼. 그 동안 향애랑 무슨 얘길 했는지. 향애가 말을 하긴 합디까? 내 앞에선 꿀 먹은 벙어리마냥 입을 다물고 있었는데. 어쩔 땐 향애가 집에 있는 새나 물고기랑 다르지 않다고 생각했었소. 말을 하진 않았지만 집에 가면 늘 함께 있을 수 있으니까 말요. 그러니까 내 말은…… 이건 향애를 나쁘다고 하는 얘긴 아닙니다. 그렇게 내 앞에서 인상쓰지 마쇼. 당신 뭔가 착각하고 있는 거 같은데, 지금 당신보다 힘든 사람은 나란 말요. ……당신이 향애에 관해 알고 있는 걸 한번 말해봐요. 우리 둘이 얘길 나누다보면 향애가 죽은 이유를 알아낼 수 있을지도 모르잖습니까. ……그게 왜 소용없는 일이요? 사람이 죽어나갔는데. 당신, 그러고 보니까 혹시 사기꾼 아니야? 당신 향애한테 무슨 짓을 한 거요? 혹시 당신이 향애를…… 아, 미안합니다. 정말 미안해요. 이러자고 만나자고 한 건 아뇨. 거기 앉아요. 아직 내 말이 끝나지 않았습니다. 부탁합니다. 난 집에 돌아갈 수가 없어요. 정말이지 무서워서 거긴 갈 수가 없단 말요. 한마디 말도 안 하고 그렇게 죽어버릴 줄 누가 짐작이나 했겠소. 그녀는 처참했어요. 혈관들이 다 터져버렸단 말입니다. 그러지 말고 당신이 향애에 관해 아는 걸 좀 들려주십쇼. 내가 모르는 걸 당신은 알고 있을지도 모르니까. 당신이 얘길 하면 나도 향애에 관해서 말하리다. ……죽고 싶다는 말? 글쎄요, 그런 말은, 한 번도 한 적이 없는 거 같은데. 설령 그런 말을 한 적이 있다고 해도 그걸, 그러니까 당신 말대로 어떤 신호로 받아들일 사람이 어디 있겠습니까. 그냥 그런가보다 하고 넘어가고 말지. 혹시 당신한테는요? ……하긴 향애가 당신을 몇 번이나 만났다고 그런 말을 했겠습니까? ……그럼 그렇지, 당최 자기 얘긴 잘 안 하는 여잔데. 또 뭔가 없습니까? ……이것 봐! 지금 난 농담할 기분이 아니라구. 그러니까 난 지금까지 건강팔찌부터 시작해서 남한테 안 팔아본 물건이 없는 놈인데, 나 원 참, 세상에 태어나서 그런 여자가 있다는 말은 처음 들었소. 입술이 두 개라니, 그것도 향애가? 이것 보쇼. 난 그 여자랑 팔 년도 더 넘게 산 사람이야. 내가 그 몸을 한두 번 봤냐고? 만약에 그런 여자가 있다면 내 당장 서커스단에 팔아넘겼겠소. 아니면 우리에 가둬놓고 입장료를 받고 구경시키든가. ……이런 개 같은, 이 먹살 안 놔, 당장 신고하기 전에? 당신이 날 치는 이유가 뭐야? 당신이 무슨 자격으로! 따지고 보면 향애가 죽도록 내버려둔 건 너나 나나 마찬가지 아냐. 경찰에서 난 당신 이름을 불지 않았소. 성질 뒤틀리면 확 그냥! 당신 나한테 고마워해야 할 거요. 향애가 죽기 전날 같이 있었던 사람은 내가 아니고 바로 당신이었어. 그 사실만으로도 당신은 구속감이야, 이거 왜 이래. ……미안합니다. 이런 말을 하려고 한 건 아닌데. 그래요, 치고 싶으면 날 쳐요. 나도 당신을 칠 테니까. 난 향애가 죽고도 눈물 한 방울 안 흘린 놈이오. 서로 한번 피투성이가 돼봅시다. 그럼 눈물이 나올지도 모를 테니까. ……향애는 변했소. 그건 수술이 성공적으로 끝난 후부터였소. 그때 난 처음으로 이상하다고 느꼈지만 곧 잊어버리고 말았습니다. ……수술요? 그럼 대체 당신이 향애에 대해서 아는 게 뭡니까? 입술이 두 개라는 거? 하, 당신은 향애한테 멋지게 속았군. 그년은 순 거짓말쟁이야. 날 사랑하지도 않았소. 그 큰 수술비도 대주고 대체 어디로 들어가는지도 모르는 돈을 대준 나를 말이오. 사랑? 사랑이 별겁니까. 그냥 같이 살아가면 되는 거지. 서로 오갈 데 없는 사람들끼리 말입니다. 짐작이지만 향애는, 다른 사람을 사랑하는 것 같았소. 이건 중요한 얘긴 아뇨, 뭐 그냥 그런 거 같았다는 거지. 하지만 난 상관없었소, 정말이오. ……수술을 한 건 벌써 오래 전이오. 심장판막증이었어요. 후천성이었지만 큰 수술이었습니다. 사흘 동안 향애는 심장을 세 번이나 들어내야 했소. 단 두 시간 안에 수술을 끝내야 하는데, 그러니까 심장이 멈춰 있을 수 있는 시간 말이오, 수술이 길어졌소. 수술이 끝나면 심장을 도로 집어넣고 가슴을 봉하고 다음날이면 다시 가슴을 뜯어내고 심장을 들어내야 했소. 그게 사흘이나 이어졌었지. 정말 끔찍했소. 향애는 자신이 죽는다고 생각했습니다. 그래서 수술날짜를 받아놓고 그게 누군진 모르겠지만 아무튼, 그 동안 못 만났던 사람들을 만나고 다니는 눈치였소. 다신 못 볼지도 몰랐으니까. 나도, 향애가 죽을지도 모른다고 생각하고 있었소. 하지만 향애는 건강해졌습니다. 정말 기쁜 일이었소. 향애 가슴에 수술 흉터가 있는 거, 당신 봤소? 이십 센티도 넘는 큰 흉터요. 수술 후에도 향애는 항응고제를 계속 복용해야 했소. 살아 있는 한 계속 복용해야 하는 거였소. 그러고 보니 향애는 이제 그 지긋지긋한 약에서 해방되었군. 약 먹는 걸 정말 싫어하던 여자였는데. ……무슨 소리요? 향앤 약 먹는 걸 끔찍하게 싫어했다니깐. 당신은 진짜 아는 게 하나도 없군, 쯧. 아무튼 향애는 다시 건강해졌습니다. 그런데 향애는 달라졌어요. 죽음을 경험한 사람이라면, 큰 수술 후에 다시 건강을 회복한 사람이라면 살고자 하는 욕구가 강해지는 게 본능 아닙니까. 향애는 달랐어요. 향애는 오히려 정반대였어요. 마치 심장을 밖에 두고 그대로 가슴을 봉한 사람 같았어요. 시한부 인생을 사는 것 같았어요. 욕심이 많아지고 내가 모르는 무엇엔가 욕구가 갑자기 강해졌어요. 원하는 건 뭐든지 갖고 싶어했어요. 그게 안 되면 열에 들뜨도록 아팠어요. 꼭 미친년 같았죠. 근데 난 향애가 뭘 갖고 싶어하는지, 몰랐단 말요. 일절 말을 안 했으니까. 아무튼 향애는 지금까지와는 다르게 살고 싶어하는 것 같았단 말요. 난 두 달에 한 번씩 향애를 병원에 데리고 갔고 약국에 가서 두 달치 약을 한꺼번에 사왔습니다. 향애는 그 약을 안 먹어도 생명이 위태롭고, 그래요 그 약을 한꺼번에 다 먹어도, 죽게 되는 거였죠. 그 약은 피를 묽게 만드는 거니까. 바파린은 일종의 극약 같은 겁니다. 지혈이 안 되는 혈우병 환자를 상상하면 돼요. ……미안합니다. 난 당신이 향애한테 아무 짓도 안 했다는 거 압니다. 향애는 두 달치 약을 한꺼번에 털어넣었소. 피는 묽어졌을 거요, 혈관이 다 터져나갔을 거요. 그렇게 향애는 죽은 겁니다. 아스피린 같은 약도 향애는 먹어선 안 되는 여자였어요. 그 약도 피를 묽게 만드니까. 그런데 향애 가방에서 아스피린이 발견됐습니다. 벌써 오래 전부터 복용해온 것 같더군요. 그러니까 향애는 자신을 천천히 죽여가고 있었던 겁니다. ……난 향애를 사랑했습니다. 그 말을 한 번도 못 했지만. ……이젠 당신이 아는 얘길 한번 들어봅시다.

남자는 담배를 새로 꺼냈다.

나 나는 그 여자에 대해선 아는 게 없습니다, 저 정말입니다.

이렇게 말을 많이 해보긴 난생 처음이군.

남자가 고개를 절레절레 흔들었다. 큰 실수를 했다는 얼굴이다. 남자는 고독해 보였다. 그는 남자의 손을 덥석 잡고 싶은 충동을 느꼈다. 남자가 집으로 돌아갈 수 없다면 남자는 이제 어디로 가야 할까. 내가 필요하면 말을 해봐요, 그 말을 삼켰다. 그는 여자의 집으로 가고 싶었다. 노란 아이들의 집으로 가야겠다고 생각했다.

그 목도리, 도 돌려주세요.

이거 당신 거였군. ……혹시 향애가 당신한테 내 얘기 한 적 없소? 농담이라도.

당신과 헤어지, 질 수 어, 없을 만큼 당신을 조 좋아한다고 그 그렇게 말한 적은 이 있습니다. 다 다른 건 기 기억 안 나요.

그년, 끝까지 거짓말을 했군.

남자가 담배꽁초를 발밑으로 탁 던졌다.

난 향애가 왜 죽었는지 압니다.

남자가 자리에서 일어났다.

……!

가질 수 없는 게 있었을 거요, 틀림없이. 그게 내가 보기엔 당신은 아닌 것 같지만.

……

……

혹시 향애씨 친 친구 얘길 아 알고 있습니까?

그는 남자의 눈을 똑바로 쳐다봤다.

누구 말요? 향애한테 친구가 있었소?

그 그것 봐요, 당시도 모 모르는 게 있잖아요.

……

아스피린.

그는 여자의 아스피린을 생각하고 있었다.

*

베고 있던 백과사전을 밀쳐버렸다. 여자에게 해줬던 말들이 모두 거기에 있었다. 그리고 아직 한 번도 들려주지 못한 이야기들도. 그는 백과사전을 끌어당겨 사진을 꺼냈다. 단 한 장뿐이다. 가방을 처음 손에 넣었을 때 여자 수첩엔 여러 장의 사진이 끼워져 있었다. 여자의 사진만 빼곤 모두 그대로 끼워놓았다. 여자가 가방을 뒤집어 살펴볼 때 그는 여자가 제 사진이 없어진 걸 알아차릴까봐 주의를 딴 데로 돌리기 위해 애를 썼다. 사진 속에서 여자는 커다란 나무 한 그루를 뒤로 한 채 나무와 전경과 배경으로 한데 섞여 있었다. 앞에 선 여자의 다리가 그 나무의 뿌리처럼 보였다. 커다란 한 나무가 여자의 어깨를 밟고 일어서 있는 것처럼 보였다. 힘에 부치는지 여자는 입을 꼭 다물고 있었다. 여자의 흔적은 많지 않다. 사진 한 장과 브러시에 남은 검은 머리카락.

잠결에 그는 여자가 그의 빗으로 긴 머리를 빗고 있는 것을 보았다. 여자는 거울을 들여다보고 있었고 그는 여자의 휘어진 등을 보고 있었다. 거울 속에 그가 비쳤을까. 향애씨, 이리 와서. 눈꺼풀이 무거워서 들 수가 없었다. 누워요. 여자는 네, 라고 작게 대답했던 것 같다. 다시 눈을 떴을 때도 여자는 머리를 빗고 있었다. 그는 한밤에 머리를 빗고 있는 여자가 무서워서 줄곧 잠든 척했고 그대로 잠들어버렸다. 브러시에는 여자의 길고 까만 머리카락이 엉켜 있었다. 똑같이 잠들었고 똑같이 잠꼬대를 했다. 여자도 그와 같은 평화를 느꼈을 것이다. 그런데 여자는 언제부터 깨어 있었던 것일까.

죽은 자의 머리카락은 너무 길고 까맣다. 그러나 그게 죽은 자의 것이라고 증명할 수는 없다. 그는 그 빗으로 머리를 빗었다. 가르마를 바꿔탔다. 여자를 처음 만났을 때처럼. 그는 여자가 살아 있었다는 증거, 그가 여자를 만난 적이 있다는 유일한 증거인 사진을 방바닥에 내팽개쳐두고는 밖으로 나갔다. 그녀는 사촌에게 그에 관한 많은 이야기를 했다고 했다. 여자는 그에 관해 알고 있었다. 여자가 그에게 말하지 않은 건 더 많을 것이다.

갈 데가 없다고 느낀 적은 한 번도 없었다. 시간이 너무 이르기 때문일지도 몰랐다. 지금 남자는 어디 있을까. 혹시 탱크로 숨어버린 건 아닐까. 그 집은 아직도 비어 있을까. 그 빈집에서 남자는 그를 기다리고 있는 건 아닐까. 거긴 여자가 살아 있었다는, 그 어떤 증거들이 남아 있을까. 여자가 죽었는데, 그는 궁금한 게 하나도 없다.

불빛은 새나오지 않았다. 그는 여자의 집 앞을 서성거렸다. 여자가 나오기를 기다리고 있었다. 전신주를 휘감고 오르던 노란 호박꽃은 굵은 전깃줄을 타고 허공을 가로지르고 있는 참이었다. 노란 꽃이 마치 무슨 말을 시작하려는 입술처럼 벙긋, 벌어져 있었다. 여자의 입술이 기억나지 않는다. 푸른 입술이었을까, 아니면 붉은 입술? 그건 모두 여자의 입술이었다. 두 개의 입술이었다. 끝끝내 한 번도 보지 못한. 그러나 반쯤 벌어진 석류. 고독의 피리. 길고 긴 자루의 잠긴 입구. 여자의 입술. 그는 이제 막 떠오른 달을 보았다. 그 달을 입술, 이라고 불렀다. 귀가 먹먹해졌다. 천지간 붉은 입술들이 초롱초롱 매달려 있었다. 입술 속의 입술들이 한껏 벌어져 있었다. 그 안에서 빨간 옷을 입은 작은 여자들이 발맞춰 걸어나올 것만 같았다. 그 여자들의 얼굴이 모두 향애로 보였다. 그는 그게 전깃줄을 타고 오르는 호박꽃의 이파리들일 거라고, 별이라고 짐작했다. 돈을 주고 살 수만 있다면 난 별이 이마에 들어오는 그런 꿈을 사고 싶어요, 라고 여자가 말한 적이 있었던가. 짐작은 빗나갔다. 입술들이 둥둥 떠다녔다. 손을 뻗치면 낚아챌 수 있을 것 같았다. 한 입에 다 빨아마실 수 있을 것 같았다. 그는 껑충 뛰어올랐다.

여자의 입술, 여자의 심장. 그 뜨거운 것, 팔딱거리는 것, 안과 밖이 똑같이 붉은 것.

여자는 입술을 다물고 죽었을까. 겨울이 오면 무척이나 이가 시릴 텐데. 허공의 노란 호박꽃은 서쪽을 향해 곧게 뻗어 있었다. 그는 목도리를 둘러매곤 재빨리 걸음을 옮긴다. 육체를 갖고 있다면 보여야 하는 것처럼, 향애씨, 향애씨, 내 말 들려요? 입술을 갖고 있다면 말을 해야 하는 거예요. 향애씨, 향애씨가 내게 무슨 말을 한 적 있어요?

어둠 속에서 사람들은 알람시계를 팔고 두더지를 잡고 주먹을 휘두르고 국수를 먹고 있다. 그는 중앙선을 따라 걷기 시작했다. 노란 선은 끝 간 데 없이 이어지고 있었다. 아직 한 번도 가보지 못한 길들은 너무나 많았다. 그는 서둘렀다.

사진을 봐도 여자의 얼굴이 기억나지 않는 건 이상한 일이다. 그가 만난 여자는 입술만 있고 얼굴은 없는 사람이었는지도 모른다. 그는 여자의 입술만 쳐다보느라 여자의 눈과 코, 귀는 어떻게 생겼는지 기억하지 못하고 있다는 사실을 깨달았다. 여자는 그의 무엇을 기억하고 있을까. 그 사실은 여자가 죽은 이후 그를 맨 처음 두렵게 만든 것이다. 여자가 죽은 게 사실이라면, 어쩌면 여자는 갑자기 욕망을 갖기 시작했던 건 아니었을까. 새로운 욕망을 발견한 것은 아니었을까. 여자는 왜 죽었을까? 그는 여자를 꼭 다시 만나야겠다고 결심했다. 여자에게 아직 못 한 말, 듣지 못한 말들이 이렇게나 많은데. 여자는 말했었다. 다음엔 그쪽 이야기를 듣고 싶어요. 길의 끝에서 여자가 손의 키스를 보내며 그를 기다리고 있을 것만 같았다. 돈을 주고 살 수만 있다면. 그는 주먹을 꽉 쥐었다. 여자의 이마에 커다란 별 하나를 박아넣는 그런 꿈을 사고 싶다.

일행이 생겼다. 그는 그게 남자인가, 돌아봤다. 밤이면 길가에 나와 쪼그리고 앉아 담배를 피우던 미아리의 낯익은 시각장애인들, 밤에만 공원으로 나오는 다운증후군 아이들이 풍선을 든 채 거리를 메우고 있었다. 그가 모르는 축제가 시작되고 있는지도 몰랐다. 그는 내처 걸었다. 혼자 걷는 게 아니다. 킬킬, 웃음이 터지려는 것을 참았다. 그는 아무나 손을 끌어잡았다. 수천 마리 물고기가 그를 등에 업고 어디론가 천천히 옮겨 놓는 느낌이었다. 어디로 가는 거냐고, 사람들은 묻지 않았다.

축복의 키스.

일행 중 누군가 그의 귀에 대고 가만히 속삭였다. 그는 고개를 끄덕인다. 그날 밤 여자가 그의 뺨에 한 입맞춤.

노란 선이 끝나는 곳에서 그는 돌아섰다.

패스트푸드 상점 앞에서 피에로 분장을 한 키가 큰 구조물이 손님을 맞는 주인처럼 팔을 활짝 벌린 채 서 있었다. 상점엔 노란 m자 모양의 네온사인이 불을 밝히고 있었다. 새벽에도 꺼지지 않는 불이다. 그는 목도리를 풀어 구조물의 목에 둘러주었다. 피에로는 여전히 웃고 있었다. 그는 안심했다. 그것은 영원히 죽지 않을 테니까.

*

……왜 그렇게 놀란 얼굴을 하고 있어. 그냥 지나가다가 들렀다니까. 당신이 잘 있는지, 여기 아이들은 어떤지 궁금했어. 내가 여기 온 적이 있었던가? 기억이 안 나네. 이 땡볕에 애들을 저렇게 내버려둬도 되니? 참, 신나게 노는구나. 멀리서 보면 다들 이렇게 건강해 보이는데. ……나? 그럼 잘 지내지. 당신은 어때? 왜 요즘 통 연락이 없어? 나한테 화가 난 거

니? 서운한 게 있니? 그럼 말을 해봐. 그날 밤엔 정말 미안했어. 하지만 당신이 나를 이해한다면…… 욕조는 내가 새로 사줄게. ……아니야, 변한 건 없어. 여전히 나는 밤에 나가고 새벽에 잠이 들어. 변한 게 있다면 더 늦게 잠든다는 것뿐이야. 한 번도 안 가본 데를 돌아다니고 있거든. 난 너무 많이 걸어다녔나봐. 이제 어딜 가도 거기가 거기 같고 새로운 데가 없어. 모르는 얼굴들보다 아는 얼굴들하고 더 자주 마주쳐. 처음엔 정말 아무도 아는 사람이 없었고 아무 데도 가본 데가 없었는데 말이지. ……아니, 난 괜찮아. 좀 더워서 그럴 뿐이야. 여기 올라오다가 요 아래 육교 위에서 한참 서 있었다. 밤에도 난 가끔 육교 위에 올라가곤 했었는데, 풍경이 전혀 달랐어. 그래서 길을 잘못 든 줄 알고 도로 내려갈 뻔했다니까. ……미안하다, 미애야. 이 말은 꼭 하고 싶었어. 나를 좀 쳐다볼래? 내가 어떻게 보이니? 내가 달라진 것 같니? ……어떤 여자가 있었어. 그 여자가 어느 날 묻더라. 비누는 노란색도 있고 초록색도 있고 파란색도 있는데, 왜 거품은 모두 흰색이냐고. 참 이상한 질문도 다 하는구나 생각했다. 나는 대답을 못 했어. 열심히 책을 찾아 읽었지. 책은 정말 내게 많은 이야기를 하거든. 이젠 대답해줄 수 있는데, 그 여자가 여길 떠났다. ……글쎄, 언제쯤 돌아올지는 나도 몰라. 가는 사람들은 원래 그런 말은 안 하잖아. 비누거품이 모두 흰색인 건 비누에 첨가된 색소의 양때문이래. 색소의 무게는 비누 전체의 무게 중에 만 분의 일 정도밖엔 안된다는군. 그게 물을 만났을 때 녹아버리기 때문에 비누 색깔에 관계 없이 거품은 모두 흰색이라는 거야. 다시 여자를 만난다면 대답해줄 수 있는데. 여자는 왜 그런 걸 물어봤는지 모르겠어. 참, 화상을 당했다는 애가 바로 저애구나. 이쁘게 생겼는데. ……당신은, 그냥 여기 있어. 저애들한텐 당신이 필요할 거야. 애들이 자꾸만 당신 쪽을 쳐다보고 있잖아. 애들은 불안한 거야. 당신이 어디 가버릴까봐. 나? 난 이제 집으로 가야지. 아니, 괜찮다면 조금만 더 있다 갈게. 오늘은 정말 일찍 집으로 돌아갈 거야. 밤엔 문을 걸어잠그고 잠을 잘 거구. 그러니까 오늘은 오지 마. 난 한번 잠들면 누가 업어가도 모르는 사람이잖아. ……내 친구가, 그러니까 지금보다 젊었을 때 얘기야. 같이 공부하던 친구가 있었어. 그는 말이 없었고 공부를 열심히 하고, 그래, 가까운 사람도 없었어. 왜 그런 사람들 있잖아. 그런데 한번 정들면…… 내 친구는 그랑 가까워졌어. 함께 스터디를 했거든. 그전엔 룸메이트를 한 적도 있었는데 어느 날 내 친구가 나와버렸어. 그 이유는…… 나도 몰라. 아무튼 내 친구는 더이상 그 외국어를 공부할 필요가 없어진 거야. 그래서 그한테 스터디를 그만 하자고 말할 결심을 했어. 불필요한 공부를 하고 있기엔 시간이 너무 아까웠거든. 하지만 워낙, 그래, 그런 사람들한텐 별거 아닌 것도 상처가 되니까 신중하게 얘길 꺼내야 한다고 생각했었다. 내 친구는 그가 두려웠거든. 왜냐면, 왜냐면 말야, 일부를 받지 않는 사람들은 조심해야 하잖아. 그건 전부를 원한다는 뜻이니까. 저애, 저러다가 다치겠다. 저렇게 싸워도 안 말리는 거니? ……저게? 말도 안 돼. 무슨 좋아한단 표현을 저렇게 하냐. 애들이라서 그런가. 응? 그래, 내 친구 얘길 하고 있었지. 어느 날 저녁 초대를 했어.

　그가 왔어.

　한겨울이었어. 저녁을 먹고 차를 마셨지. 내 친구는 술을 마시자고 했지만, 그래야 이야기를 쉽게 꺼낼 수 있을 것 같았거든. 그런데 그는 그냥 차 한잔 달라고 했어. 그것도 아주 뜨거운 차 한잔을. 친구는 벌써부터 기가 꺾이는 느낌이었어. 그는 내 친구가 무슨 말을 하려는지 짐작하고 있는 거 같았거든. 아무튼 내친김이었으니까. 그래도 망설인 건, 친구까지 그를 만나지 않으면, 그는 아무하고도 가까운 사람이 없었으니까, 그러니까 자꾸만 망설였지. 하지만 내 친군 더이상 견딜 수가 없었어. 그래서 말해버렸지. 이젠 더이상 너의 도움이 필요하지 않다고, 그 동안 정말 고마웠다고. 그는 고개만 끄덕이고 있더래. 아무 말도 하지 않았대. 그래서 내 친구는 더 기분이 좋질 않았대. 이미 다 짐작했다는 그런 눈빛이더래. 숨이 막힐 것만 같았대. 그 쳐다보는 눈빛이. ……아니야, 여기도 좋아. 햇빛이 좋은걸. 난 괜찮다니까. 저 먼지 좀 봐. ……그 말을 하면서도 친구는 진심으로 걱정했대. 앞으로 그가 어떻게 지낼지, 정말 누구하고도 잘 어울리지 못하는 사람이었으니까. 한번 물어볼걸 그랬어. 그도 노란 아이들의 집 같은 데서 자란 건 아닌지. 어, 미안해. 난 그냥, 그가 늘 우울해 보였다는 걸 말하고 싶었는데. ……그는 자리에서 일어났어. 지하철이 끊길 시간이라고, 집에 가야겠다고. 그러곤 또 말을 안 하고 한동안 그냥 앉아 있었어. 차는 벌써 다 식어버렸는데. 친구는 망설였어. 그의 집은 지하철을 타고 가야 하는 곳도 아니었고 그는 어쩌면 갈 데가 없을지도 모른다는 생각이 들었거든. 그래서 자고 가라고, 여기서 자고 가도 괜찮다고 붙잡고 싶었어. 진심이었어. 하지만 그 말은 하지 않았어. 왜냐면…… 아무튼 그 말을 안 하는 데도 용기가 필요했어. 친구는 마지막 용기를 낸 거야. 그때 그의 입이 어, 하고 벌어졌대. 그를 봤어. 그의 입술을 보고 눈빛을 봤어. 한순간에 알아버린 거야. 아니야, 그건 거짓말이야. 친구는 전부터 알고 있었을 거야. 무슨 말을 하고 싶은 건지, 그는 입을 그냥 벌리고만 있더래. 할 수가 없었던 걸 거야. 내 친구가 그의 눈을 피해버렸거든. 싸늘하게 등을 돌려버렸거든. 그리고 말했던 거야. 그만 가라. 등뒤에선 아무 소리도 들리지 않더래. 친구는 불안해졌어. 그를 잡아야 한다고 생각했어. 하지만 그럴 수 없었어. 그 시간 이후의 삶이 두려웠거든. 그는 일부가 아니라 전부를 원하는 사람이었기 때문에 두려웠고 또 다른 많은 것들이 친구를 두렵게 했어. 난 내 친구한테 그렇게 말했어. 너는 비겁했던 거라고. 내 친구는 오랫동안 잊을 수 없었어. 차마 하지 못한 말을 입 안 가득 담고 우뚝 서 있던 모습을. 그 약간 벌어져 있던 질린 입술을. 내 친구는 복도까지 그를 배웅했어. 헤어지려는데 그가 제가 하고 있던 목도리를 풀어서 내 친구 목에 감아주었어. 난 필요가 없어, 그가 말했어. 인마, 춥잖아, 밖엔 눈도 내리는데. 아냐, 이젠 정말 필요가 없다. 내 친군 그것까진 거절할 수 없었어. 때가 꼬질꼬질하게 낀 목도리였는데, 근데 정말 따뜻하긴 하더라. 좀 추운 얼굴을 하고 그가 돌아섰어. 내 친구가 한 손을 흔들면서 말했대. 짜식, 또 보자. 그는 돌아보지 않았어. 목도리를 벗어놓고 갔으니 돌아가는 길이 참 추울 거라고, 잠들기 전에 그런 생각을 한 일 분쯤 했어. 하지만 정말 홀가분했지. 무겁고 커다란 혹 하나를 떼어버린 기분이었으니까. 그 시간에 그는 지하철역에 있었어. 지하철이 들어왔지. 사람들은 한 걸음씩, 안전선 밖으로 물러났어. 나는 잠이 들었어. 지하철이 들어오고 있었어. 내 친구는 이제 그의 얼굴이 기억나지 않는대. 친구가 기억하는 건 헤어지기 전에 보았던 검은 구멍처럼 벌어져 있던 입술, 그 하지 못한 말, 그것만이라도 들어줬어야 했는데. 그건 아주 나중에야 한 후회였어. 그는 안전선 안으로 몸을 날려버렸어. ……그때부터 내 친구의 삶은 전락하기 시작했어. 도망갈 데도 없더라. 아는 사람은 없었지만 모두들 손가락질

하는 것 같았지. 모든 게 엉망이 돼버렸어. ……어느 날 장을 봐왔는데, 토마토주스, 시금치, 계란 같은 것들을 사온 거야. 냉장고에 넣다가 알았어. 내 친군 그런 걸 안 먹거든. 그건 그가 좋아하던 거였어. 그는 이제 그걸 먹을 수가 없게 됐는데. 시간이 지나도 안 잊혀지는 게 정말 있나 봐. ……당신도 알다시피 내가 처음부터 그런 짓을 하고 다닌 건 아니었잖아. 난 말이 하고 싶었어. 주위엔 아무도 없었어. 그렇게 죽을힘을 다했던 공부도, 집도 친구도 나는 다 잃고 말았어. 나는 그렇게 살고 있었던 거야. ……그런데, 이봐, 애들은 다 어디 간 거지? 그래, 벌써 저녁밥을 먹을 시간이구나. 당신, 안 들어가봐도 돼? 아니, 난 괜찮아. 해가 지면 한결 나을 거야. 정말 말을 하는 건 힘들고 성가신 일인 거 같다. 생각하는 것만으로도 진이 빠지는데 그걸 또 말로 만들어내야 하니까. 게다가 상대방한테 그게 다 전달이 됐는지도 모르고. 난 눈빛만 봐도 알 수 있다는 말은 안 믿어. 그건 거짓말이야. 모든 게 엉망이 되는 건 한순간이라구. 사람들은 말을 해야 해. 더 많이 말해야 해. 눈도 두 개 귀도 두 개인데 입술만 하나라는 건 말도 안 돼. 온몸에 입술을 주렁주렁 매달고 다녀야 한다니까. 입술은 괜히 달려 있는 게 아니라구. ……그래, 이젠 집에 들어가야지. 오늘밤엔 정말 오지 마. 내가 없을지도 몰라. ……열쇠? 아니, 그건 그냥 당신이 갖고 있어. 오고 싶을 때가 있을 거야. 그땐 언제든지 다시 와. 그러고 보니까 당신, 아무 말도 안 했구나. 내 얘기만 했네. 미 미안해. 하지만 이 이게 내 이야기의 끝 끝은 아 아니야. 난 한 번도 모 못 해본 마 말들이 너 너무나 많아. 이 이제 나는 인생이 너무나 노 놀랍고 신비로워서 입 입을 다물고 있을 수가 없어. 내 시 심장 소리는 내가 모 못 듣는 거잖아. 호 혹시 사람들이 말하고 싶은 건 하 한 가지가 아닐까. 한 한 가지 비 빛깔처럼 말이야. 가 가까이 다가오는 사 사람한텐 자 자리는 내주는 거야. 내가 마 말을 하는 건 다 당신 이야기를 듣고 싶어서야. 말을 해. 말을 안 하면 귀 귀신도 모르는 거야. 말 말을 하지 못하면 살아도 주 죽은 거야. 말을 해, 사 사랑이 사라지거나 혹은 죽거나 아 아주 자 잠들지 않게끔. 나 나는 정말 마 말을 자 잘하는 사 사람이 되고 싶 싶었는데. 당신, 나 나를 좀 쳐 쳐다봐. 내게 마 말해줘, 다 당신에 관한 것. 자, 이 이젠 다 당신 차 차례야.

좁은 문

여자는 가까워졌다 멀어졌다. 여자는 멀어졌다 가까웠다.

남자는 의아했다. 가까워졌다고 긴 순간 여자의 얼굴은 일정한 거리를 두고 봐야만

전체가 제대로 보이는 섬세한 모자이크처럼 분명하고 흐릿하게 보였다.

여자가 앞쪽으로부터 멀어질 때 남자는 비로소 여자의 뚜렷한 형체를 볼 수 있다는 사실을 발견하곤 참고 있던 숨을 토해냈다.

남자는 눈을 크게 벌린채 멀어질 때 도레 가까워 보이는 여자의 얼굴을 가만 바라보고 또 보았다.

커다란 물방울 하나가 남자의 이마 위로 떨어졌다.

*

남자는 그날을 정확하게 기억하지 못했다. 남자가 기억하는 것은 그날 안개가 끼기 시작했다는 것뿐이다. 그러나 어쩌면 안개는 그 전날부터 혹은 그보다 먼 며칠 전부터 끼기 시작했는지도 모른다. 아무튼 확실한 건 여자가 온 날 남자는 안개를 보았다는 것이다. 여자는 안개와 함께 왔다.

화장실에서 물을 내리고 있을 때 남자는 발짝 소리를 들었다. 계단 모퉁이를 도는 발소리는 약간 망설이는 듯한 조심스럽고도 신중한 소리였다. 하지만 그 소리는 뜻밖에도 너무나 커서 남자는 숨을 죽이고 말았다. 발소리는 사층에서 멈췄다. 사층엔 노래방과 전당포밖에 없다. 남자는 화장실에서 나가지 않았다. 여자가 노래방 유리문을 밀고 들어가는 소리가 들렸다. 남자는 얼른 계단을 올라갔다. 철문은 부주의한 대문처럼 활짝 열려 있었는데도 여자는 곧장 그 문으로 들어서지 않았다. 전당포란 곳을 처음 오는 사람이다.

하나, 둘, 셋, 남자는 숫자를 세었다. 짤랑, 소리를 내며 노래방 유리문이 열렸다, 닫혔다. 넷, 다섯. 여보세요, 문 밖에서 여자 목소리가 들렸다. 남자는 전기장판을 밀쳤다. 반달 모양으로 뚫린 유리 칸막이 창구로 여자가 얼굴을 쑥 내밀고 있었다. 아직도 전당포란 것이 남아 있군요. 반신반의하는 눈빛이었지만 남자는 어쩐지 여자의 얼굴이 체념에 길들여진 인상이라는 느낌을 받았다. 그건 아주 짧은 순간이었기 때문에 여자가 계단을 내려간 뒤엔 남자는 여자의 얼굴과 눈빛을 다시 기억해낼 수 없었다. 여자가 사라진 뒤에 남자는 막연한 고통을 느꼈다. 남자는 창 밖의 희뿌옇게 낀 안개를 그제서야 발견했고 시정거리가 좁아든 답답하고 막막한 시계(視界) 속에서 약간의 공허감과 불안을 느끼기도 했다. 시간이 더 지난 후 그 느낌이 일종의 안도로 다가올 거라고는 남자는 생각하지 못했다.

경계를 짓는 듯한 유리 칸막이 밖에서 여자는 진열된 색색깔의 보석들을 잠시 바라보더니 가방을 뒤적거려 작은 상자 하나를 꺼내 남자에게 내밀었다. 혹시 나를 압니까? 라고 물으려던 남자는 입을 다물고 상자를 열어보았다. 얼핏 보기에도 순금이나 18K는 아니었다. 남자가 검안경으로 반지를 들여다보고 있는 동안에도 여자는 뚜벅뚜벅 소리를 내면서 비좁은 창구 앞을 서성거리고 있었다. 불안정한 여자의 걸음 소리가 남자를 조급하게 만들었다. 그래도, 그래도 말입니다, 남한테 아쉰 소리 안

하고 대출해줄 만한 곳은 여기밖에 없습니다. 남자는 우쭐해지고 싶었다. 남자는 잠자코 반지를 들여다보고 또 들여다보았다. 주저하는 듯한 남자의 기색을 느꼈는지 여자의 눈은 각각 따로따로 움직이며 주위를 경계하거나 먹이를 찾는 카멜레온의 눈처럼 시시각각 다른 빛을 내며 반짝거렸다.

　남자는 다른 보석들보다 금을 좋아한다. 금의 느낌과 감촉은 다른 보석들에 비해 순수한 느낌을 준다. 그건 아마도 다른 이물질이 거의 섞이지 않은 탓일 것이다. 오랜 경험을 통해 남자는 순금은 만졌을 때 물렁물렁하고 따뜻한 느낌이 난다는 것을 깨달았다. 24K, 즉 순도 99.9퍼센트의 금을 함유하고 있을 때 그걸 순금이라고 부른다. 여자가 내민 반지는 차갑고 딱딱했다. 게다가 융으로 아무리 문질러도 광채가 나지 않았고 낯을 가리는 생물처럼 남자의 손이 닿으면 닿을수록 더욱 딱딱하고 차가워졌다. 그 느낌은 다소 배타적인 데가 있었다. 여자는 말이 없었다. 여자의 반지는 18K도 14K도 아니다. 금이 아주 함유되지 않은 건 아니었지만 그건 사실 금반지라고 부를 만한 것은 아니다. 남자의 기색을 알아챘는지 여자는 상자 밑바닥에 딱지처럼 접혀 있는 보증서를 펼쳐 보였다. 그 손가락에서 본 긴장 때문에 남자는 웃을 수도 찡그릴 수도 없는 기분이 되는 것을 느꼈다. 순금은 단 일 그램으로 사방 일 미터의 넓이로 만들 수 있으며 일 인치 두께로 약 25,000장의 금박을 쌓을 수도 있다. 이때 금박은 불투명한 상태에서 거의 투명에 가까운 상태가 된다. 금의 빛깔이 변하는 건 바로 이 순간이다. 금박을 유리판 사이에 끼우고 햇빛을 통과시키면 금은 녹색으로 변한다. 금이 녹색으로도 변한다는 걸 아는 사람은 많지 않다. 남자는 여자에게 그 빛깔의 찬란함과 투명함에 대해서 이야기해주고 싶다. 그러나 여자는 한시라도 빨리 이곳에서 벗어나고 싶을 것이다.

남자는 유리 칸막이 밖으로 여자의 반지를 밀어냈다.

……뭐가, 잘못됐나요?

여자가 물었다.

태극 마크가 없습니다.

하지만 여기, 여기 이것도 있잖아요.

여자는 보증서를 손가락으로 짚어 보였다. 남자는 고개를 흔들었다.

무슨 소린지 알겠다는 뜻인지, 아니면 인상대로 순순히 체념을 한 것인지 여자는 더이상 반박하지 않은 채 반지와 보증서를 챙기곤 천천히 계단을 내려갔다. 여자의 걸음걸이는 계단을 올라올 때와는 다르게, 양쪽 어깨 위에 두 개의 사기그릇을 올려놓고 걷는 듯한 모양새였다. 큰숨이 터져나올 것 같아 남자는 황급히 손으로 입을 틀어막았다. 다음부터 반지를 사실 거면 안쪽에 태극 마크가 있는지 꼭 확인하십쇼. 그게 없으면 어딜 가도 받질 않습니다.

여자는 보이지 않았다.

남자는 계단참으로 가 창 밖을 내다보았다. 사층 이후부터는 후다닥 뛰어내려간 것인지 여자는 벌써 건물 입구를 빠져나가고 있었다. 순식간에 여자는 인파에 휩싸여버렸지만 남자는 여자의 약간 통통해 보이는 어깨와 등을 놓치지 않았다. 여자의 짤막하고 둥근 실루엣은 두꺼운 외투 속에 웅크리고 있을 순금처럼 부드러운 육체와 그 육체의 쇠락에 대한 깊은 사색을 보여주고 있었다. 카페 여자는 남자를 기억하지 못했다. 언덕 쪽으로 점점 사라지는 여자의 실루엣을 바라보면서 남자는 몽상에 잠기기 시작했다.

　남자는 도시 전체를 휩싸고 있는 축축하고 흐린 안개를 발견하곤 당황스러움을 감추지 못했다. 뺨에 와 닿는 감촉은 이제 막 끼기 시작한 안개의 느낌이 아니었다. 그건 더 먼 이전부터 이쪽으로 진군하기 시작하는 요지부동의 기세였다. 안개였다. 남자는 발밑부터 모래의 늪에 빠진 듯한 착각에 빠졌다. 그 느낌은 좀처럼 지워지지 않을 것 같은 보다 집요하고 완강하며 고통스러운 데가 있었지만 마치 순금을 햇빛에 투과해 찬란한 녹색을 발견했을 때의 미묘한 희열마저 섞여 있다는 것을 남자는 알아차렸다. 그 느낌이 쉽게 사라지지 않을 거라는 것을, 모래늪에 빠졌을 때처럼 자신을 서서히 옭아맬 것이라고 남자는 짐작했다. 남자의 짐작은 틀리지 않았다.

　맞은편 노래방 주인과 점심을 시켜먹은 후 남자는 전당포로 되돌아왔다. 노래방에서 전당포로 건너오는 그 짧은 복도에 난 창을 남자는 내다보지 않았다. 며칠째 같은 날씨가 되풀이되고 있는 참이었다. 아아, 정말 지겹군. 노래방 남자는 불어터진 면발을 휘저으며 창 밖을 내다보는 시늉을 했었다. 노래방엔 창문이 없다. 한데도 축축한 우윳빛 안개가 실내를 휘감고 있는 느낌을 버릴 수 없긴 남자도 마찬가지였다. 여길 내놓고 나면 뭘 할 건데? 노래방 주인이 물었다. 건물 주인이 세를 빼겠다고 통보한 건 두 달 전이다. 늦어도 석 달 후엔 가게를 비워야 한다. 남자는 대답하지 않았다. 어차피 전당포는 사양길에 접어든 지 오래다.

　커피를 마시기 위해 물을 끓이다가 남자는 개수대 한가득 물이 고여 있는 것을 보았다. 수챗구멍 속으로 손을 집어넣었다. 썩은 사과 껍질과

미끄덩한 라면스프 봉투가 손에 딸려나왔다. 물은 그래도 쉽게 내려가지 않았다. 남자는 배관공을 부르지 않는다. 이제 여긴 더이상 살 곳이 아니다. 그럼 어디로? 남자는 말끝을 올리는 노래방 주인의 말투를 흉내내 물었다. 어디로 갈지 무엇을 할지 정하지 못한 건 노래방 주인도 마찬가지다. 남자의 물음에 대꾸라도 하는 양 개수대 물이 희미한 소리를 내며 쏴쏴쏴 흘러내려가고 있었다.

남자는 여자의 눈빛을 기억하지 못했다. 그러나 다시 여자를 만났을 때 남자는 여자의 눈빛에 익숙해져 있는 자신을 발견했다. 그래서 이번에는 여자의 눈이 아니라 다른 것을 눈여겨볼 수 있었다. 세상의 모든 종이 다 그런 것은 아니겠지만 대개의 나비류가 화려한 날개를 가진 것에 반해 나방류는 주변 환경과 혼동될 정도로 눈에 띄지 않는 날개색을 지닌 게 대부분이다. 그건 일종의 보호색이다. 여자의 보호색은 약간 각별해 보이는 데가 있었다. 여자는 볼 때마다 몸피가 줄어드는 것 같았다. 누군가 여자 몸에 긴 막대를 꽂고 위에서부터 한 입씩 핥아먹는 것처럼 말이다. 그러다가 여자는 아주 난쟁이가 되어버릴지도 모르겠다는 생각을 하면서 남자는 명치께에 묵직한 통증을 느꼈다. 여자는 어두운 곳에서 일한다. 그것도 천장 바로 밑에서. 여자는 아래를 내려다보지 않는다. 너무 높은 곳에서는 아래를 내려다보는 게 아니라는 듯이. 여자는 나방, 여자는 한 마리 나방, 이라고 남자는 속으로 읊조렸다. 여자의 정교한 은폐색은 날카로운 부리를 가진 새나 도마뱀 같은 포식자들의 시력과 몸짓이 얼마나 정확한지를 반증하는 것이기도 했다. 나비가 아닌 나방인 여자를 만났다는 것에 남자는 약간 흥분했는지도 모른다. 그건 어쩌면 안도의 감정이었는지도 모른다고 남자는 훗날 기억했다. 그뒤로 남자는 여자의 눈빛을, 여자의 줄어드는 몸피에서 보았던 나방의 은폐색을 잊지 않았다. 당신은 나방. 남자는 여자가 삶의 질곡이 무엇인지 아는 게 틀림없다고 확신했다. 그러나 여자의 은폐색이 더욱 짙어져 마침내는 검은 숲과 나무들 사이에서 그것들과 아주 흡사해져 남자가 구분해내지 못하게 될까봐 두렵기도 했다.

이번에 여자가 가져온 것은 삼 캐럿짜리 다이아몬드 반지였다. 짙은 갈색의 보호색 속에 여자의 표정은 다소 의기양양해 보였으나 그녀 자신은 그 표정 속 어떤 먼 곳의 하얀 점처럼 혹은 깃발처럼 흔들리는 긴장과 불안을 깨닫진 못하는 것 같아 보였다.

그거, 틀림없는 다이아몬드예요.

여자는 남자가 검안경을 들기도 전에 불쑥 말했다.

남자는 반지를 들여다보았다. 대부분의 다이아몬드는 육안으로 볼 수 없는 매우 작은 이물질을 포함하고 있다. 이물질이 많이 함유되어 있는 다이아몬드는 빛의 굴절과 산란이 깨끗하게 되지 않는다. 좋은 다이아몬드란 이물질이 적은 투명한 것이다. 그래야 눈부신 광채를 발할 수 있고 더 가치 있는 보석으로 평가되는 법이다. 무색의 다이아몬드. 그게 흰색 광선에 의해 밝게 산란될 때의 아름다움을 여자에게 설명할 자신이 없어진 건 여자의 반지를 확인하고 난 후다.

이거, 오이남 다이아몬드 반지예요.

여자가 재차 말했다. 오이남, 그는 유명한 다이아몬드 감정사다. 그는 죽었다. 그의 죽음은 비밀에 부쳐졌다. 그의 죽음을 은폐한 채 그의 아들들과 일가들이 오귀남, 오희남이라는 여러 유사한 이름으로 감정사 노릇을 하고 있다. 여자가 가져온 보증서에는 오주남, 이라고 씌어 있었다.

반지는 투명도를 확인할 수도 없을 만큼 수없이 많은 이물질들로 이루어져 있었다. 연마도와 색상 또한 형편없긴 마찬가지였다. 그 몇 분 사이에 벌써 여자는 착 까부라져 보였다. 그러나 당최 말이 먹힐 것 같지 않은 표정이라 남자는 당황했다. 그렇다고 막무가내인 표정도 아니었다. 그건 거절하기 힘든 온유하고 간곡한 데가 있는 고집이었다. 남자는 마지막 일격을 가하려던 입을 꾹 다물어버리곤 여자에게 물었다.

……얼마나 필요하십니까?

여자는 입술을 지그시 깨물고 있었다. 그 단순한 표정 때문에 남자는 여자가 전당포란 곳을 처음 와보는 게 아닐지도 모른다는 짐작을 했다. 여자는 이 다이아몬드 반지를 든 채 여기저기서 거절당했을지도 모른다.

여자의 주민등록증을 남자는 유심히 바라봤다. 카페 여자의 본명과 생년월일, 그걸 알게 될 줄은 몰랐다. 여자는 언제나 너무 멀리 있었다. 카페의 푹신한 소파에 앉아 손을 쭉 내뻗어본 적도 있었지만 닿을 턱이 없었다. 여자는 나비처럼 아니 나방처럼 팔랑거리며 카페 안을 날아다니곤 했으니까.

삼 개월 후에.

여자는 말했다. 삼 개월 후. 여자는 다시 온다. 삼 개월 후. 전당포는 이미 문을 닫고 없을지도 모른다. 여자가 온다면, 그전에 와야 할 것이다. 남자는 무뚝뚝한 얼굴로 전표를 끊어주었다. 여자가 돌아서는 순간에 남자는 잠깐만요, 그녀를 불러세워 창구 밖으로 명함 한 장을 내밀었다. 행운기업사. 명함을 받아든 여자가 총총히 계단을 내려가는 것을 지켜보다가 여자의 이미테이션 반지를 진열대 위에 올려놓았다.

안개는 사흘째 연이어지고 있는 중이다. 낮기온이 예년보다 크게 높기 때문이라고 했다. 높은 기온 속에서 낮에 증발된 수증기가 밤에 기온이 떨어지면 작은 물방울로 응결된다. 그 작은 물방울이 여자의 머리카락을 축축하게 하고 남자의 빰을 모래처럼 깔깔하게 쓸고 있었다. 사층에서 내려다본 거리는 육안으로 볼 수 없는 작고 건조한 먼지와 매연 같은 고체 입자들이 대기중에 떠 있어 물을 섞은 우유처럼 탁해 보였다. 두꺼운 구름 속에 숨은 누리끼리한 햇빛 속에서 고체 입자는 미약한 채로나마 산란되어 옅은 노란색, 때론 적갈색, 청색 등이 나타났다 사라지고 있었다. 바람은 약하게 불고 있었다. 그 바람 때문에, 자꾸만 나타났다 사라지는 노란색과 청색의 빛 때문에 남자는 지금 대기가 몹시 불안정하다는 생각을 하지 않을 수 없었다. 그 불안 속에서 남자는 희미한 울음소리를 들었다. 남자는 귀를 기울였다. 여자의 모습은 어디에도 보이지 않았다. 남자는 오늘이 기억할 수 없는 언젠가의 하루와 유사하다는 생각을 한다. 여자가 왔고 안개가 끼었다. 여자가 사라지는 것을 보면서 창 밖을 내다본 적이 있다. 그러나 뒤에 남은 모든 날들이 이처럼 반복되지만은 않을 것이란 걸 남자는 알고 있었다.

여자가 사라진 거리 쪽으로 고개를 꺾어보았다. 그 울음소리가 바이올린이나 첼로 같은 현악기의 울음소리라는 것을 깨닫는 사이 어둠이 짙어졌다. 둔중한 악기 소리는 아직 가본 적 없는 그 호수의 종소리를 연상시켰다. 안개는 어둠 속에서도 밤꽃처럼 끈질긴 숨처럼 희게 빛을 발하고 있었다. 창고 속의 현악기들이 울고 있었다. 이젠 아무도 찾아가지 않는 악기들이다. 팽팽했던 악기의 줄들은 습도가 높아질수록 늘어져 신음처럼 소리를 낸다. 남자는 등뒤로 들리는 울음소리를 들으며 문득 자신도 저 물건들, 악기나 먼지 낀 수십 개의 반지들, 롤렉스 시계, 카메라 같은 누군가 잊어버린 채 더이상 찾아가지 않는 물건일지도 모른다는 생각에 흠칫 몸을 떨었다. 그리고 남자는 골똘히 생각한다. 안개 저편엔 무엇이 있을까.

남자는 더이상 창 밖을 내다보지도 않았고 여자를 기다리지도 않았다. 극심한 안개 때문에 항공편은 줄줄이 결항되었고 출근길은 정체되었으며 대형사고가 잇따랐다. 거리엔 방진마스크를 쓴 사람들이 늘었고 건물 이층 내과에 호흡기 질환을 호소하는 환자들이 진을 치고 있었다. 안개가 낭만적인 분위기를 만들던 시절은 지나갔다. 안개는 더이상 신비하지도 몽환적이지도 않았다. 안개는 산성비보다 더 악영향을 끼친다. 산성비의 경우엔 빗물에 씻겨내려가버리지만 안개는 수분량이 적기 때문에 나뭇잎 등에 부착될 경우엔 웬만해선 씻겨내려가지 않는다. 안개 낀 날은 외출을 삼가야 한다. 남자는 비좁은 전당포 내실에 전기장판을 깔고 앉아 밖으로 나가지 않았다. 개수대는 막히고 손님은 오지 않고 맡긴 물건을 찾으러 오는 사람 또한 없었다. 안개는 소리없이 피어올라 더이상 숨길 수 없는 열정처럼 혹은 절박한 열망처럼 세상을 옥죄어오고 있었다. 남자는 그 모든 것을 못 본 척하고 있었지만 그 뜨겁고 희미한 안개 속에 자신을 무방비상태로 내팽개쳐두고 있다는 것을 알고 있었다. 깊은 밤에 남자는 잠에서 깨어났다. 벽에서 물방울들이 후드득후드득 떨어져내리는 게 보였다. 베개도 흠씬 젖어 있었다. 전당포 내실은 물 속에 잠겨 있었다. 남자는 그게 눈물인지 아니면 안개의 수없이 작은 물방울들인지 분간할 수 없었다. 눈물은, 아니 물방울들은 나무의 단단한 수피를 뚫고 들어가 수액을 빨아먹는 개미떼들처럼 남자의 방 안으로 바글바글 끓어

들었다. 남자는 물 속에서 죽은 나무 한 그루를 떠올렸다. 남자는 우의를 꺼내 머리끝까지 뒤집어쓴 채 모로 누워 잠을 잤다. 아직 씌어지지 않은 전표들과 지폐뭉치들이 둥둥 떠다녔다. 극도의 불안이 남자를 엄습했다. 그러나 그 불안은 며칠 뒤 갑자기 흔적도 없이 안개가 사라져버린 날에 비하면 아무것도 아니라는 것을 그땐 알지 못했다. 남자는 그 땅에 두고 온, 봄이면 적색의 긴 타원형 열매를 맺던 산수유나무와 은사시나무를 기억했다. 이렇게 짙은 안개라면 나뭇잎들은 별다른 저항도 할 수 없을 만큼 빠른 속도로 고사하기 시작할 것이다. 작은 물방울인 안개가 맺혀 있다가 햇빛에 의해 수분이 증발되면서 잎 가장자리부터 싯누렇게 타들어갈 것이다. 남자는 여자의 이름을 부르듯 향수 어린 공허감에 젖은 채 산수유, 은사시, 하고 나무들의 이름을 차례대로 불러보았다.

극도의 불안이 지나간 후 남자에게 남은 것은 긴 침묵이었다. 그 침묵은 남자와 남자의 비좁은 공간, 그리고 낡은 사층 건물을 통째로 휘감아버린 채 저 보이지 않는 광대하고 짙푸른 지평선과 평원 속으로 멀리 퍼져나갔다. 오랜 병석에서 깨어난 사람처럼 비척거리는 걸음으로 남자는 복도로 나가 창문을 열어젖혔다. 습한 공기가 맨살에 감겨왔다. 높고 뾰족한 건물들은 안개 속에 절반쯤 형체를 감춘 채 여전히 같은 자리에 서 있었고 채 일 킬로미터도 돼 보이지 않는 가시거리 속에서 흰 마스크를 쓴 사람들이 나래비로 선 좌판에서 흥정을 하고 편지를 배달하고 있었다. 불투명한 노란빛과 청색이 어우러진 대기는 이제 막 저물기 시작하는 해질녘처럼 보이기도 했고 어두운 구름을 뚫고 막 해가 뜨기 시작하는 박명의 하늘처럼 보이기도 했다. 시간도 계절도 분간할 수 없는 풍경이었지만 그 풍경이 몹시 익숙하다는 것에 남자는 깜짝 놀라고 말았다.

흐릿한 광채와 습기가 남자의 몸을 에워쌌다. 남자는 숨을 크게 들이쉬었다. 자신의 팔과 다리를 내려다보았다. 산수유나 은사시나무처럼 손끝 발끝부터 서서히 누렇게 고사되고 있는 건 아닌가 하는 불안감 때문이었다. 수모와 고통만이 감옥은 아니었다.

남자는 진열대 가장 위쪽에 놓여 있는 시계들 중에서 가장 크고 화려한 롤렉스 시계 하나를 꺼냈다. 금빛 시계는 롤렉스만의 정교한 왕관 모양과 열두시와 여섯시 방향으로 고유번호가 새겨져 있는 것이었다. 그 시계는 남자가 보유하고 있는 시계 중에서 가장 값나가는 것이다. 육 개월인 유전기간이 지난 건 벌써 몇 달 전이다. 전쟁중에 만들어진 롤렉스 시계는 충격에도 강하고 방수기능 또한 뛰어나다. 그런 면에서 보면 시계는 아직 롤렉스만한 것이 없고 업소에서도 가장 높이 치는 게 바로 이 시계다. 롤렉스 시계를 찬 난 남자는 약간 우쭐한 기분에 빠지는 것을 느꼈다. 그러나 반지 하나도 제대로 살 줄 모르는 카페 여자가 이 시계의 값어치를 알아봐줄 수 있을지는 자신할 수 없었다. 남자는 의기소침한 얼굴로 전당포 철문을 굳게 닫고 건물 밖으로 나갔다.

뜨개옷의 한 코가 툭툭 풀어지기 시작하는 것처럼 남자는 기다렸다는 듯 급습하기 시작한 습기 때문에 자신의 몸이 한 코 한 코, 툭 투르륵 풀어져 급기야는 젖은 실뭉치가 된 채 길바닥에 나뒹굴게 되지는 않을까 두려워졌다. 계단 밑의 안개는 사층에서 내려다본 것에 비하면 극히 일부에 지나지 않았다. 안개는 불타는 나무처럼 이글거리는 짐승의 젖은 눈동자처럼 속수무책으로 전신을 육박해오고 있었다. 남자는 옷 앞섶을 꽉 여미곤 버스 정거장 쪽으로 걸음을 빨리 옮겨놓았다.

여자의 의상은 약간 우스꽝스러운 데가 있었다. 차라리 교복을 차려입거나 아니면 밤무대 의상 같은 요란하고 번쩍거리는 옷을 입었더라면 되레 그런 느낌은 없었을 것이다. 여자는 굽이 낮은 단정한 까만 구두에 두꺼운 감색 투피스를 입고 나타났다. 여자가 일층 계단에 나타나자 사람들은 일제히 그녀 쪽을 돌아다봤다. 외설스런 휘파람 소리가 들리기도 했다. 선을 보러 나가는 단정한 여자처럼 여자는 예의 그 어깻죽지 위에 접시를 올려놓고 걷는 듯한 걸음걸이로 이층까지 타박타박 올라왔다. 여자의 옷차림이 교복이나 앞섶이 푹 파인 옷을 입은 것보다 선정적으로 느껴지는 것은 남자로서도 어쩔 수 없는 느낌이었다. 이 카페가 생긴 것은 일 년 전이다. 남자는 여자가 일하기 전부터 이곳에 와 맥주나 뜨거운 차를 마시곤 했다. 여자가 오고 난 후 달라진 게 있다면 이젠 혼자 온다는 것뿐이다. 카페는 일, 이층을 다 터서 천장을 높게 만들고 외곽을 따라 테이블을 둘러놓았다. 천장엔 그네가 매달려 있다. 매일 밤 아홉시가 되면 여자는 두 시간 동안 그네를 탄다. 카페 손님들은 여자가 그네를 타는 동안 여자 밑에서 술을 마시거나 담배를 피우면서 여자를 올려다보기도 한다. 애초부터 거긴 아무것도 존재하지 않는다는 듯 짐짓 딴전을 피우는 사람들도 있다. 남자는 후자 쪽이긴 하지만 오늘은 여자를 뚫어지게 쳐다보았다. 유행이 지난 감색 투피스를 입긴 했지만 작은 체구에 약간 통통한 그녀는 남자 눈에는 잔뜩 색깔을 입힌 부활절의 달걀처럼 화려하게 보였다. 계단을 올라가던 여자가 이쪽의 시선을 느낀 것인지 남자 쪽을 돌아봤다. 혹시, 나를 기억합니까? 남자는 묻고 싶었다. 여자는 낯선 행인을 쳐다보듯 남자를 일별했다. 그러곤 마저 계단을 올라가 단 한순간에 평균대를 뛰어넘어야 할 사람처럼 숨을 고르더니 훌쩍 그네에 올라탔다. 야야, 저 여자 좀 봐! 카페 안이 술렁거리기 시작했다.

남자는 이층에 앉아 있었다. 아래층에 앉아 있으면 거뭇한 여자의 아랫도리만 보인다. 남자는 될 수 있으면 여자와 더 가까운 위치에 앉고 싶었다. 그네를 타고 있는 여자는 한순간 아주 가까워졌다가 아주 멀어지곤 했다. 그 반복 속에서 남자는 차츰 평온해지는 것을 느꼈지만 여자도 그런 느낌일 거라고는 생각할 수 없었다. 남자는 뜨거운 차를 후룩후룩 마셨다. 조도가 더 낮아진 카페는 다시 조용해지고 사람들은 쾌락과 유희의 순간을 지나보낸 듯 다시금 술을 마시고 담소를 나누기 시작했다. 이따금씩 삐걱거리는 그네 소리 외에 실내는 침묵 속에 잠겼다. 여자는 나비처럼, 아니 나방처럼 팔랑거리며 카페 안을 날아다니고 있었다. 남자는 찰나의 행복을 느꼈다. 하지만 그 행복이란 것은 한 올의 말총으로 매단 다모클레스의 칼 밑에 앉아 있는 것처럼 극단적인 쾌감과 싸늘한 생의 절연을 느끼게 한다는 것을 깨닫곤 허리를 바싹 곧추세웠다. 여자는 가느스름한 눈을 크게 뜨고 어디 먼 곳에 시선을 붙박아두고 있는 것 같았지만 그 지점은 분명 여기는 아닐 것이다. 딱딱하게 굳은 여자의 아래턱이 그걸 말해주고 있었다. 안개는 카페 안까지 진군해왔다. 남자는 손바닥 안에 뭉쳐지는 습기를 꽉 모아쥔 채 순금의 반지를 손에 넣었을 때처럼 그 감촉을 즐기고 있었다. 여자는 입을 크게 벌린 채 숨을 들이마셨다. 남자는 여자의 입과 그녀의 깊은 폐 속으로 한없이 밀려들어가고 있는 미세한 물방울들을 지켜보았다. 여자는 가까워졌다 멀어졌다. 여자는 멀어졌다 가까워졌다. 남자는 의아했다. 가까워졌다고 느낀 순간 여자의 얼굴은 일정한 거리를 두고 봐야만 전체가 제대로 보이는 섬세한 모자이크처럼 불분명하고 흐릿하게 보였다. 여자가 이쪽으로부터 멀어질 때, 남자는 비로소 여자의 뚜렷한 형체를 볼 수 있다는 사실을 발견하곤 참고 있던 숨을 토해냈다. 남자는 눈을 크게 벌리곤 멀어질 때 되레 가까워 보이는 여자의 얼굴을 자꾸만 바라보고 또 보았다.

열한시가 되자 여자는 구르던 발을 멈추고는 그네에서 가볍게 뛰어내렸다. 그녀는 천장에서 어깨를 잡아올리는 듯 상체를 세운 걸음으로 두 시간 전에 올라왔던 계단을 내려갔다. 자칫하면 여자는 그대로 계단 밑으로 굴러떨어질 것만 같이 뻣뻣하고 부자연스러워 보였다. 여자가 직원 외 금지, 라고 씌어진 문을 밀고 들어가자 남자는 자리에서 일어났다.

남자는 카페 밖, 어두운 골목 모퉁이에서 여자를 기다렸다.

안개를 피해 숨을 곳을 찾는 듯, 아니면 이젠 익숙해질 대로 익숙해져버린 안개의 집요함에 체념을 한 것인지 남자는 어딘지 분간조차 할 수 없는 낯선 동네를 한참이나 걸어다녔다. 그 낯선 곳에서 남자는 길을 잃었다. 남자는 멍한 눈으로 하늘을 올려다봤다. 희고 붉은 간판이 안개 속에서 간신히 빛을 뿜어내고 있는 것이 보였다. 남자는 손목에 차고 있던 롤렉스 시계를 풀어 손바닥 안에 움켜쥐었다. 남자는 길앞잡이 밤벌레처럼 반짝거리는 전당포 간판 조명을 따라 건물 안으로 쓱 기어들어갔다.

낮기온이 크게 떨어졌다. 초조해진 남자는 기상청으로 전화를 걸었다. 전화를 끊고 나서 떨어진 간장을 사기 위해 슈퍼로 갔다. 하늘을 쳐다보지도 행인들을 쳐다보지도 않은 채 묵묵히 걸었다. 슈퍼에서 돌아온 남자는 사온 식료품들을 정리하다 말고 정작 간장은 사오지 않았다는 것을 깨달았다. 라면과 소금, 참치 캔 등을 창구 앞에 죽 늘어놓고 바라봤다. 남자는 소금 봉지를 뜯어 거꾸로 들고 흔들어보았다. 유리 창구 앞과 바닥에 쏟아진 소금이 진열대의 보석들처럼 반짝거렸다. 남자는 바닥에 주저앉아 손끝으로 소금을 찍어 먹었다. 마른 손 끝에 소금이 묻지 않자 남자는 손바닥에 침을 뱉었다. 축축해진 손바닥 안으로 소금이 가득 묻어났다. 남자는 아무 데나 퉤퉤 침을 뱉고 물뿌리개로 사방에 물을 뿌려댔다. 습한 냄새가 풍겨났다. 남자는 자신의 아래께가 봉지처럼 팽팽하게 부풀어오르는 것을 느꼈다. 물방울들은 금세 말라버렸다. 남자는 봉지처럼 푹 꺼져버렸다. 어제 아침, 안개는 갑자기 사라져버렸다.

전당포에 오는 손님들에게 남자는 어느 때보다 친절했다. 장물을 갖고 오는 사람들과도 새로 거래를 시작했다. 손님이 뜸한 오전시간에는 맞은 편 노래방에 가 혼자 노래를 불렀다. 점심시간엔 노래방 주인과 자장면을 시켜먹고 커피를 배달해 마셨다. 일찍 잠자리에 들었다. 이따금씩 악기들의 울음소리인지 아니면 그 먼 섬의 종소리인지 잘 분간되지 않는 희미한 소리들이 이명처럼 들리는 것을 느낄 수 있었지만 잠에서 깨어나지 않았다. 남자는 한밤에 잠에서 깨어나는 것이 두려웠으므로 발가락을 오그린 채 아침이 올 때까지 잠든 척했다. 손님이 다소 늘기도 했다. 일상은 반복되었다. 그러나 남자는 예전과는 분명 뭔가 달라졌다는 생각을 하지 않을 수 없었다. 남자는 자신이 다른 사람이 되었다는 것을 깨달았다.

평범하고 무난한 날씨가 이어졌다. 남자는 궁지에 몰린 듯 차츰 초조해지기 시작했다. 마침내 남자는 창문을 열고 밖을 내다보았다. 뜨거운 햇살이 남자의 얼굴로 쏟아져내렸다. 남자는 기겁하듯 얼른 창문 아래로 몸을 숙였다가 다시 기웃기웃 창 밖으로 얼굴을 내밀어보았다. 한 점 구름 없는 하늘로 점처럼 작은 새들이 유유히 날아다니고 있었다. 새로 씻어낸 듯한 건물들의 반짝거리는 유리창들, 손을 베일 것 같은 외곽의 형태들이 낯설게 보였다. 때없이 피어난 봄꽃처럼 창 밖은 불과 며칠 전과는 전혀 다른 세상이라는 것이 남자를 놀라게 했다. 남자는 청명한 하늘을 호선의 무지개처럼 두른 청색과 노랑과 붉은빛, 그리고 거리의 간판과 버스와 행인들에게서 뿜어져나오는 생경한 빛 속에서 알몸을 드러낸 듯한 착각에 빠졌다. 그 빛은 만지면 만질수록 부드럽고 둥글게 뭉쳐지는 물기가 아니라 수천 개의 바늘이 맨몸에 와 꽂히는 느낌이었다. 색채의 찬란함이 주는 무한한 공포 속에서 남자는 질끈 눈을 감아버렸다. 비상구를 찾듯 남자는 허겁지겁 카페 여자를 만났던 그 밤을 기억해냈다.

여자의 얼굴은 그네를 타고 가까워졌을 때처럼 윤곽이 흐릿했지만 남자는 안심했다. 여자에게도 남자의 얼굴은 그렇게 보일 것이기 때문이었다. 짙은 밤안개 속에서 남자는 용기를 냈다. 대화가 끝났을 때도 문양화(紋樣畫)의 일부처럼 희미한 채로나마 여자는 남자에게 지울 수 없는 무늬로 각인되었다. 남자는 여자의 이름을 불렀다.

……누, 누구세요?

……!

거기 얼굴이, 잘 안 보여요.

여자는 말을 더듬었다.

그쪽 얼굴이 잘 안 보이기는, 나도 마찬가집니다.

여자는 침묵을 지켰다. 남자는 여자가 자신을 알아보지 못할까봐, 전당포 남자를 알아볼까봐 전전긍긍했다.

그 허공 속에서 그네를 탈 때, 당신이 무슨 생각을 하는지, 알고 싶습니다.

두껍고 광대한 구름의 무리가 한꺼번에 우르르 몰려다니는 것처럼 안개가 여자와 남자 사이를 빈틈없이 에워싸고 있었다. 막의 뒤편에 몸을 가리고 있을 때처럼 남자는 평온해지는 것을 느꼈다.

　나는……

　여자는 말을 잇지 않았다. 남자는 무턱대고 고개를 끄덕였다. 안개 속에서 그 모습이 여자에게 보이지 않을까봐 끄덕이고 또 끄덕였다. 여자의 목소리는 북구의 민요처럼 슬프고 조용했다. 남자는 여자의 어깨에 손을 두를 듯 한쪽 팔을 허공 속으로 치켜올렸다. 발짝 소리가 났다. 남자는 여자가 안개 속을 뚫고 한 걸음 자신의 앞으로 다가오는 거라고 생각했다. 팔목에 찬 금장 롤렉스 시계가 번쩍 빛을 발했다.

　난, 이제 거긴 다신 안 갈 거예요.

　여자의 목소리 때문에 남자는 여자가 한 걸음 더 뒤로 물러났다는 것을 알았다.

　그래도, 아직 뭔가 맡기고 찾아갈 게 있다는 건 다행한 일 아닙니까.

　……

　농밀한 안개가 입김처럼 뜨겁게 다가왔다. 남자는 그러다가 여자의 얼굴이 아주 보이지 않게 될까봐 초조했지만 그것이 막이 걷히듯 확 사라질까봐 더 두렵기도 했다. 사람과 사람 사이에 틈이 있고 중요한 건 그 틈을 없애는 게 아니라 지켜나가는 것이라면 그 순간 남자는 여자와 자신 사이의 틈을 안개가 대신 채워주기를 간절히 원하고 있었다. 그러나 그네를 타는 여자는 너무 높은 곳에 있고, 여자는 안개를 안개라 말하지 않을지도 모른다. 꿈결인 양 여자의 목소리가 들려왔다. 그 어둠과 안개 속에서 남자는 자신이 이 세상에서 진정으로 존재한다는 것을 깨달았다. ……그게 다 지난 일이라는 걸, 남자는 믿을 수 없다.

　카페에 다시 가볼 요량으로 철문을 잠갔다가 도로 문을 따고 안으로

244

들어가버렸다. 그녀 또한 안개처럼 갑자기 사라져버릴지도 모른다는 불안이 엄습했기 때문이었다.

남자는 수천 마리의 말떼가 이마를 밟고 지나가는 듯한 고통 속에서 눈을 떴다. 깊은 밤이었다. 보안장치가 왕왕 울리고 있었다. 남자는 밖으로 나가보았다. 철문 밖에는 아무도 보이지 않았다. 누군가 다녀간 흔적도, 이쪽으로 계단을 올라오고 있는 기척도 없었다. 거기, 누구요? 자리에 도로 눕던 남자는 벌떡 일어났다. 썩은 냄새를 풍기며 한가득 물이 고여 있는 개수대 속으로 팔을 집어넣었다. 물이 싱크대 밖으로 넘쳐흘러 발등을 적셨다. 수챗구멍 속으로 더 깊이, 더 밑으로 손가락을 쑤셔넣었다. 크륵, 크르륵 물 내려가는 소리가 늘리기 시작했다. 남자는 뿌리를 뽑듯 마지막 안간힘을 쓰면서 손을 확 빼냈다. 한 움큼의 머리카락이 딸려나왔다. 죽은 자의 머리카락을 손에 쥔 사람처럼 남자는 진저리를 치며 손을 털어냈다. 갑자기 쏴, 소용돌이를 일으키며 물이 수챗구멍으로 빠져나가는 것을 지켜보다가 돌연한 두려움을 느꼈다. 그건 안개가 갑자기 사라져버렸을 때와 비슷한 느낌이었다.

구들장을 뚫고 엄지손가락만한 새순 하나가 돋았다. 남자는 그게 씀바귀나 금낭화 같은 야생화 종류일 거라고 짐작했다. 연둣빛 새순들은 방바닥 전체를 빽빽이 채우며 쑥쑥쑥 돋아났고 눈 깜짝할 새에 남자의 허리만큼 자랐다. 남자는 허겁지겁 지붕 위로 기어갔다. 새순은 이제 새순이 아니라 순간적으로 바뀐 낯선 꿈처럼 수천 그루의 나무둥치로 변해 있었다. 지붕이 뚫리면서 나무들이 솟구쳐올랐다. 지붕 한 끝에 대롱대롱 매달려 있던 남자는 곤두박질치며 땅으로 떨어졌다. 집 한 채를 통째

로 잠식해버린 바오밥나무들이 천천히 녹아내렸다. 남자는 눈앞이 희뿌
예지는 것을 느꼈다. 집을 뒤덮고 있는 것은 설원의 폭풍처럼 맹렬한 기
세로 회오리치며 차오르고 일어서는, 야성의 힘으로부터 거침없이 밀려
나오기 시작하는 안개의 무리들이었다. 남자는 오그린 발가락을 펴고 자
리에서 일어났다. 어느 한 군데 젖지 않은 데가 없었다. 다시는 잠들지
않겠다고 입술을 깨물었다.

남자는 날짜를 헤아려보았다.

전당포 문을 잠그고 계단을 내려갔다. 남자는 금은방으로 갔다. 반지
를 고르기 전에 남자는 망설였다. 청금석 반지를 사고 싶었고 루비 반지
를 사고 싶었다. 사파이어 종류인 청금석은 금빛이 도는 짙푸른 색깔의
단단한 돌이다. 사랑이 부족한 사람에게는 사랑이 싹트게 해주거나 기쁨
을 얻지 못한 사람에게는 기쁨을, 믿음이 없는 사람에게는 깊은 신뢰를
주며 삶의 용기를 가져다준다는 전설의 돌. 그건 12월의 탄생석이다. 남
자는 여자의 생년월일을 기억한다. 7월의 탄생석인 루비를 만지작거렸
다. 강렬한 붉은 빛깔의 루비는 그 빛깔의 정도에 따라서 첫번째 피, 혹
은 황소의 피라고 불린다. 그중 으뜸으로 치는 것은 짙고 맑고 밝은 비둘
기의 피라고 불리는 종류다. 전당포 남자는 자신이 보석에 대해 잘 알고
있다는 게 그때처럼 유용하고 기쁜 적이 없었다고 떠올렸다. 청금석 반
지나 비둘기의 피, 그리고 순금의 반지는 남자의 전당포에도 있긴 했다.
여자에겐 새것을 사주고 싶다.

남자는 포장된 상자를 가슴팍 주머니에 찔러넣고 금은방을 나왔다. 금
시세가 떨어지고 있는 것이 께름칙하긴 했으나 남자는 후회하지 않았다.
아직 순금만큼 현금으로 즉시 교환하기 쉬운 건 없다. 언제 다시 여자가

전전긍긍하며 전당포를 찾아다니게 될지 그건 남자도 여자도 알 수 없는 일이다. 남자는 미래를 생각하고 싶었다. 여자에게 순금으로 만들어진 반지를 줄 것이다. 어쩌면 여자가 투명한 햇빛 속에서 녹색으로 빛나는 순금의 투명하고 찬란한 빛을 보게 될지도 모른다. 전당포로 돌아오는 길에 남자는 다시 한번 생각하면 뜻밖의 정답을 얻게 될지도 모른다는 불확실한 기대와 일념 속에서 투명한 유리병 두 개를 더 샀다.

유리병의 표면은 매끄럽고 균일했다. 작은 유리병을 큰 유리병 안으로 집어넣었다. 남자는 팔팔 끓인 물을 팔십 도로 식혔다. 유리병 하나에 더운물을 채워 병 전체가 따뜻해지도록 만들었다. 유리병이 따뜻해진 것을 확인하곤 유리병에 채웠던 물을 한 뼘쯤만 남기고 쏟아버렸다. 병 입구에 얼음덩어리를 올려놓았다. 남자는 어림짐작으로 한 삼십 분쯤 흘렀을 거라고 생각했기 때문에 그게 불과 일이 분 사이에 일어난 일이라는 것을 깨닫지 못했다. 이 분쯤 더 지났을 무렵부터 바깥쪽 유리병에 물방울들이 맺히기 시작했고 그걸 발견한 지 삼사 초쯤 더 지났을 땐 안쪽 작은 유리병 내부로부터 서서히 김이 서리기 시작하는 것을 지켜볼 수 있었다. 남자는 얼굴 가까이 유리병을 끌어당겼다. 호흡이 가빠지고 있었다. 남자의 입김이 유리병 표면에 성에꽃처럼 피어났다. 남자는 병을 도로 밀어놓고 멀찍이 떨어졌다. 작은 유리병 안에 생기던 뿌연 김이 한껏 피어오르지도 못한 채 사그러들었다. 남자는 처음부터 다시 생각해야겠다고 결심했다. 남자는 새로 물을 끓이고 유리병을 데우고 물을 따라버리고 숨을 죽이고 지켜보는 일을 반복했다. 한밤이 돼서야 남자는 새로운 사실들을 발견해냈다. 너무 뜨거운 물에 의해서는 김 서림 때문에 막 생기기 시작하는 안개의 관찰이 쉽지 않다는 것, 그리고 병을 데울 때는 물을 병의 입구까지 채워 전체적으로 충분히 따뜻하게 만들어야 한다는 것 등을 말이다. 작은 유리병 안으로 안개들이 몽글몽글 피어나는 걸 남자는 열띤 눈으로 지켜보았다. 유리병 뚜껑을 열었다. 물방울들이, 그 미세한 물방울이 모여 이룬 안개의 무리가 내실 전체로 피어오르는 것 같았다. 물방울들은 남자의 뺨으로 유리 칸막이 창구로 사방 벽으로 다닥다닥 흥건하게 달라붙었다. 한데 뒤엉킨 물방울들은 한줄기 물이 되어 줄줄 흘러내렸다. 남자는 흘러내리는 물방울들을 벽에 찰싹 달라붙어 개처럼 핥아댔다.

맑고 건조한 날씨가 이어지고 있는데도 창고에 처박아둔 악기들의 울음소리가 끊임없이 들렸다. 보안장치가 울리기도 했다. 남자는 자신의 귀를 자꾸만 두 손으로 잡아당겨 늘였다가 비틀어버리기도 했다. 창 밖은 내다보지 않았다. 오래 전 이곳에 왔던 한 여자와 또 두어 명의 사내들이 맡겨두었던 노트북과 카메라와 진주 반지를 찾아갔다. 오랜만에 남자는 안도의 숨을 내쉬었다. 그러나 계단을 올라오는 발짝 소리는 더이상 들리지 않았다. 남자의 귀는 흘러내리기라도 할 듯 어깨 밑으로 축 늘어졌다. 신문을 읽고 잠을 자고 녹슨 철문을 닦았다. 날카롭게 날을 간 도루코 면도기로 매일 수염을 깎고 치렁거리는 귀를 싹둑 잘라냈다. 한층 예민해진 귀는 아주 먼 데서 들리는 미세한 소리도 다 감지했다. 현악기들의 울음소리는 자박자박 가슴을 밟아대듯 애절한 데가 있었지만 남자는 창고로 내려가지 않았다. 창고로 내려가는 길은 그 먼 곳의 호수를 혼자 찾아가는 일만큼이나 멀고 아득할 것만 같았다. 어쩌면 여자도 알고 있는 호수일지도 몰랐다. 그 호수의 작은 섬에는 흰 집이 한 채 있다. 그건 교회라고도 불리고 성당이라고도 했으며 어떤 이는 그냥 버려진 낡은 집이라고도 했다. 그 교회에는 소원의 종이라는 이름의 종이 있다고 한다. 여름에는 배를 타고 겨울이면 얼어붙은 호수를 건너야만 닿을 수 있는 곳이라고 했다. 그 종을 치는 모든 이들은 바라던 소망을 이룰 수 있다고 전해진다. 하지만 아직 누구도 거길 가본 사람은 없다고 한다. 여름이나 겨울이나 짙은 안개가 길을 가로막고 있기 때문이다. 안개 속으로 한번 사라진 사람들은 다신 돌아오지 않는다. 한번 그 길을 떠난 사람의 안부를 누구도 알지 못했다. 그 섬의 이름은 아무도 모른다. 다만 소원의 종이라는 전설을 남자는 기억할 따름이었다. 안개…… 남자는 다시 안개를 생각했다.

　여자도 그걸 안개라고 부를 것인가. 남자는 자꾸만 반문했다. 안개는 지상에 내려온 구름이다. 땅에 서 있는 사람이 높은 산의 정상에 있는 미세한 물방울의 무리를 보면 그 사람은 그것을 구름이라고 할 것이다. 그러나 산의 정상에 서 있는 사람에게 그것은 주위의 안개일 뿐이다. 남자는 안개를 본다. 여자는 구름이라고 한다. 남자는 구름을 본다. 여자는 그걸 안개라고 말할 것이다. 여자와 남자는 각각 다른 위치에서 다른 이름으로 그것을 부를 것이다. 그것을 땅의 가장 가까운 곳에서는 이슬이라고 부른다. 남자와 여자는 같은 이름을 제각각 다른 이름으로 부르는 것이다. 남자는 아주 높은 곳으로 올라가고 싶었다. 같은 것을 보고 같은 것이라 지칭하고 싶었다. 가능하다면 아주 그것이 되고 싶었다. 남자는 만약 여자가 그네에서 영영 내려오지 않게 된다면 어떻게 될까 상상해보았다. 남자에겐 안개인 것이 여자에게도 안개일 것이며 남자에겐 구름인 것도 여자에겐 안개가 될 것이다. 물방울일 것이다. 남자는 카페 여자가 그네에서 내려오지 않기를 간절히 바랐다. 전당포는 안개처럼 갑자기 사라져버릴 것이다. 그런데 내가 본 건 정말 안개였을까. 남자는 중얼거린다.

*

　여자는 계단을 올라갔다. 긴 치마가 자꾸만 구두에 밟혔다. 넘어지지 않도록 안간힘을 쓰면서 올라가 그네 한 끝을 잡았다. 여자는 자신을 주목하고 있는 사람들을 눈여겨 쳐다봤다. 남자의 모습은 보이지 않았다. 여자는 그네에 앉아 천천히 발을 구르기 시작했다. 거리는 눈에 띄게 변해 있었다. 여기가 아닐지도 모른다는 의심 때문에 여자는 조바심치며 전당포가 있던 건물을 찾았다. 새로 반듯하게 지어진 사층 건물로 올라갔다. 전당포가 있던 자리에는 노래방 간판이 붙어 있었고 노래방이 있던 자리는 안과로 변해 있었다. 여자는 노래방 주인에게 전당포 남자의 행방을 물었다. 여자는 사내의 얼굴을 기억했다. 사내는 전당포 맞은편에 있었던 바로 그 노래방 주인이었다. 노래방 주인은 그가 간 곳을 아무도 모른다 했다. 여자는 두 손으로 밧줄을 꽉 쥔 채 천장을 올려다보았다. 밧줄은 아주 단단하게 고정돼 있었다. 두 다리로 허공을 탁 찼다. 일층에서 이쪽을 올려다보고 있는 얼굴들의 윤곽은 뚜렷하진 않지만, 남자는 거기 있을지도 몰랐다. 밑에서 자신을 쳐다보는 사람들의 시선은 늘 한 뼘쯤 엇나가 보인다. 여자는 자신의 반지를 보관하고 있을 남자를 기다리기도 했고 기다리지 않기도 했다. 시간이 많이 흘렀다. 남자는 어디로 갔을까. 여자는 발끝이 천장에 닿을 정도로 하체를 쭉 내뻗는다. 그런데 내가 그를 만난 적이 있었던가. 여자는 장담할 수 없다. 안개 속에서 있던, 아주 잠시 대화를 주고받았던 그 남자는 전당포 남자가 아니었을지도 모른다. 여자는 혼란스러워지는 것을 느꼈다. 어쩌면 그를 만났었다는 유일한 증거일지도 모를 오래된 전표 한 장이 주머니에서 떨어지는 것을, 그 전표를 이제 막 계산을 치른 남녀가 무심히 밟고 지나가는 것을 여자는 알지 못했다.

그날 밤 남자는 여자에게 물었었다. 당신은 그네를 탈 때 무슨. ……나는, 나는 나비죠, 나는 비예요, 나는 눈이야, 나는 달이야, 나는 한줄기 바람, 나는 새. 생각을 하나요? 나는 구름, 나는 안개야, 나는 물방울. 여자는 어디에 있어도 남자가 자신의 목소리를 들을 수 있도록 한껏 큰소리로 외쳤다. 남자는 커다란 통에 팔팔 물을 끓였다. 여자는 아랫도리로 한기가 몰려오는 것을 느꼈다. 남자는 내실의 벽을 유리로 덧대고 안쪽에서 틀어막았다. 그네의 속도는 더욱 빨라진다. 남자는 천장을 뒤덮은 유리 위에 차가운 얼음덩어리를 올려놓았다. 여자는 그대로 새처럼 높이 솟구쳐올라 산산이 부서지고 녹아내리고 증발되며 흔적도 없이 사라져 버리는 하나의 물방울이 되고 싶었다. 여자는 남자가 있는 곳으로 가고 싶었다. 남자의 방문은 오랫동안 열리지 않았다. 여자는 두 다리를 힘차게 구른다. 개포동 전당포 남자는 안개가 되었다.

「나」를 이야기하는 칼리그람으로서의 글쓰기

손정수(문학평론가·계명대 문예창작과 교수)

「나에 관한 모든 것을 볼 수 있기」는 이번 소설집에 실린 조경란의 소설의 근원에 자리잡고 있는 욕망이라고

할 수 있다. 그러한 욕망은 우선 언어(의식)에 의해 직관적으로 포착되지 않는 형상을 지향한다.

하지만 그 형상은 「알기 어려운 그림처럼 추상적인 형태로서 존재한다. 그러하기에 거기에는 다시 「제목」(언어)이

요구되지 않을 수 없다. 그렇다면 위에서 조경란이 말하고 있는 「점묘화」란 사실 칼리그람일 것이다.

그리고 그것은 「나」의 동일성과 자기성의 틀을 포착하고자 하는 언어와 형상으로 된 이중의 덫이라 할 것이다.

그렇다면 조경란은 「나」라는 텍스트를 직조하기 위해 왜 칼리그람의 형식을 택할 수밖에 없었는가.

이 물음은 조경란의 소설 세계의 새로운 전환점에 걸려 있는 것이자 동시에 우리 소설사의 새로운 국면과 관련된다.

1. 이것은 고백이 아니다

거울 속의 '나'는 '나'가 누구인지 말해준다. 사람들은 거울 속의 '나'를 보고 그가 거울 밖의 '나'와 동일한 존재임을 확인할 수 있다. 하지만 동시에 거울 속의 '나'는 '나'가 누구인지 말해줄 수 없다. '나'의 심층에는 타인이 분간해낼 수 없는 '나'가 존재하기 때문이다. P. 리쾨르의 표현을 빌려 말하자면, '동일성(sameness, *idem*-identity)'과 구분되는 '자기성(selfhood, *ipse*-identity)'이 '나'의 심층에 자리잡고 있는 것이다. '나'가 거울 속의 '나'를 바라보면서 어느 순간 한없이 낯선 느낌을 받는 경험 또한 이렇듯 '보여지는 나'(동일성)와 '보여질 수 없는 나'(자기성)의 숙명적 분열에 기인한다.

문제는 이 '자기성으로서의 나'가 '나'의 직관에 의해 투명하게 파악되지 않는다는 점에 있다. 그것은 타인에게 드러낼 수 없을 뿐만 아니라 자신에 의해서도 다만 희미하게 감지될 따름이다. 그러니까 그것은 원리적으로 감각화될 수 없을 뿐만 아니라 의식화되기도 어렵다. 이 불투명한 유동체에 어렴풋하게나마 윤곽을 부여하는 것은 다름아닌 '이야기'이다. 가령, 한 편의 이야기를 읽으면서 우리는 마치 그것이 자신의 이야기인 듯 느끼는 경우가 있다. 이때 소설 속의 인물과 '나'는 '동일'하지 않다. 하지만 그 인물과 이야기를 통해 그 속에서 '나'는 '나'의 '자기성'을 새삼 환기하고 발견하는 것이다. 마찬가지로 내면 속에 감추어져 있는 '나'를 드러낼 수 있는 계기 또한 이야기에서 찾을 수 있다. 이야기는 '나'의 삶에 형태를 부여하고 그것을 외면화할 수 있게 만들어 준다. 그러나 '나'의 자기성에 대한 직관이 언어 구성물인 이야기로 성립되는 순간 그것은 다시 동일성의 차원으로 귀착된다. 그러한 사태를 피하기 위해 언어를 자기성의 차원으로 이끌어가는 과정이 반복되면 그에 따라 동일성은 엷어지지만, 그 결과 추상적인 자기성의 노출만이 남게 된다. 이 지점에서 '나'는 다시 불투명하고 난해한 텍스트로 회귀하기에 이른다.

이처럼 '나'는 '나'를 이야기로 구성하면서 소통 가능한 동일성의 구상태(具象態)와 소통 불능의 자기성의 추상태(抽象態) 사이를 왕복하게 된다. 이 경우 양자는 조화롭게 결합될 수 있는 대상이라기보다 하나를 취하면 다른 하나를 포기할 수밖에 없는 선택지의 형태로 경험된다. 거울에 비친 '나'를 바라보는 순간 내면 속에 감추어진 '나'는 볼 수 없고 그 반대로 내면 속의 '나'를 주시하는 순간 거울에 비친 '나'는 타인처럼 낯설어지게 된다. 문제는 두 개의 '나'의 모습(이야기)이 같지 않다는 것, 아니 그보다 더 큰 문제는 두 개의 '나'를 동시에 소유할 수 없다는 것이다. 그럼에도 불구하고 이 두 개의 '나' 는 모두 '나' 임이 분명하다는 것이다.

  그런 의미에서 '나' 라는 텍스트는 일종의 칼리그람의 형태를 띠고 있다. 칼리그람이란 글자로 된 그림, 말하자면 점과 같은 글자들이 모여 하나의 형상을 이루고 있는 것을 가리킨다. 가령 '龍' 이라는 글자들을 화소로 한 커다란 용 그림 같은 것을 예로 들 수 있겠다. 칼리그람에 가까이 다가가 글자를 읽으려 하면 그림이 보이지 않고('龍' 이라는 글자만 보인다), 멀리 떨어져 형상을 주시하면 글자들은 점으로 변한다(용의 형상만 보인다). 말하자면 칼리그람에서는 글자와 형상을 동시에 바라볼 수 없는 것이다.

  가까운 거리에서 보면 전혀 알 수 없지만 멀리서 바라보면 분명하게 그 형상을 알 수 있는 점묘화처럼 나는 지금까지의 나에 관한 모든 것을 볼 수 있기를 차츰 바랐던 것입니다. 제목이 없으면 그 속에서 무슨 일이 일어나고 있는지 알기 어려운 그림처럼 어쩌면 내 삶에 관한 하나의 제목을 찾고 싶었던 것인지도 모릅니다.(142쪽)

  '나에 관한 모든 것을 볼 수 있기' 는 이번 소설집에 실린 조경란 소설의 근원에 자리잡고 있는 욕망이라고 할 수 있다. 그러한 욕망은 우선 언어(의식)에 의해 직관적으로 포착되지 않는 형상을 지향한다. 하지만 그 형상은 '알기 어려운 그림' 처럼 추상적인 형태로 존재한다. 그러하기에 거기에는 다시 '제목' (언어)이 요구되지 않을 수 없다. 그렇다면 위에서 조경란이 말하고 있는 '점묘화' 란 사실 칼리그람일 것이다. 그리고 그것은 '나'의 동일성과 자기성의 틈을 포착하고자 하는 언어와 형상으로 된 이중의 덫이라 할 것이다.

그렇다면 조경란은 '나'라는 텍스트를 직조하기 위해 왜 칼리그람의 형식을 택할 수밖에 없었는가. 이것은 조경란의 소설세계의 새로운 전환점에 걸려 있는 문제이자 동시에 우리 소설사의 새로운 국면과 관련된 문제이다.

타자화될 수 없는 '나'를 글이라는 거울로 투명하게 비출 수 있다고 생각하는 지점에서 이른바 '고백'이 성립한다. 달리 말해, 그것은 '나'의 자기성을 동일성의 차원에서 해소하는 것이다. 그런 의미에서 이 '고백'이 창출한 내면은 혹은 '고백'의 형식 속에 유폐된 의식은, 개인의 것이라기보다는 사회적인 것이며 시대적인 것이다. 처음에는 사회적 의식에 의해 억압되었던 한 개인의 고유함을 드러내는 방식으로 여겨졌던 이 고백의 양식이 결국 사회적인 기제에 지나지 않았음을 우리는 90년대 문학을 통과하여 21세기 문학으로 넘어오는 과정에서 새삼 확인할 수 있게 되기에 이른 것이다.

한편 동일성의 차원으로 해소되지 않는 '자기성'의 일방적인 노출은 객관적인 현실적 근거를 결여한 추상적인 글쓰기로 귀결된다. 이른바 모더니즘적 글쓰기에서 그 사례를 발견할 수 있는 이와 같은 극단적인 실험 또한 지난 시대 문학의 한 축을 이루어왔거니와, 리얼리즘이 자기 관련성을 결여한 세계의 드러냄이라면 모더니즘은 세계와의 관련성을 결여한 자기의 드러냄이라 할 것이다.

그렇다면 새로운 방식의 '나'의 이야기는 어떻게 씌어질 수 있는가. 고백의 형식 속에 유폐된 의식으로부터 벗어나 '나'를 이야기하기, 그리고 언어 실험의 유희로부터 벗어나 '나'를 이야기하기, 바로 이 지점에서 조경란의 새로운 소설 스타일이 성립되고 있는바, 칼리그람으로서의 글쓰기가 바로 그것이다. 이 글쓰기 또한 내면 속에 감추어진 자기성을 드러내고자 하는 필사적인 시도라는 점에서 끊임없는 자아 탐구/자아 해석과 관련되지만, 그럼에도 그것은 보여주고자 하는 '나'가 이미 존재하는 '고백'과도, '나'가 처음부터 끝까지 부재하고 의식만이 비대하게 남겨진 '실험'과도 그 차원이 다르다. 이 경우 '나'는 '나'의 삶을 둘러싸고 있는 무수한 타자의 이야기들을 뚫고 그 고유함을 드러낼 수 있는 새로운 이야기의 성립과정과 더불어 찾아지는 것이기 때문이다. 그런 의미에서 '나'를 이야기하는 조경란의 소설을 두고 우리는, 르네 마그리트가 파이프 그림 아래에 '이것은 파이프가 아니다'라고 썼던 것과 같은 맥락에서, '이것은 고백이 아니다'라고 말할 수 있을 것이다.

2. 타자와 '나'의 칼리그람

조경란의 소설에서 '나'를 이야기하는 새로운 스타일이 처음부터 분명한 형태로 가능했던 것은 아니다. 『불란서 안경원』(문학동네, 1997)에서 『나의 자줏빛 소파』(문학과지성사, 2000)를 거쳐 『코끼리를 찾아서』(문학과지성사, 2002)에 이르기까지, 조경란의 소설은 주로 가족과 현실로부터 소외된 미혼 독신 여성의 삶과 의식의 세계를 그 대상으로 삼아왔으며, 이 세계는 작가 특유의 복잡하면서도 섬세한 시선의 근거를 이룬 바 있다. 그것은 세계로부터 '나'를 고립시킴으로써 얻어지는 의식이

자 시선이다. 그러하기에 그러한 방식의 글쓰기가 기본적으로 고백의 범주를 크게 벗어나지 않는 것이었음이, 보다 정확히 말하자면 그러한 범주로부터 벗어나는 과정이었음이 이번 소설집을 통해 새삼 확인되고 있다. 어느 시점 이후 조경란의 인물들이 더이상 가족과 더불어 살지 않는다는 사실 또한 이에 대응된다.

'나'를 이야기하는 새로운 서사방식의 성립과 관련하여 이번 소설집을 살필 때 그 도입의 과정에 놓여 있는 것이 곧 3인칭의 실험이다. 「좁은 문」 「입술」 등이 그에 해당되는데, 이 소설들에는 '자기 이야기를 남 이야기처럼 하는' 인물들이 등장하는바, 이 단계에서의 조경란 또한 그러하다고 볼 수 있을 것이다. 주체를 확신할 경우 나와 타자는 절대적으로 구분된다. 반면 주체에 대한 확신이 부재할 경우 '나'는 타인과 구분되지 않는다. 전자의 경우는 주체의 전횡에, 그리고 후자의 경우에는 주체의 폐기(소멸)에 각각 대응된다고 할 수 있을 것이다. 「좁은 문」 「입술」에서 인물들은 양자 사이에서 흔들리는 주체들로 설정되어 있다. 그러하기에 이 경우 주체는 타자와 절대적으로 구분되지도 그렇다고 스스로 소멸되지도 않는, 타자와 닮은, 타자를 통해 자기를 인식(해석)해야 하는 존재들이다. 바로 이 지점에서 조경란이 제기하는 소통의 문제가 떠오른다.

「좁은 문」에서 소통의 문제는 전당포 남자와 카페 여자를 중심으로 펼쳐진다. 조만간 사라지고 말, 아무도 찾는 이 없는 전당포에서 고독하게 살아가고 있는 남자에게 어느 날 여자가 가짜 금반지를 들고 찾아온다. 남자는 그녀가 카페에서 천장에 매달린 그네를 타던 여자임을 알아본다. 카페 여자는 질 나쁜 다이아몬드를 들고 다시 남자의 전당포를 찾고, 남자는 여자를 보기 위해 카페에 드나든다. 남자는 어떻게 여자에게 얇고 투명해진 순금의 초록빛을, 무색의 다이아몬드가 흰색의 광선에 의해 밝게 산란될 때의 아름다움을 보여줄 수 있을 것인가를 생각한다. 그러니까 이 소설에서 소통은 가짜 금반지를 순금으로 만드는 연금술의 다른 이름이다.

여자는 가까워졌다 멀어졌다. 여자는 멀어졌다 가까워졌다. 남자는 의아했다. 가까워졌다고 느낀 순간 여자의 얼굴은 일정한 거리를 두고 봐야만 전체가 제대로 보이는 섬세한 모자이크처럼 불분명하고 흐릿하게 보였다. 여자가 이쪽으로부터 멀어질 때, 남자는 비로소 여자의 뚜렷한 형체를 볼 수 있다는 사실을 발견하곤 참고 있던 숨을 토해냈다. 남자는 눈을 크게 벌리곤 멀어질 때 되레 가까워 보이는 여자의 얼굴을 자꾸만 바라보고 또 보았다.(240~241쪽)

남자는 카페 이층 구석에 자리를 잡고 앉아 가까워졌다 멀어지기를 반복하는 여자의 모습을 바라본다. 그네를 탄 여자의 형체는 가까이 다가오면 섬세한 모자이크처럼 불분명해지고 반대로 멀어져야 비로소 뚜렷해진다. 모자이크를 가까이에서 보면 조각들을 구획하고 있는 윤곽선과 그것에 의해 분할된 색(色)만 보인다. 반면에 멀리서 보면 조각들과 구획선은 사라지고 형상만이 남게 된다. 양자를 모두 바라볼 수 있는 조화로운 접점이란 존재하지 않는다. 바라보는 시선 자체에 대상과의 거리가 내재되어 있기 때문이다. 앞서 살핀 것처럼, 칼리그람에 내재된 공백지대에 대응되는 이 틈이 남자와 여자의 관계, 나아가 보편적인 인간관계의 기본적 형식을 규정하고 있다.

사람과 사람 사이에 틈이 있고 중요한 건 그 틈을 없애는 게 아니라 지켜나가는 것이라면 그 순간 남자는 여자와 자신 사이의 틈을 안개가 대신 채워주기를 간절히 원하고 있었다. 그러나 그네를 타는 여자는 너무 높은 곳에 있고, 여자는 안개를 안개라 말하지 않을지도 모른다. 꿈결인 양 여자의 목소리가 들려왔다. 그 어둠과 안개 속에서 남자는 자신이 이 세상에서 진정으로 존재한다는 것을 깨달았다.(244쪽)

사람과 사람 사이에 존재하는 이 틈을 어떻게 메울 수 있을 것인가. 남자는, 중요한 것은 틈을 없애는 게 아니라 지켜나가는 것이라고 믿는다. 섣불리 그 틈을 메우려는 시도는 결국 동일성의 차원으로 떨어지거나 아니면 자기성의 일방적인 노출로 귀결될 수밖에 없음을, 그리고 그러한 결과는 결국 소통의 환상이나 혹은 실질적인 거부에 다름아니라는 사실을, 고독에 도달한 그의 삶이 가르쳐주었던 것이다.

남자에게 처음에는 불안감과 결합되어 있던 안개가 편안함과 안도감으로 전환되는 계기 또한 이 지점에 놓여 있다. 처음에 여자와 더불어 찾아온 안개는 관계의 불투명함을 표상하고 있었다. 타인들이 뿌연 안개 너머에서 희미하게 존재하고 있다는 것, 그것은 세계 자체의 이해 불가능성에 그리고 궁극적으로는 자기 자신의 존재감의 빈약에 대응된다. 이 경우 타자 이해=세계 이해=자기 이해는 나란히 가는 것이기 때문이다. 하지만 이 틈이 극복해야 할 무엇이 아니라, 존재의 숙명적인 조건임을 인식할 때 안개의 의미는 전변하기에 이른다. 마치 로맹 가리의 소설 「새들은 페루에 가서 죽다」에서 아무도 찾지 않는 해변의 카페에 은거하며 고독하게 살아가고 있는 주인공 자크 레니에가 해변으로 날아와 생을 마감하는 새들을 바라보며 설명할 수 없음을 생의 본질로 받아들이듯이 "그 어둠과 안개 속에서 남자는 자신이 이 세상에서 진정으로 존재"(244쪽)함을 느낀다.

「좁은 문」에서의 '남자'와 '여자'의 대응관계는 「입술」에서 '그'와 '그녀', 그리고 '남자'와 '여자'의 두 쌍으로 증식된다. '그녀'(미애)와 동거중이던 '그'가 '여자'(향애)를 만난 것은 '여자'의 가방을 소매치기하는 사건에서 비롯되었다. "무방비상태로 들고 있는 가방들은 마치 막 무슨 말을 하려는 입술처럼 벌어져 있는 듯 보였"(208쪽)기 때문이다.

'그'가 '여자'를 만나게 되면서 넷의 관계가 얽히기 시작한다. 그리하여 서로 어긋나 있는 이 네 사람의 관계가 일종의 퍼즐을 이루게 된다. 이 퍼즐은 '입술'에서 흘러나오는 '말'로 풀 수 있는 성질의 것이 아니다. '그'는 '여자'(향애)와의 대화(소통)를 필사적으로 시도하지만 전달에 대한 확신이 없기에 말이 많아지고, 말이 끝난 후 찾아오는 침묵은 '그'를 더욱 곤혹스럽게 만든다. '그'는 '여자'와 동거중인 '남자'를 찾아가 이야기를 해보기도 하지만 그 또한 '여자'와의 사이에 놓인 닫힌 문을 열 수 있는 열쇠가 될 수는 없다. 인간의 모습은 "천 개의 깎은 면을 보이는 커다랗고 신비로운 금강석과도 같"(175쪽)은 밤처럼 다면적이기 때문이다. 언어로써 드러낼 수 있는 것은 그 다면적인 어둠의 일부일 따름이다.

여자는 오늘도 발목까지 내려오는 긴 치마를 입고 있었다. 여자의 다른 입술 하나는 왼쪽 무릎 뒤에 달려 있다고 했다. 그는 여자가 말을 할 때마다 무릎 뒤의 두번째 입술은 어떤 생김새를 하고 있는지 궁금해졌다. 입술이 두 개라면 말도 더 많이 할 수 있을 텐데.(179쪽)

'여자'는 '그'에게 자신이 두 개의 입술을 가지고 있다고 말한다. 하나가 보이는 입술이라면 다른 하나는 보이지 않는 입술이다. 이 두번째 입술은 무릎 뒤쪽, 그러니까 신체의 가장 보이지 않는 구석에 달려 있다. 첫번째 입술이 '동일성'의 차원에서의 '나'만을 말할 수 있다면 두번째 입술은 '나'의 '자기성'을 말하기 위한 기관일 것이다.

(A) 말을 한다고 해서 그게 다 자신의 이야기를 하고 있는 건 아니잖아요. 그런데 그쪽은 특히 더 그런 거 같아요. 다음엔 그쪽 얘길 듣고 싶어요. 난, 나는 내내 내 얘기만 한 것 같은데.(180쪽)

(B) 근데 어느 날 선생님이 날 부르는 거야. 선생이 일기장을 내 얼굴에 대고 던졌어. 넌 지겹지도 않냐? 이제부턴 제발 니 얘길 좀 써라, 일기는 바로 니 얘기를 쓰는 거야, 이 바보 같은 새끼야! 그때 선생의 표정을 잊을 수가 없어.(189쪽)

(C) 노란 아이들의 집 애들이나 사촌 얘기 말고 이제부턴 당신도 당신 자신의 얘길 좀 해봐.(189쪽)

(D) 이건 정말 제 친구 이야기거든요? 그러니까 아무한테도 말하면 안 돼요. ……제 얘기요? 제 얘긴 별로 할 게 없어요.(196쪽)

「좁은 문」에서 소통이 일종의 연금술의 형태로 제시되었다면, 「입술」
에서 그것은 '두번째 입술'이라는 상징으로 드러나 있다. 첫번째 입술로
할 수 있는 이야기들은 위에서 드러나듯 그 대부분이 자신의 이야기가
아닌 남의 이야기이며, 아니면 남의 이야기 하듯 하는 자신의 이야기일
수밖에 없다. '두번째 입술'은 이 소통의 장벽을 뚫고 '나'를 이야기하고
자 하는 욕망에 붙여진 메타포일 것이다.

> 그때부터 내 친구의 삶은 전락하기 시작했어. 도망갈 데도 없더라. 아는
> 사람은 없었지만 모두들 손가락질하는 것 같았지. 모든 게 엉망이 돼버렸
> 어. (……) 당신도 알다시피 내가 처음부터 그런 짓을 하고 다닌 건 아니
> 었잖아. 난 말이 하고 싶었어. 주위엔 아무도 없었어. 그렇게 죽을힘을 다
> 했던 공부도, 집도 친구도 나는 다 잃고 말았어. 나는 그렇게 살고 있었던
> 거야.(222~223쪽)

「입술」의 결말부에 해당되는 위의 인용은, 친구의 이야기라고 시작된
3인칭의 이야기가 결국 1인칭으로 전환되고 있는 대목이다. '그'는 이
순간 두번째 입술로 말하고 있는 것 아니겠는가. 좀처럼 쓸 기회가 없었
던 두번째 입술에 의한 발화는 그러하기에 심하게 더듬거린다. '그'가 겪
는 소통의 단절의 근원에 죽은 친구의 "검은 구멍처럼 벌어져 있던 입
술"(222쪽)이 놓여 있었다는 사실도, '그'가 열대야에도 죽은 친구가 마
지막으로 목에 감아주었던 목도리를 동여맨 채 "새벽녘까지 걷고 또 걷
는"(174쪽) 이유도 이 지점에 이르러서야 밝혀진다. 그러나 두번째 입술

에서 나온 말 역시 그것이 말로 되는 순간 이미 첫번째 입술의 그것과 같아진다. 그러하기에 "이게 내 이야기의 끝 끝은 아 아니"며 여전히 "한번도 모 못 해본 마 말들이 너 너무나 많"(223쪽)을 수밖에 없다. 인간은 첫번째 입술과 두번째 입술을 동시에 벌려 이야기할 수 없기 때문이다. 조경란의 글쓰기가 칼리그람의 형태를 띨 수밖에 없는 이유가 이 지점에서 다시 한번 확인된다.

3. 자전과 허구의 칼리그람

「좁은 문」「입술」 등의 3인칭 소설에서 조경란은 '닫힌 문'으로 상징되는 관계의 단절과 그것의 극복이라는 주제를 인물들의 관계에 투사하고 있다. '좁은 문'과 '두번째 입술'은 그러한 단절된 관계를 이어주는 소통의 계기로서 제시된 상징이라고 할 수 있다. 여기에서 주목되는 것은 이 소통 추구의 과정 끝에서, 그러니까 「입술」의 마지막 장면에서 3인칭이 1인칭으로 전환되고 있다는 사실이다. 그리고 「나는 봉천동에 산다」를 비롯한 1인칭 형식의 소설들이 그 뒷자리에 놓인다.

이 1인칭 형식의 소설들에서 '나'는 이야기하는 존재이자 이야기되는 대상이다. 곧 '나'는 1인칭이자 3인칭인 것이다. 그럼에도 '나'는 1인칭이면서 동시에 3인칭일 수는 없다. '나'는 둘 가운데 하나로 선택되며 그결과 둘의 끝없는 교차가 '나'를 이루고 있다. 그러하기에 이야기하는 목소리를 따라가다보면 이야기하는 '나'만 드러나고, 이야기 속으로 빠져들어가면 거기에는 이야기되는 '나'만 존재한다. 이는 1인칭 소설이 기본적으로 갖는 특성이라고 할 수도 있겠지만, 이번 소설집에 실린 소설들은 1인칭과 3인칭을 무자각적으로 왕복하는 글쓰기의 차원에 놓여 있지 않다. 「나는 봉천동에 산다」계열의 소설들은 '나'가 이야기하는 1인칭과 이야기되는 3인칭으로 이루어진 칼리그람임을 전제로 성립되고 있기 때문인바, 그것은 '나'와 '세계'를 동시에 포착하고자 하는 이중의 덫이 아닐 수 없다.

이런 맥락에서 '나'를 제목에서부터 전면적으로 앞세우고 있는 「나는 봉천동에 산다」「난 정말 기린이라니까」는 조경란의 소설세계에서 하나의 전환점을 이루는 작품이라고 할 수 있을 듯하다. 이들 작품의 근원에는 "내가 갖고 있는 폴라로이드 카메라는 '폴라로이드 스펙트라'이다"로 시작되는 자전소설 「코끼리를 찾아서」가 놓여 있다(이 소설의 기원적 성격은 가족(집)으로부터 필사적으로 벗어나기 위해 몸부림치던, 그리하여 집을 벗어나 있던 '나'가 집으로 다시 돌아오게 된 내력이 제시되어 있다는 점에서도 확인된다).

……잠에서 깨어났다. 숨을 멈추고 있다가 기습하듯 찰칵, 셔터를 눌렀다. 잡아뺀 듯 필름이 툭 빠져나왔다. 얼른 불을 켰다. 사진이 빨리 인화되도록 땀으로 축축하게 젖은 따뜻한 손바닥으로 필름을 꽉 눌렀다. 희미한 형체들이 서서히 나타나기 시작했다. (……) 나는 9×7.3 크기 안에 색채와 형체가 또렷하게 드러난 사진을 가만히 바라본다. 그건 죽은 친할머니도, 연숙이 고모도 그리고 도성이 삼촌의 모습도, 이 집의 전령도 아니다. 웬 커다란 코끼리 한 마리가 거기 있었다.(『코끼리를 찾아서』, 문학과지성사, 2002, 204쪽)

'나'의 근원을 이루는 내부를 향해 셔터를 누르자 거기에는 사물도 인물도 아닌 '웬 커다란 코끼리 한 마리'가 찍혀나온다. 그러나 그것이 과연 동물원 속의 코끼리일까. 그것은 아마도 코끼리의 형상처럼 보이는 어둠의 윤곽으로 이루어진 추상체일 것이다. 그렇다면 '나'의 '동일성'과 '자기성'을 가로지르는 칼리그람, 그것이 곧 '고독한 나의 코끼리'(210쪽)가 아니겠는가. 그것은 코끼리이거나 혹은 어둠으로 현상한다(『코끼리를 찾아서』에 실린 다른 작품 「마리의 집」에서 대학로의 '마리'와 갯벌의 '말희' 사이에서 방황하며 자신의 정체성을 묻고 있는 인물 또한 '나'의 칼리그람을 예비하고 있다고 하겠다). 이 칼리그람을 코끼리라는 메타포로 해소하지 않고 더 깊이 추구해들어가는 지점에서 「나는 봉천동에 산다」 계열의 소설들이 비롯된다.

무슨 부족인데, 아프리카 말이다. 사람들이 하도 나무를 베가서 강렬한 햇빛을 피할 수가 없게 된 부족인들이 모두 눈이 멀었다는구나. 그건 무슨 프로그램에서 보신 거예요? 아버지는 담배를 비벼껐다. 아버지는 잘 때도 텔레비전을 켜놓는 사람이다. 제가 알기론 절개지 때문이래요. 바위의 위치나 결, 상태완 상관없이 획일적으로 63도 경사각을 유지하도록 한 규정 때문에 태풍이나 집중호우 때면 어김없이 산사태가 일어나는 거래요. 그건 어디서 읽은 거냐? ……잘 모르겠어요. 그거나 이거나 서로 비슷한 얘기 아니냐?(42쪽)

위의 인용에 드러나 있듯, 「나는 봉천동에 산다」에서 아버지가 텔레비

268

전으로 표상되는 일상적 세계 속에 놓여 있다면, '나'는 책으로 표상되는 의식(관념)의 세계 속에 놓여 있다. 고백의 경우 이러한 대비에서 무게중심은 철저하게 '나'의 의식 쪽으로 기울어지게 마련이다. 거기에는 '고백'(기술)하는 '나'만 있는 세계여서 '나'는 결코 타자화될 수 없다. '나'로 하여금 자꾸만 봉천동을 벗어나고픈 욕망 속에 몰아넣었던 것도 바로이 비대칭적 대립구도가 강요한 어떤 의식이었을 터이다. 하지만 탈봉천동 의식에 근거한 '나'의 몇 차례에 걸친 가출은 실패로 끝나고 만다. 이 비대칭의 의식 속에서 '나'는 동일성의 차원에서 기술되거나 아니면 극단적으로 추상화된다. 이를 극복하기 위해, 말하자면 이 두 차원을 동시적으로 드러내기 위해 칼리그람의 방법론이 요청되었던 것이다.

「나는 봉천동에 산다」는 표면상으로 이전의 1인칭의 글쓰기로, 그리고 가족 이야기로 다시 돌아온 듯하지만, 여기에는 결정적인 차이가 가로놓여 있다. 서술하는 '나'의 의식만이 비대한 고백의 양식에서 벗어나 있다는 점이 그것이다. 그러하기에 이 소설에서 가족은 이전처럼 실존적 한계로서 체험되는 가족과는 차원이 다르다고 할 수 있다. 그 경우 가족은 시공간적 현실을 은폐하는 장치에 다름아니다. 이때 가족은 구체적 시공간의 현실 속에 위치하고 있는 것이 아니라 주관적 의식으로부터 발원된 환상이기 때문이다. 그러하기에 이 소설에서 '봉천동'이라는 고유명은 단순히 자전적인 기술의 산물이 아니라 '나'가 놓여 있는 구체적 시공간의 배경을 확인하기 위한 지표로 이해할 수 있다. 말하자면 이 소설에서 '소통'의 문제는 직접적으로는 아버지라는 존재로 상징되는 일상과의 소통이며, 그 일상은 곧 '나'를 둘러싸고 있는 구체적 시공간과 그것의 역사에 대한 탐구와 관련된다.

소설 속에서 이 탐구의 과정은 텍스트에 의거하여 이루어지고 있다. 관악구청에서 빌려온 『관악 20년사』, E. 애니 프룰스의 소설 『쉬핑 뉴스』, 서울시에서 발행한 『서울육백년사』 등등의 텍스트들이 그것이다. 이를 통해 「나는 봉천동에 산다」에서는, 소통 자체가 추상적으로 제시되었던 앞의 「좁은 문」 「입술」의 방식과는 달리, 소통이 실현되는 실제적, 구체적인 상황이 설정될 수 있게 되기에 이른다. 그러나 다른 텍스트로부터 빌어온 내용들은 근본적으로 '동일성'의 차원에 놓여 있기에 '나'의 '자기성'을 드러낼 수 있는 것이 아니다. 이 소설에서 '자기성'의 측면은 '냄새'라는 감각과 '구멍'이라는 상징을 통해 드러나 있다.

　나는 아버지를 생각했다. 그리고 다른 데 있다가 우리 동네만 들어서면 나는 냄새. 물냄새, 땀냄새, 하수구 냄새 그리고 나무 냄새.(46쪽)

이 원초적인 기억의 냄새는 비현실적인 환각의 일종이지만, 동시에 왠지 모를 익숙한 느낌을 반복적으로 부여하고 있다. 그렇다면 이 냄새란 의식에 앞서 작동하는 일종의 감각화된 무의식이라 할 것이다. 이렇듯 감각을 통해 미세한 소통의 근거를 내장하면서도 팽팽하게 유지되던 두 세계의 대립이 마침내 이해의 근거를 마련하게 되는 장면이 소설의 결말에서 제시되기에 이른다.

　아버지가 그런데 말이다, 하고 다시 말을 꺼내서 나는 깜짝 놀랐다. 저 달을 들어내면 하늘엔 뭐가 남겠냐? ……글쎄요. 나는 아버지처럼 짧게 대답했다. 잘 모른다거나 기억이 안 난다거나 하는 대답은 그 질문엔 어울리지 않았으므로 아버지 흉내를 낼 수 없었다. 저 달을 들어내면 하늘에 구멍 하나 남질 않겠냐. 너는 작가가 아니냐. 모든 사람의 생에는 구멍으로 남아 있는 부분이 있니라. 그 구멍을 오래 들여다보너라. ……아버지, 전 어느 땐 양말이나 신발 신는 것부터 다시 배워야 하지 않을까 하는 생각이 들 때가 있어요. 무슨 그런 말을 하냐. 아버지는 나를 위로하고 있었다.(61쪽)

아버지의 '구멍'은 이중적인 의미를 암시한다. 우선 그것은 의식(관념)의 주체인 '나'가 그 타자인 일상의 세계를 발견하게 되는 미세한 통로이며, 그것의 불투명성은 '나'의 글쓰기 의식의 원천을 이루고 있다. 곧 '나'의 글쓰기는 곧 이 구멍(타자)의 발견과 그것과의 대면에서 오는 긴장에 대응되고 있는 것이며, 이 긴장의 밀도는 곧 이 소설에 밀도를 부여하는 직접적인 근거라 할 것이다.

이렇게 해서 마련된 세계 인식의 가능성이 주관적인 글쓰기 의식의 표출에 머무르지 않는 현실 인식의 단초를 마련하고 있다는 점에서 아버지의 '구멍'은 새로운 의미를 내포하게 된다. '구멍으로 남아 있는 부분'이 '나'뿐만 아니라 모든 사람의 생에 있다는 사실의 새삼스런 확인이 그것이다. 달이 가리고 있는 구멍처럼, 우리의 삶에는 현재의 빛에 의해 가려진 기억 속의 어두운 구멍들이 있다. 그것은 봉천동 언덕의 아파트 단지들로 인해 사라져버린 지나간 삶의 흔적들이지만, 실상 그것이야말로 우리 삶의 깊은 뿌리를 이루고 있는 것이 아니겠는가. 아버지의 '구멍'은 '나'가 그러한 집단의 역사에 접하는 통로일 것이다.

현실 속의 아파트 단지를 바라보면 판자촌들은 보이지 않고, 판자촌을 의식 속에 떠올리는 순간 아파트 단지들은 사라진다. 이것을 한 개인의 의식에서 펼쳐지는 환각으로 처리하지 않고 '구멍'을 통해 들여다보는 지점에서 칼리그람이 성립된다. 이 지점에서 '봉천동'은 고유지명에서 벗어나 우리의 삶과 의식 속에 자리잡고 있는 지나간 시간의 흔적들을 일깨우는 보편적 기표로 성립되고 있으며, 그를 통해 '나'의 '자기성'은 보편적인 차원으로 확대되기에 이른다.

이 보편적인 차원에 대한 탐구가 「난 정말 기린이라니까」에서는 '공존'이라는 화두로 전환, 심화되고 있다. 소설 속에서 '나'에게 공존의 화두를 성립시킨 근원에는 '글쓰기'가 가로놓여 있다.

> 너무나 어려워서 도저히 할 수 없을 것 같은 일들이 있다. 글을 쓰는 일이 내겐 그러했다. (……) 한쪽 날개로 날고 있는 것 같은 불안감은 아무래도 떨쳐지지가 않았다. 하는 일도 없이 날마다 꼬박 밤을 새웠다. 이따금 B를 생각했다. 누군가와 너무 친밀해지는 건 아직도 망설여진다. 지나친 우정도 때로는 끔찍한 불화와 상처를 낳기도 하기 때문이다. 기다리겠다고는 했지만 B는 나를 이해하기 힘들어하는 눈치였다. 나에게는 뭔가 관심을 쏟을 만한 것이 필요했지만 그건 B는 아닌 것 같았다. (87~88쪽)

「나는 봉천동에 산다」와 마찬가지로 이 소설에서도 '글쓰기'는 소설의 중심이 되는 화두이다. '나'에게 글쓰기는 항상 '어려워서 도저히 할 수 없을 것 같은 일'이다. 글쓰기는 세계와 단절된 의식을 대가로 요구하기 때문이다. 그럼에도 불구하고 글쓰기는 세계와의 소통을 또한 요구한다. 단절된 의식으로 세계와 관계맺기야말로 글쓰기를 성립시키는 역설적인 조건이라고 할 것이다. '한쪽 날개로 날고 있는 것 같은 불안감'의 연원 또한 이곳에 놓여 있다. '나'가 만나는 B와의 관계 또한 글쓰기로 인해 발생하는 이 역설적 긴장의 연장선상에 놓여 있다.

이 불화와 상처에 대한 의식으로부터 벗어나는 계기가 곧 아버지의 존재이다. 이 소설 또한 「나는 봉천동에 산다」와 같은 구조로 이루어져 있는바, 여기에서도 미혼 여성이자 작가인 '나'와 아버지의 대립이 소설의 기본 구도를 형성하고 있다.

오스트레일리아 크리스마스 섬의 일억 마리 홍게들이 바다로 바다로 대이동을 하고 있었다. 아무리 먼 섬에 살아도 홍게들은 자신이 태어난 바다의 냄새를 기억해 찾아간다. 거기까지 가기 위해서 홍게들은 인도며 자동차가 쌩쌩 달리는 차도로까지 필사적으로 벌벌벌벌 기어나갔다. 사력을 다하지만 홍게들은 바다에 닿기도 전에 대부분 죽는다. 섬사람들은 홍게들이 바다로 찾아갈 수 있도록 따로 길을 터주기도 하고 샛길로 운전을 하고, 홍게들이 집 안으로 기어들어와도 해치기는커녕 바다로 가는 길로 인도해주었다. 죽음을 무릅쓰고 마침내 바다를 찾아 조금(潮金) 때, 하루 중 바다가 최고조에 달하는 그 순간에 홍게들이 몸을 흔들어대면서 산란하는 모습은 장관이었다. 내가 홍게를 보고 있는 동안 아버지는 홍게를 보살피는 사람들을 더 눈여겨본 것 같다. 아버지는 저 사람들은 함께 사는 법을 아는 사람들인갑다, 라고 말했다. 저것들은 해를 안 끼치잖아요. ……주무실 때 제발 텔레비전 좀 *끄고* 주무세요, 그러니까 매일 꿈자리가 사납죠. 나는 안방을 나왔다. 예전엔 나도 그랬던 것 같은데 실업자들은 왜 〈동물의 왕국〉이나 동물들이 나오는 다큐멘터리 혹은 퀴즈 프로그램을 유난히

좋아하는지 모르겠다.(92쪽)

소설 속에 병치되어 있는 여러 서사들 가운데, 가장 중심이 되는 것은 '나'와 아버지가 이루는 서사이다. 소설 속에서 아버지는 '기린'으로 표상되고 있다. 기린은 평생 울음소리를 내지 못하지만 그 대신 아주 먼 곳까지 볼 수 있는 눈과 귀를 가지고 있다. '나'는 아버지에게서 세상과 사물을 보는 분별력을 배운다. '나'가 홍게를 보고 있는 동안 아버지는 홍게를 보살피는 사람들을 보고 있었던 것이다. 이 대화로부터 도출되는 이 소설의 화두는 작품 속에서 "우리가 함께 살아갈 수 있는 방법. 그 공존의 길"(105~106쪽) 혹은 "우리가 함께 살 수 있는 그 긍정적인 조화"(107쪽) 등의 구절에서 반복되고 있는 것처럼, '공존'이라고 말할 수 있을 것이다.

한편 이 소설에는 여러 서사의 줄기가 병치되어 있다. 곧 세계에서 가장 오래된 도시에서 전쟁이 일어나서 종료되기까지의 시간, 봉천동 고양이들의 발정기가 시작되어 끝나가는 기간, '나'가 만나고 있는 B가 네팔로 떠나서 돌아오기까지의 간격, 그리고 서로 궤도가 다른 삶을 살아온 '나'와 아버지가 내면적인 친밀감을 회복해가는 과정이 섬세하고도 유기적으로 대응되어 있다. 이 서사들은 인간들 사이의 전쟁, 인간과 동물의 공생, 남성과 여성 사이의 사랑, 가족 구성원들 사이의 유대 등, 각각의 서사가 공존의 화두를 구현하고 있는 동시에 삶의 여러 방면에서 제기되는 공존의 방식이 병치됨으로써, 그러한 구성 자체가 공존이라는 주제를 표현하고 있다.

「나는 봉천동에 산다」와 「난 정말 기린이라니까」는 소통과 공존의 문제, 그리고 그 궁극에 놓인 글쓰기의 문제를 추구하고 있다. 이 추구의 끝지점에서 전자에서의 '구멍 들여다보기'와 후자에서의 '멀리 내다보기'가 서로 마주보고 있다. 구멍을 들여다보는 순간 현실의 풍경은 스러지고 현실을 보는 순간 구멍은 이미 존재하지 않는다. 그리고 멀리 내다보면 가까이 있는 것이 보이지 않고 가까이 들여다보면 먼 풍경은 시야에서 사라진다. 그런 의미에서 '구멍 들여다보기'와 '멀리 내다보기'는 '나'와 '세계'를 동시에 포착하기 위한 자전과 허구의 칼리그람이라 할 수 있을 것이다.

4. 이것은 국자가 아니다

「나는 봉천동에 산다」「난 정말 기린이라니까」에서의 소통과 공존에 대한 기대와 모색은 「잘 자요, 엄마」「국자 이야기」에 이르면 불안과 공포, 반복강박과 우울증으로 전환되어 있다. '나'의 삶과 의식은 끊임없이 진동하는 유동체인바, '나'의 이야기 또한 그러한 삶 속에서 의식의 진동이 그리는 궤적을 따라갈 수밖에 없다. 그러니 한쪽 극으로 치달았던 의식이 그 전개의 어느 지점에서 그 반사적 의식으로 귀결되는 것은 어떤 의미에서는 자연스럽다고도 할 수 있다.

이제 우리 가족의 구성원은 다시 네 사람이 되었다. 내가 돌아온데다 출산을 앞둔 동생이 집으로 돌아왔기 때문이다. 어디서 선인장이나 화초가 생기면 그걸 들여다보느라 이틀을 내리 못 자고 파리도 모기도 잡는 시능만 하는 아버지와 이제 더이상은 화살을 꽃으로 바꾸는 마음을 가지라는 말을 하지 못할 시름에 겨운 엄마와, 함께 살지만 함께 살고 있다고 말하기 어려운 동생. ……나는 가족들을 보고 있을 때면 이상하게 가슴이 두근거리고 식은땀이 나고 손발이 차가워지고 다리에 힘이 빠지고 배가 아프며 때로 토할 것 같은 느낌이 드는 것을 발견했다. 그건 공포증이 나타날 때의 신체적인 증상과 너무나도 흡사한 것이었다.(119~120쪽)

'나'는 다시 가족으로 돌아왔다. 그러나 위에서 드러나 있듯 가족을 대하는 '나'의 태도는 「나는 봉천동에 산다」나 「난 정말 기린이라니까」에서와는 대조적이다. 이 방향은 자칫하면 이전처럼 다시 고립된 '나'의 '의식'에 빠져들 위험한 징후처럼 보이기도 한다. 이 위기의식은 작가로 하여금 기존의 서사로부터 필사적으로 벗어날 것은 요구하고 있다. 「잘 자요, 엄마」에서 그 극복의 방식은 '나'가 외부를 향해 자신의 사연을 하소연하는 '고백자'의 태도가 아니라 자신의 내부를 응시하는 냉철한 '분석가'의 태도를 갖춤으로써 비로소 실현되고 있다. 그 분석의 대상은 곧 '공포증이 나타날 때의 신체적 증상'과 흡사한 어떤 증후이다.

나 또한 내 두려움의 대상들에게 미묘한 회피를 하고 있었다. 나에게는 극복하지 않으면 안 될 두려움의 대상이 있었고, 그것을 넘어서고 싶은 의지도 있다. 어느새 나는 서서히 무너져가는 가족들을 지켜보는 숨막히는 두려움보다 훨씬 더 두렵고 무서운 일들이 세상엔 가득하다는 것을 알아버렸는지도 모르겠다. 한시도 가족들에게서 떨어지지 않으려고 나는 기를 쓰고 있었다.(123쪽)

'나'가 가족으로 다시 돌아온 이유가 위에서 제시되어 있다. '나'가 칠년 만에 집으로 다시 돌아온 것은 '나'의 두려움의 대상인 가족 속에 스스로를 위치시킴으로써 무너져가는 가족을 지켜보는 숨막히는 두려움을 감소시키기 위해 선택된 '미묘한 회피'의 일종인 것이다. 그것은 마치 거미 공포증이 있는 사람이, 거미가 많은 야외에 나가지 않는 것이 아니라 오히려 두꺼운 양말이나 긴 장화를 신고 거미가 많은 야외로 나가 그것이 질식할 만큼 무서운 대상이 아니라는 것을 확인함으로써 두려움을 극복하는 것과 같은 이치이다. 그러니까 '나'가 집으로 돌아온 것은 가족과, 궁극적으로 '나' 자신과 맞서기 위한 의지의 표현이었던 것이다. 이전의 가족소설처럼 '나'가 가족들로부터 필사적으로 벗어나려고 시도하는 것이 아니라 그 반대로 한시도 떨어지지 않으려고 기를 쓰는 이유 또한 여기에서 찾을 수 있다. 그런 의미에서 '나'가 집으로 들어온 것 자체는 공포의 극복과 관련된 첫번째 차원, 곧 '의지'의 차원을 해결하는 과정으로 이해할 수 있다. 그런데 이 '의지'의 차원을 해결하자 새로운 차원의 문제가 새롭게 등장하게 된다. 이 두번째 차원은 '신념'의 차원이다.

실제로 나는 내 두려움의 대상들에게 미묘한 회피를 유지하고 있긴 했지만 그건 의지였을 뿐 곧 가까운 어느 날엔가 반드시 나쁜 일이 일어날 것만 같은 신념만큼은 떨쳐버리지 못하고 있었다. 가족들과 함께 있을 때면 여전히 식은땀을 흘렸고 현기증을 느꼈으며 심지어 말까지 더듬기도 했다. 공포증에 대한 대부분의 신념은 결코 일어나서는 안 되는 것이었고 일어날 확률도 지극히 낮은 편이다. 그러나 나의 예감은 적중하고 말았

다.(123~124쪽)

'나'는 공포와 대면하여 그것을 극복하려는 '의지'는 해결했지만 '반드시 나쁜 일이 일어날 것만 같은 신념'은 떨쳐버리지 못하고 있다. '나'의 예감처럼 "엄마는 집을 떠났고 아버지는 거리에서 자고 거리에서 밥을 먹는 사람이 되었으며 동생과 아기는 이 나라가 아닌 곳으로 가버렸다".(133쪽) 이러한 '신념'의 차원에서 일어나는 문제들이 '나'를 '극단적인 생각'에 대한 공포로 몰아넣고 있다.

극단적인 생각은 좋지 않은 일이 일어났을 때 그 일이 얼마나 끔찍하고 나쁜지에 대해 과장하는 것이며 어떤 사건의 결과를 실제보다 더욱 부정적인 쪽으로 확대해서 생각하는 오류이다. 일어난 일에 대해 스스로 더는 견딜 수 없거나 파국적으로 느껴진다면 그건 이미 극단적인 생각에 몰두해 있다는 증거다. 공포증이 있는 사람들이 보이는 전형적인 극단적인 생각 또한 나는 그 상황을 더는 견딜 수 없을 거야, 최악의 고통일 거야, 라고 여기는 그것이다. 그 극단적인 생각을 타당하고 현실적인 생각으로 바꾸는 데는 만신창이인 몸으로 벼랑을 기어오를 때만큼의 의지가 필요한 법이다. 나는 체를 치는 듯한 신중함으로 나의 극단적인 생각을 타당한 생각으로 바꾸는 데 노력하고 싶었다.(129~130쪽)

이 '극단적인 생각'은 '나'의 의지로 제어할 수 없는 '충동'의 차원에 놓여 있다. '나'가 공포와 마주하는 과정, 곧 '의지'→'신념'→'충동'의 과정은 '나'가 자신의 의식의 심층 속으로 점점 더 깊숙이 시선을 드리우

게 되는 과정에 그대로 대응된다. 마침내 '나'가 이른 심층의 풍경 속에는 이처럼 죽음 충동이 가로놓여 있다. 이 충동을 제어하기 위한 '나'의 방식이 곧 '글쓰기', 보다 정확히 말하자면 '칼리그람'의 창출이다.

제목에 드러나 있듯 「잘 자요, 엄마」에는 마샤 노먼의 희곡 「잘 자요, 엄마 'night mother」가 텍스트의 근원에 놓여 있다. 그러나 조경란의 소설 「잘 자요, 엄마」는 끝내 딸의 자살로 마감되는 마샤 노먼의 희곡에서와는 달리, '나'가 '극단적인 생각'을 힘겹게 제어하고 극복해가는 과정을 그려내고 있다. 말하자면 조경란의 소설에 대항 텍스트로 놓여 있는 마샤 노먼의 희곡은 '나'로 하여금 분석가의 태도를 잃지 않으면서 자기의식의 심층을 응시할 수 있도록 해주는 매개이자 객관적인 근거로서 취해진 것이다. 이 모방과 전도, 수용과 극복의 칼리그람을 통해 조경란은 '나'와 정면으로 마주하면서 '나'를 이야기하는 새로운 방식 하나를 마련하고 있다고 하겠다.

「국자 이야기」에서는 다시 혼자가 된 '나'가 외삼촌, 조카와 더불어 일종의 유사가족을 이루는 것으로 설정되어 있다. 「잘 자요, 엄마」에서의 공포증이 「국자 이야기」에서는 '균형'에 대한 강박관념으로 대체되어 있다. 여기에서 '나'가 말하는 '균형'이란 "뭔가 꾹 참고 있는 듯한 표정을 한 채 한치의 흐트러짐도 없이 하루하루를 보내야 하는 내 일상의 사소한 리듬"(9쪽)을 의미한다. 하지만 이 사소한 리듬은 '나'의 일상을 장악하고 있다. 정해진 일들을 반복하면서 '나'는 일시적으로나마 불안과 긴장으로부터 벗어날 수 있기 때문이다. 이쯤 되면 균형(리듬)은 '나'가 벗어날 수 없는 강박의 굴레가 된다. 불안이 극에 달할수록 강박적인 반복행위가 계속된다. 이 균형이 무너진다면 불안은 '나'의 삶을 순식간에 잠

식할지도 모른다. '나'가 누군가와 함께 살지 않을 수 없는 이유가 여기
에 있다.

　　나의 외삼촌이 함께 살지 않겠느냐는 제의를 해왔을 때 오래 생각하지
도 않고 덜컥 결정해버릴 수 있었다. 다만 생각을 통제할 것인가 환경을
통제할 것인가 하는 문제로 하룻밤 고민했을 뿐이다. 나는 한 번도 혼자서
는 살아본 적이 없는 사람이다. 가장 큰 이유는 내가 혼자 사는 것을 원치
않았기 때문이겠지만 나는 내가 다른 누군가와 함께 있을 때만 내 자신답
다는 걸 깨닫는다. 그래서 꼭 가족이 아니어도 되었다. 그러나 나는 많은
것을 잃어버렸고 벌써 여러 달째 혼자 살고 있었다. 이제 내 가까이에서
나를 들여다봐줄 수 있는 사람이라고는 외삼촌밖에 없는 것도 사실이긴
했다. 다른 선택이 있을 수 없었다.(9~10쪽)

　　'나'가 외삼촌, 조카와 더불어 유사가족을 이루게 되는 현실적 근거가
위에 드러나 있다. '나'에게는 꼭 가족인가 아닌가의 여부와는 상관없이
'나'의 균형을 확인해줄 거울과도 같은 타자가 요구되었기 때문이다.
「나는 봉천동에 산다」「난 정말 기린이라니까」에서의 '아버지', 그리고
「잘 자요, 엄마」에서 '엄마'가 맡고 있던 '나'의 의식의 타자의 자리를
「국자 이야기」에서는 이제 '외삼촌'이 맡고 있는 것이다.
　　외삼촌의 집에는 외삼촌과 조카 단둘이 살고 있다. 삼 년 전 외숙모가
이불을 머리에 인 채 "오른쪽 어깨에 작두를 둘러멘 심정으로"(14쪽) 집
을 나갔기 때문이다. '나'가 외삼촌의 집으로 들어간 그날 저녁 외삼촌은
정종을 마시고 아말리아 로드리게스의 파두를 되풀이해 부르고, 지금까

지 단 한 번도 위험에 빠진 적이 없는 듯한 얼굴의 어린 사촌을 바라보며 '나'는 목이 멘다. 이 풍경을 지탱해주고 있는 것이 다름아닌 외삼촌의 '국자'이다. '나'가 갖지 못한 '국자'(가치)의 빛이 외삼촌과 조카의 후광에 드리워져 있기 때문이다. 말하자면 '국자'는 외삼촌의 타자성을 상징하는 사물인 것이다.

중국음식 요리사인 외삼촌은 삼십 년 가까이 써온 낡은 국자만을 사용한다. 다른 국자를 쓰면 음식의 맛이 바뀌기 때문이다. 외삼촌은 한결같은 맛을 지키는 것만큼 자기 생에서 가치 있는 일은 없다고 생각하는 사람이었고, 그것을 가능케 하는 수단이 곧 국자였던 것이다. 한때 실직상태에 놓였던 그에게 그 고통을 극복할 수 있는 강렬한 의지를 불러일으켰던 것 또한 오래된 국자였다. 극심한 공포로 인해 남들 눈에는 보이지 않는 유리조각이 발밑에 흩어져 있는 것을 바라보는 '나'에게, 강박적 반복을 통해 겨우 균형을 유지하고 있는 '나'에게, 외삼촌의 국자는 하나의 뚜렷한 가치로 인식될 수밖에 없다. 그런데 어느 날 외삼촌의 국자가 사라져버린다.

국자를 잃어버린 외삼촌은 국자를 잃어버리기 전의 외삼촌과 전혀 다를 것이 없어 보였다. 그러나 그는 세상에 단 하나밖에 없는 나의 외삼촌이 아니라 세상의 수많은 평범한 남자들 중 하나로 보였고 그것은 나에게 생각보다 큰 실망을 안겨주었다. 국자를 잃고도 긍지와 긍지보다 더한 그 무엇을 잃지 않았다면 그 국자는 내가 알고 있는 것처럼 외삼촌과 한 몸이었던, 그것이 없으면 외삼촌이 존재하지 않는 것과 다를 바가 없다던 특별한 존재가 아니었을 것이다. 그러나 실망감과 동시에 나는 말할 수 없는 쾌감을 느꼈다. 외삼촌에게는 있으나 나에겐 없는 것이 바로 그 국자였으니까. 나는 싱크대나 변기를 닦는 일, 장을 봐오는 일 같은 걸 외삼촌에게 시키기 시작했다. 장을 봐오면 오래된 두부를 사왔다거나 상한 바지락을 사왔다며 집어던지기까지 했다. 국자가 없는 한 그나 나나 별반 다를 게 없는 인간이었기 때문이다. 급기야 나는 경멸에 가까울 만큼 외삼촌을 무시했고 그는 정말 자신이 아무것도 아닌 사람이라는 걸 인정이라도 하는 듯 한마디 불평도 하지 않았다. 내가 만약 거실 바닥에 개처럼 엎드려 내 귀를 핥으라고 명령해도 아무런 저항도 느끼지 않고 그렇게 할 무력한 얼굴을 하고 있었던 것이다. 그리고 사촌도 달라져갔다.(26~27쪽)

마치 몸의 일부처럼 외삼촌의 삶과 결코 분리될 수 없었던 국자는 외삼촌과 '나'를 긴밀하게 연결해주는 그 무엇이었다. 그러므로 국자를 갖지 않은 외삼촌은 더이상 '나'에게 특별한 존재일 수 없다. 하지만 국자는 외삼촌의 것이기도 했지만 동시에 '나'의 것이기도 했다. 그것은 '나'의 발밑에 유리조각으로 널려 있는 불안을 거두어낼 가능성으로서의 국자이며 그러하기에 '나'의 균형을 향한 욕망이 투사된 대상이기 때문이다. 외삼촌에게서 사라진 국자는 순간적으로 '나'가 갖지 못한 균형을 정당화시켜주기에 쾌감을 동반하기도 하지만, 이러한 감정은 오래 지속될 수 있는 것이 못 된다. "이제 내가 목도해야 할 불운한 일에 대한 공포"(28쪽)로 인해 '나'는 몸이 둘로 쪼개지는 것만 같은 통증을 느끼지 않을 수 없다. 곧 가치가 소멸된 '무'(어둠)의 상황에 직면해야 하는 것이다.

우리는 한 번도 그렇게 마주 앉아보지 못했던 사람들처럼 긴 시간 동안 앉아 있었다. 그리고 나는 어둠 속에 어둠만 존재하고 있는 게 아니라는 사실을 처음으로 깨달았다. 말해질 수 없는 것, 함부로 말할 수 없는 것들이 거기엔 엄연히 존재하고 있었고 그건 내가 미처 알지 못한 한 세계였다.(29쪽)

'무(無)'의 어둠 속에서 '나'가 발견한 것은 미처 알지 못했던 하나의 세계이다. 그것은 '말해질 수 없는 것'이며 '함부로 말할 수 없는 것'이지만 그럼에도 불구하고 엄연히 존재하는 무엇이다. 논리적인 차원을 뛰어넘는 이 순간적인 '초월'에 의해 발밑의 유리조각들이 밤하늘의 일곱 개의 별들로 빛나는 비약이 이루어질 수 있게 된다. 그것은 외부적인 기준이 아닌 철저하게 내부적인 균형을 유지하려는 힘겨운 싸움 끝에 얻어진 보상이라고 말할 수 있을 것이다. 그 세계 속에서 '나'는 비로소 "보잘것없이 작고 초라한 한 인간으로서 자신의 내부와 외부의 힘들 사이에서 힘겹게 싸우고 있는 한 인간"(33쪽), 곧 '나' 자신의 존재를 투시하기에 이른다.

나는 수년 동안 내가 벗어나지 못했던 균형에 대해 생각했다. 내 삶의 정교한 하나의 의식이라고 생각해왔던 그것은 일시적인 정렬일 뿐이었으며 또한 나 자신의 내부와 외부 사이의 힘든 투쟁에 대한 역사이기도 했다. 그리고 아침이 오면 사라지는 저 밤의 별들처럼 이제는 나를 지나가버릴 것이다.(35쪽)

'나'가 집착하고 있던 균형은 '일시적인 정렬'일 따름이었을 뿐이라는 반성적 인식이 위의 인용대목에 드러나 있다. 이 대목에 이르면 글쓰기란 '자신의 내부와 외부 사이의 힘든 투쟁'에 대한 기록이자 동시에 그 투쟁 자체일 것이다. 그리고 그것을 통해 투쟁에서 승리하는 것이 아니라 투쟁하고 있는 '나'를 바라보고 그럼으로써 그 '나'로부터 벗어나는 것일 터이다. 이 순간 '하늘의 국자'(북두칠성)가 '나'의 마음에 내려앉아 잃어버린 외삼촌의 국자를 대체하고 있다. 이 별들의 질료는 '나'의 발밑에 흩어져 있던 유리조각들이며 그것의 형상을 제공했던 것은 외삼촌의 '국자'이다. '나'를 '지나가버리기'란 바로 그러한 연금술에 대응되는, 새로운 '나'로 태어나기 위한 힘겨운 고투 끝에 얻어진 '내가 찾아낸 하나의 가치'일 것이다. '나'를 지나가버렸기에 그 '나'는 '나'이면서 동시에 더이상 '나'가 아니다. 이처럼 조경란은 이 소설에서 국자를 하나 그려놓고 다시 그 밑에 '이것은 국자가 아니다'라고 써놓음으로써 하나의 새로운 칼리그람을 완성하고 있다. 이렇게 본다면 「국자 이야기」에서 '국자'는 표면상으로는 외삼촌의 국자이지만 궁극적으로는 바로 '나'의 국자라고 할 수 있을 것이다. 그리고 그것은 국자가 아니다.

「잘 자요, 엄마」가 불안과 공포, 그리고 자살충동으로부터 벗어나기 위한 힘겨운 도정이었다면, 「국자 이야기」는 '나'가 균형과 대칭에 대한 강박으로부터 가까스로 벗어나 새로운 '나'로 정립되는 필사적인 고투의 과정이라고 할 수 있다. 「나는 봉천동에 산다」「난 정말 기린이라니까」가 '나'가 외부를 향해 시선을 여는 과제에 대응된다면, 「잘 자요, 엄마」「국자 이야기」는 '나'의 깊은 내부를 응시하는 과제에 대응되는 것이라고 할 수 있다. 이 두 극을 끊임없이 왕복하며 그려내는 궤적이 곧 삶이라면 글쓰기 또한 그러한 운명 속에 놓여 있는 것이라고 말할 수 있지 않을까. 그 글쓰기를 통해 동시적으로 존재할 수 없는 병립 불가능한 두 의식의 모순이 하나의 칼리그람 속으로 통합되기에 이른다.

5. 예술과 삶의 칼리그람

'나'를 이야기하기 위한 칼리그람의 끝에 놓인 작품이 이 소설집의 마지막에 실려 있는 「100마일 걷기」이다. 「100마일 걷기」에는 영국의 조각가 리처드 롱(1945~)의 '걸어서 생긴 선'이 밑그림으로 놓여 있다. 리처드 롱 조각의 작업 도구는 칼이 아니라 '걷기'라는 점에 그 특징이 있다. 대지 위를 걸어서 생긴 선이나 원이 곧 그의 작품인바, 이는 기성품을 오브제로 선택하여 기존의 예술개념에 도전하는 뒤샹 식의 아방가르드와는 반대방향에서 이루어진 예술개념의 변혁이라고 말해진다.

언젠가 어머니가 들려주었던 어느 걷는 화가에 관한 이야기가 떠올랐습니다. 인적이 드문 황무지를 오랫동안 걸어다닌 한 사람의 이야기를 나는 이제 그녀에게 들려주고 있었습니다.

그는 지구를 가로지르듯 걷고 또 걸었습니다. 고되고 긴 그의 여행은 일종의 의식 같은 것이었을지도 모릅니다. 외지고 고립된 장소에서 그는 자신의 존재에 대한 표시를 남기고 싶어했습니다. 그것이 그가 그 길을 걸었다는 하나의 증거가 될 수도 있을 테니까 말입니다. 그는 자신이 걸어온 길에 돌멩이나 꽃 같은 것을 늘어놓기도 했습니다. 그리고 거기에 작품의 이름을 붙였습니다. 그 작품은 바람이나 눈, 비, 혹은 태풍 같은 자연의 힘에 의해 언제든지 사라져버릴 수 있는 비영구적이며 익명적일 수밖에 없는데도 말입니다. 어머니는 아마 그 화가가 오랜 시간 동안 혼자 묵묵히 이 땅을 걸어다녔다는 사실에 대해서, 동시에 누구도 소유할 수 없는 작품을 만들어낸 것에 대해서 나에게 말해주고 싶었을 테지만 나는 그 화가의 자연에 대한 낭만적인 태도에 더 마음이 끌렸습니다. 아마 그게 그거일지도 모르지만 말입니다.(147쪽)

문제는 도입 자체에 있는 것이 아니라, 도입의 방식에 있다. 작가는 이러한 밑그림을 작품 한구석에 암시해놓고 그것을 새로운 형상으로, 마치 자전적인 이야기인 듯 자연스럽게 탈바꿈시켜 제시하는 세련성을 펼쳐 보이고 있는바, 이 견고함이야말로 탈고백적 양식의 글쓰기가 갖출 수 있는 미덕이라 할 수 있을 것이다.

화자인 '나'는 얼마 전에 서른네 해 동안 함께 살아온 어머니를 잃었다. 어머니의 죽음 이후 극도의 무력감에 빠져 균형을 잃어버린 '나'가 할 수 있는 것은 '걷기'뿐이다. '걷기'는 이번 소설집에 실린 소설들의 주인공들을 엮어주는 공통분모와도 같은 행위인바, 「100마일 걷기」에서 그것은 "그저 팔과 다리를 쓰는 단순한 육체적 노동이 아니라 비록 몸은 정착했으나 마음은 항시 떠돌고 있는 집시들의 운명처럼 불가항력적인 내 마음의 움직임"(142쪽)으로 제시되고 있다. 그러니까 이 소설에서 '걷기'는 어머니의 죽음을 타자로 하여 '나'의 정체성 찾아가는 과정에 다름아니다. '나'는 그 과정에서 '그녀'를 만난다. 그러면서 어머니의 죽음을 매개로 한 '나'의 내부를 향한 응시와 '그녀'와의 소통의 과제가 하나로 맞물리기에 이른다.

　궁지에 몰린 심정으로 나는 삼십사 년 동안 단둘이 살아온 어머니를 얼마 전에 잃었다고 그녀에게 털어놓았습니다. 그녀 또한 단둘이 오래 살던, 일 년 전에 잃은 어머니에 대해 말했습니다. 상실감에 대해 이야기를 할 때 두 사람 사이가 더욱 친밀해진다는 것을 그때까진 전혀 알지 못했습니다. 다행히 그녀는 누군가와 함께 산다는 것이 때론 열 손가락에 반지를 낀 채 깍지를 꽉 끼고 있는 느낌이라는 걸 이미 아는 사람이었습니다. (146쪽)

　이처럼 「100마일 걷기」에는 '나'의 외부를 향한 소통의 문제와 내부의 응시라는 앞서 제시된 두 가지 방향이 결합되어 있는바, 그 결합의 계기는 바로 '순환'이라는 화두이다. 여기에서 말하는 순환이란 인간관계의 문제이자 '나'와 세계의 관계 문제이며, 보다 넓히면 죽음과 삶의 관계의 문제이기도 하다. 그리고 그것은 인간과 자연의 순환을 주제로 삼고 있는 리처드 롱의 작업에 대응되는 것이기도 하다. 소설 속에서 그녀의 죽은 거북이를 땅에 묻는 사소한 일이 엄숙한 제의적 성격을 띠고 있는 것도, 그러한 과정이 '나'가 어머니의 죽음을 정신적으로 극복하는 과정과 맞물려 있는 것도, 그리고 궁극적으로 그것이 '나'와 '그녀'가 서로에게 스며드는 절차인 것도 바로 이 '순환'이라는 화두를 풀어가는 과정에서 얻어지는 효과라고 할 수 있을 것이다.

　어느 날엔가 나에게도 걸어서 생긴 선이 생길 것이고 그것은 언젠가는 완전한 하나의 원이 될 것입니다. 이 세상에 나라는 사람이 있었다는 것,

그리고 지금 내가 여기 살아 있다는 것을 틀림없이 증명할 수 있을 것입니다. 지금껏 내가 걸어온 길은 선의 자국이 만들어지는 과정일지도 모릅니다. 완전한 하나의 원 속에서 나는 다시 그녀와 만날 수 있을지도 모릅니다. 나는 스스로 움직여서 다른 것을 움직이게 하는 물처럼 그녀에게 고요히 스며들 수 있을지도 모릅니다. 나의 불안한 노랑이 그녀의 푸른빛에 서서히 섞여들어갈 것입니다. 그 새 빛은 나를 이끄는 힘이 될 것입니다. 사랑하는 사람들을 위해서 해줄 수 있는 일이 아무것도 없을 땐 어떻게 해야 하는 겁니까. 예전에 어머니가 아팠을 때 내가 할 수 있는 일이란 오로지 어머니가 배고프지 않게 해달라고 간절히 기도하고 또 기도하는 일밖엔 없었습니다. 그녀가 돌아올 거라는 기대를 버릴 수가 없습니다. 지금 내가 하는 기도는 바로 그것입니다. 저 거대한 태양의 눈에 나는, 우리는 어떻게 비칠까요. 지구라는 이 작은 정원 속의 우리는 말입니다.(163쪽)

'걸어서 생긴 선', 그것은 직선에서 출발하여 나중에는 하나의 원을 이룬다. 그것은 무에서 출발하여 무로 마감되는 인간 삶의 운명을 표상하고 있다. 이 원은 다른 타자와의 만남을 통해 서로 섞이면서 새로운 빛을 띠게 된다. 그리고 그렇게 해서 결국 얻어진 '걸어서 생긴 선'의 빛과 궤적은 '나'의 삶의 흔적일 것이다. 하지만 비영구적이며 익명적인 그 흔적은 다만 흔적일 뿐 '나'가 소유할 수 있는 것이 아니다. 지구라는 작은 정원에서 살아가는 우리의 삶을 태양의 시선으로 바라보면 우리 삶의 흔적들은 자연의 순환 속으로 되돌려지는 것이기 때문이다. 그럼에도 그 흔적들은 누구도 소유할 수 없는 하나의 '작품'이 아니겠는가. 말하자면 '걸어서 생긴 선'은 '예술'과 '삶'(자연)의 칼리그람을 구현하고 있는 셈이다. 그것은 예술이거나 혹은 삶이며, 그 둘 모두이기도 하다. '순환'의 거대한 고리가 완결되는 이 지점에서 조경란의 '걷기'의 형이상학이 빛나고 있다.

6. 작가와 작품의 칼리그람

'나'를 이야기하는 칼리그람으로서의 글쓰기라는 관점에서 이번 소설집에 실린 조경란의 소설들을 지금까지 살펴왔다. 소설 속에서 칼리그람은 언어와 형상, 구체와 추상, 1인칭과 3인칭, 자전과 허구, 발생 텍스트와 현상 텍스트, 내부와 외부, 예술과 삶을 가로지르며 그 양립 불가능한 대칭 사이에 놓인 틈들을 포착해내고 있다. 그리고 이 과정들에는 공통적으로 글쓰기에 대한 의식이 뿌리깊이 가로놓여 있는바, 이 칼리그람들은 '나'를 이야기하는 객관적 방식에 대한 조경란의 지속적인 모색이 낳은 결과물이라고 할 수 있을 것이다.

칼리그람을 이루는 두 극의 교차가 소설의 내부와 외부 사이에서 작동할 때 작가와 작품이 양극을 이루는 새로운 칼리그람이 생성된다. 이 지점에서 조경란의 소설 속의 '나'들은 현실 속의 '나'(작가)를 바라보고 있다. 이 경우 소설은 작가의 이야기로 읽으면 작품이 소멸되고 작품에 시선을 돌리면 작가가 사라지는 또하나의 칼리그람의 형상을 띠게 된다. 이 글쓰기에서는 작품이 작가로 환원되지도 않으며, 그렇다고 작가가 작품의 부속적 존재로 되지도 않는다. 텍스트에 현실을 반영한다는 소박한 믿음에 근거하지도 않으면서 동시에 텍스트를 현실로 만드는 모더니스트의 퍼포먼스도 아닌 글쓰기의 차원에 조경란의 소설이 놓여 있기 때문이다. 요컨대 조경란의 소설을 통해 우리는 '나'를 이야기하는 새로운 소설적 방식을 마주 대하고 있는바, 거기에서 우리는 소설 속의 '나'가 소설 속의 인물이면서 동시에 소설을 읽고 있는 '나'인 마지막 칼리그람을 발견하게 되기에 이른다.

작가의 말

서쪽으로 스물다섯 블록, 중간에 7번가에서 3번가로 길을 바꿔 걸을 것. 걷기 전에 동선부터 생각해야 한다는 건 최근에야 알게 되었다. 다리에 힘이 풀리면 내 발에 내가 걸려 넘어지기도 한다. 조금만 더 가보는 거야. 밤에 숙소로 돌아가 아주 뜨거운 물에 발을 집어넣을 때의, 그 순간적인 통증을 떠올린다. 그 쓰라림 뒤의 폭소가 터질 것만 같은 강렬한 가려움 또한. 허리를 똑바로 세우고 나는 날마다 걷는다. 그러나 이 여행은 나의 목적지에는 도달하지 못할 것이다. 이젠 통째로 외워버릴 수도 있을 것 같은 이 낡은 지도 한 장에 그 동안 나의 전부를 의지했었다. 그러나 모든 지도가 나타내는 것, 모든 지도의 지식은 부분적일 뿐이라는 사실을 이제 나는 안다.

집을 떠나온 지 삼 개월이 되었다.

어떤 장엄한 나무 한 그루를 만나게 될 때, 나는 나의 일부가 그 나무 속으로 서서히 미끄러져들어가는 것을 느낀다. 사랑하는 대상으로부터 분리되는 것, 분리할 줄 아는 힘, 아마도 나는 그런 것을 원했던 것 같다. 저항과 흥분과 체념과 냉담 사이를 왔다갔다하며 다시 걷기 시작한다. 그리고 나는 생각한다. 이 불완전하며 변덕스럽고도 위협적인 세계를 만질 수도 입을 수도 껴안을 수도 없는 이 연약한 언어가 과연 어떻게 그려낼 수 있는지. 나를 표시해줄 수 있는 어떤 점 하나 같은 게 저 길 끝에 정말 있을지.

글을 쓴 날보다 쓰지 않은 날이 훨씬 더 많았지만 어쩐지 컴컴한 눈으로 내도록 책상 앞에 붙어앉아 있었던 느낌이다. 그러나 늘 똑같은 것을 하고 있었던 것 같지는 않다. 내가 만약 이 책을 통해 작은 그물 하나를 간신히 넘어선 것이 사실이라면 그 동안 내 몸을 받쳐주었던 건 글쓰기뿐만은 아닐 것이다. 문학동네에서 첫 책을 낸 게 벌써 구 년 전이다. 많은 것들이 희극처럼 지나갔다. 나는 약간 더 왜소해졌으나 튼튼해졌고 말이 많아졌고 태평스러워졌으며 고마운 게 무엇인지 서로 돕고 이해하고 발견하는 게 무엇인지 조금씩 깨달아가는, 그런 삼십육 세가 되었다. 그리고 중요한 무언가를 할 수 있는 유일한 방법에 대해 골똘히 생각할 수 있는 지금, 나는 내 생에 대해 감사하다고 말하지 않으면 안 될 것 같다. 돌아보면 그때를 어떻게 견뎠는지 도무지 믿기지 않는 기적 같은 시간들도 있었지만 말이다. 그러고 보니 첫 책을 내던 이십팔 세 때와 아주 많은 것들이 달라진 것 같다. 여전히 변하지 않은 건 예나 지금이나 나는 많이 먹고 느리게 말하고 글을 잘 쓰는 사람이 되고 싶어한다는 것이다.

세월은 가고 많은 것은 변했으나 이상하게 나는 항상 나인 것 같다. 표적을 향해 거침없이 날아가는 활을 생각한다. 그 고아한 형태를 생각한다. 그 움직임, 그 방향에 대해서. 시간이 흘러도 내가 여전히 나인 것은 여전히 나는 이 영혼의 활쏘기를 멈출 수 없기 때문이다. 내가 만약 어떤 물건을 만드는 사람이었다면, 나는 아마 쓰기 좋고 아름답고 그리고 오래 가는 그런 물건을 만들고 싶어했을 것 같다. 그것이 훗날 그저 한 가지 실패한 도전으로밖에 끝날지도 모르지만 말이다.

카페나 공원 같은 곳에서도 집중적으로 책을 읽는 방법은 터득했으나 어쩐 일인지 글은 전혀 쓰지 못했다. 한번 더 멀리 가볼까 어쩔까, 얼이 쑥 빠진 얼굴을 한 채 그런 고민을 하던 어느 날, 오른손으로 왼손 손등에다 볼펜으로 꾹꾹 눌러 짧은 한 문장을 쓴 적이 있다. 이제 그만 집으로 돌아가야겠다. 소박하며 엄격한 삶, 그리고 아직 남아 있는 게 사실이라면 가서, 이 작고 푸른 정신, 내 생의 이 희귀한 열정으로,

새 지도를 한 장 그리고 싶다.

2004년 11월
조경란

문학동네 소설집

국자 이야기

ⓒ 조경란 2004

1판 1쇄	2004년 12월 7일
1판 2쇄	2004년 12월 22일

지 은 이	조경란
펴 낸 이	강병선
책임편집	차창룡 조연주 황문정
펴 낸 곳	(주)문학동네
출판등록	1993년 10월 22일 제406-2003-045호

주 소	413-756 경기도 파주시 교하읍 문발리 파주출판도시 513-8
전자우편	editor@munhak.com
전화번호	031) 955-8888
팩 스	031) 955-8855

ISBN 89-8281-918-5 03810

www.munhak.com